www.b-books.co.kr

다향

www.b-books.co.kr

합수의
포로♥
입니다

함수의 포로입니다

초판 1쇄 찍음 2018년 09월 06일
초판 1쇄 펴냄 2018년 09월 13일

지은이 | 허도윤
펴낸이 | 정　필
펴낸곳 | **(주)뿔미디어**

기획 · 편집 | 심은지

출판등록 | 2002년 9월 11일 (제1081-1-132호)
주소 | 경기도 부천시 원미구 소향로 17, 303(두성프라자)
전화 | 032)651-6513 / 팩스 | 032)651-6094
E-mail | dahyangs@naver.com
블로그 | http://blog.naver.com/dahyangs
비북스 | http://b-books.co.kr

값 7,000원

ISBN 979-11-315-9276-2 03810

DAHYANG ROMANCE STORY

함수의 포로입니다

허도윤 중편 소설

contents

에필로그

『애인이 미남입니다』, 『유턴후 직진입니다』, 『당신이 증상입니다』에 이은
「기하고등학교 4대 천왕」 그 마지막 이야기

기하고등학교의 4대 천왕이라 하면, 다음과 같다.

전형적인 마이웨이 스타일의 싹수머리 없는 '박사' 서재필, 늘 혼자 움직이는 대체 불가 짱 '대장' 민주한, 피아노 치는 우아한 뇌섹녀 '강신' 강우연, 그리고 매너 좋기로 유명한 영재 초식남 '퀸' 우해강. 그러니까 외모부터 재능까지 신이 특별히 신경 써서 어루만진 다음 세상에 내놓은 인종들. 하지만 사랑 앞에서만큼은 그들도 하늘의 덕을 누릴 수 없었으니, 다시 말해서 순전히 제 할 노릇이었던 것이었던 거시다.

프롤로그

1. 함수의 뜻

여러 값으로 변할 수 있는 변수 x와 y 사이에 'x의 값이 정해지면 그에 따라 y의 값도 정해진다.'는 관계가 있다 할 때, y를 x의 '함수'라 일컫는다. 비슷한 말로 '따름수'라고도 한다. 그리고 이를 식으로 표시하면 y=f(x)가 된다.

여기서 '함'은 옷이나 패물 등을 넣어 두는 나무 상자를 가리킬 때의 그 '함(函)'이다. 글자 생김새부터가 상자(凵) 안에 뭐가 잔뜩 들어 있는 모양이다. 혼인식 전에 신랑 쪽에서 예물이니 혼서지니 하는 것들을 상자에 바리바리 담아 신부 집에 지고 가 '함 사시오!' 하는 일이 아직도 있다 할 적에, 그 함이 바로 이 함 되겠다.

2. y의 변(辯)

그녀가 오고 있다. 난 그녀가 어서 도착하기를 기다리는 중이다. 초조하게, 이루 말할 수 없을 정도로 초조하게. 나는 그녀가 오기 전엔 절대로 눈을 뜨지 않을 생각이다. 내가 눈을 떠 처음 보는 사람이 반드시 그녀여야만 하기 때문이다. 내가 지금 내 눈으로 보고 싶은 사람이 오로지 그녀밖에 없기 때문이다. 그녀가 아닌 이들이여. 나를 이해해 주길. 부디 내 사랑을, 이렇게밖에는 할 수 없는 내 사랑을 지지해 주길.

3. x의 변(辯)

그에게 가고 있다. 난 그에게 한시라도 빨리 닿기 위해 발을 재촉하고 있다. 서두르고, 서두르고 또 서두르면서. 물론 그 이후에 대해 나는 아무런 계획이 없다. 그럼에도 그가 눈을 떠 제일 먼저 보는 사람이 나였으면 좋겠다. 지금 그가 간절하게 기다리는 사람이 다른 누구도 아닌 바로 나이기 때문이다. 그가 원하는 나여. 이젠 솔직해지길. 부디 그가 가진 마음을, 그렇게 해 버린 그의 살아 있는 마음을 받아들이길.

4. y=f(x)

"나는요. 이렇게밖에는 얘기 못 하겠어요."

"어떻게요?"

"나는 함수식에 사로잡힌 포로예요."

"함수식이요? y=f(x), 그거요?"

"맞아요. 그러니까 난 거기서 y예요. x의 처분만 기다리는 y요."

"낭만이라고는 바늘 한 땀만큼도 없는 비유네요."

"아니요. 나한테는 바이런의 시(詩)보다도, 이상(李箱)의 연서(戀書)보다도 낭만적인 게 함수식이에요. 당신에 따라 내 값이 매번 달라질 수밖에 없다는 거, 내가 어떤 값으로든 존재하려면 당신이 괄호 안을 채워 줘야 한다는 거, 그걸 함수식만큼 명확하게 표현해 주는 건 없어요. 그래서 생각해 봤는데요."

"네."

"이거 사랑 같아요. 아니, 사랑 맞아요. 사랑이 아니면 내가 이럴 수는 없어요. 해 본 적 없어도 알 수 있어요. 사랑, 그거예요."

1.1

단단히 박힌 뿌리의 깊이나, 버텨 선 줄기의 기울어진 각도나, 펼쳐진 가지가 차지한 공간의 넓이나, 매달린 작은 열매의 탐스러운 때깔이나, 모든 면에서 줏대 있어 보이는 나무들 틈을 비집고 잔디밭 구석구석 햇발들이 내려앉아 있었다. 담 너머 길 건너 자동차 소리와 그 길 건너 땅 아래 지하철 진동이 어렴풋이 전해져 오는 도심 속 잔디밭 구석구석에 말이다.

그 구석 중에서도 더 구석에 은발의 노인이 쪼그려 앉아 있었다. 별이 동글동글 뭉쳐진 듯 전부가 하얀, 전설에나 등장할 법한 신부새처럼 온통 하얀, 그런 노인이. 영필이었다. 그리고 그 노인을 향해 다른 은발의 노인이 전동 휠체어를 조심스럽게 굴려 다가갔다. 무지개를 버무려 놓은 듯 전부가 알록달록한, 동화책에나 나옴 직한 나뭇잎처럼 온통 알록달록한, 그런 노인이. 옥자였다.

"내, 벗님 여기 계실 줄 알았지. 직원한테 걸려서 또 혼나시려고. 그리고 내, 한두 번 말합디까? 자꾸 그렇게 앉으면 무릎 상한다니까."

옥자가 영필을 향해 잔소리했다. 영필이 쪼그리고 앉은 구석까지는 휠체어 진입이 불가능한 탓에 옥자는 영필로부터 대략 3미터쯤 떨어진 곳에서 주변을 힐긋거리며 소곤소곤, 그렇게 잔소리했다.

"옥이 성. 난……."

영필이 꾸물꾸물 일어섰다.

"길 잃고 집 없는 것들이 너무 가여워. 내 새끼 생각나."

옥자가 나타났어도, 영필이 움직였어도, 길고양이들은 느긋하게 먹는 일에 집중했다. 길고양이들 입장에서는 옥자도 영필만큼이나 낯이 익은 사람이어서 경계할 필요가 없었다.

"그날 앞두고 더 심란하신 게지."

"그렇기도 하고."

"아기 며느님 앞에선 표 내지 마시고."

"안 그래."

"알지. 그냥 내 오지랖이지."

그동안 그릇을 싹싹 해치운 길고양이들이 차례대로 영필의 발목 주변을 한 바퀴씩 돌며 몸을 문지르고는 담을 넘어 사라졌다.

"헌데 벗님."

"왜 또."

"새로 온 모델 선생 말이야."

"모델 선생? 그 선생이 왜."

"우리 정윤이한테 붙여 볼까 하고 이래저래 계산해 봤거든?"

"그새?"

"어. 헌데 아니래. 만나면 백 날 천 날 싸울 팔자라고 나오더라고."

보도블록 쪽으로 조심조심 걸어 나오던 영필이 다시 되짚어가 그릇을 챙겨 들었다. 옥자의 말에 대꾸하는 데 정신이 팔린 바람에 깜박 잊은 것이다. 그렇게 잊고 내버려 뒀다가 직원이 치워 버린 그릇이 벌써 몇 개째인지 몰랐다.

"안타까워 어쩐대."

"재밌는 게 뭔 줄 아셔? 우리 정완이하고는 딱 떨어지는 상생이라는 거지."

"어어? 정완이하고?"

"어. 나 원 참. 그 사주, 누나한테나 주지. 왜 지가 가져가고 그래."

"그 사주 준 게 옥이 성이면서 뭘 아들 탓을 해."

"아까워서 그러지. 모델 선생 맘에 든단 말이야. 새침한 게 귀엽잖아."

새침. 당사자가 들으면 기함할 소리였다. 그러니까 팔순 노인의 눈에는 그런 성격이 '새침'의 영역에 드는 모양이었다.

"그렇게나 맘에 들면 옥이 성이 꼬셔 봐."

"꼬시면 넘어오게 생겼어?"

"건 아니고."

영필 할머니가 풀밭을 확인하고 또 확인했다. 길고양이에게 무언가 준 흔적을 남겨선 안 되기 때문이었다. 정원을 관리하는 직원은 길고양이를 정말 싫어했다.

"내가 10년만 젊었어도 뭐라도 해 보는 건데 말이야."

"거기서 10년 젊어 봐야 주름살 하나 빠지는 거지. 그렇게나 옆에 두고 보고 싶으면 정완이 친구 삼아 주면 되겠네."

"안 돼."

"딱 떨어지는 상생이라며."

"둘이 붙어 다니기 시작하면, 그날로 연애는 끝일 거거든."

"그런 것도 있나?"

"재미있어도 어지간히 재미있는 관계가 아니란 거지. 부부라면 깨가 쏟아질 사이고, 형제라면 우애가 넘칠 사이지. 그러니 정 못 들게 해야지. 우리 정완이야 혼자 산다고 했지만, 모델 선생 인생까지 막을 수는 없잖아."

"그 정도야?"

"둘 다 제 잘난 맛에 사는 사내들이니 얄궂은 일이야 생길 리 없겠지마는, 그래도 친구끼리 너무 재밌으면 골치 아파져."

"별……."

"사람과 사람 사이란 게 별거별거 다 있는 법이니까."

영필이 옥자 옆에 와서 섰다.

"밀어 드려?"

"지가 알아서 잘 굴러가는 걸 왜 굳이 힘써."

맞는 말이었다. 전동 휠체어는 알아서 잘 굴러가기 시작했고, 영필은 휠체어를 따라 천천히 걸음을 옮겨 갔다.

"그냥 말해 봤어. 헌데."

"뭐."

"정완이 나이가 모델 선생보다 위 아닌가?"

"어. 여섯 살 많지."

"여섯 살? 그럼 정윤이하고는 여덟 살 차이라는 건데, 그 늙어 빠진 처녀한테 젊디젊은 모델 선생을 붙일 심사였다고?"

"뭐 어때."

옥자는 '늙어 빠진' 이라는 표현에 노여워하지도 서운해하지도 않았다. 나이가 많다 뿐이지 어딜 가도 20대 아니냐는 소리를 듣는 딸이었다. 그리고 영필이 말하는 '늙어 빠진' 이란, 나무랄 것 없는 처녀가 나이 좀 많다고 한물간 취급 받는 데 대한 정면 돌파 차원의 표현이라는 것을 잘 알고 있었다.

바로 지금 정윤의 나이, 서른아홉에 결혼한 영필이었다. 지금이야 30대 비혼이 결코 흉이 아닌 세상이라고 해도, 그 시절의 서른아홉이면 얼마나 우여곡절이 많았을 것인가. 감정 이입이 안 될 수가 없었다.

"옥이 성 지금 보니 순 날강도에 도둑년일세."

"나도 알아. 내가 날강도에 도둑년이니까 잘난 사내 끼고 살았던 거야."

"또 서방 자랑이다. 아니꼬워서는. 그 서방이고 이 서방이고 간에 세상 뜬 게 언제 적 일인데."

"내 맘이지."

영필이 잠시 멈춰 서서는 화단의 꽃을 물끄러미 바라보았다.

“수놓으면 예쁘겠네.”

“놓으셔.”

“손가락이 맘대로 움직여 줘야 놓지. 바늘구멍이고 실이고 당최 눈에 뵈지도 않고.”

“아기 며느님더러 놔 달라 그러든가.”

“왜 남의 귀한 며느리 일 시키고 그래?”

“며느리는 무슨.”

“옥이 성은 왜 말이 앞뒤가 달라? 아기 며느님이라고 부르기 시작한 게 누구시더라?”

영필이 눈을 흘기자 옥자가 웃었다. 영필이 눈을 한 번 더 흘기고는 말을 돌렸다.

“정완이 내일 오나?”

“내일은 정윤이.”

“말 나온 김에 한마디 해야지. 정완이 그 옷 좀 어떻게 안 되나?”

“왜. 멋있기만 하구만.”

“멋은 무슨. 그게 멋이면 세상 멋 다 말라비틀어져 죽었지. 온통 꺼멓기만 한 게 뭔 멋이라고. 빨건 것도 좀 입어 보라고 해 봐. 옥이 성이 좋아하는 색이잖여.”

“안 돼. 비단잉어처럼 보이면 어떡하라고.”

“저승사자처럼 보이는 것보다야 비단잉어로 보이는 게 낫지. 아님 다른 색깔이라도. 돈 잘 번다면서 그 돈 다 뭐 한대? 옷 좀 사라 해 보셔.”

“꺼멓다고 다 같은 옷이 아니야. 이 패션의 ‘패’ 자도 모르는 할망구야.”

“얻다 대고 할망구래, 이 쭈글렁방탱이 할망구가.”

실랑이하는 두 할머니의 머리 위로 뚱뚱한 비둘기 두 마리가 날렵한 날갯짓을 하며 쌔앵…… 날아갔다.

재필은 〈정신 건강 클리닉〉 진료실 안의 푹신한 의자에 기대앉아 〈효당의원〉에서 넘어온 의무 기록들을 다시 한번 차근차근 훑어갔다. 이제 다음 주 월요일이면 정식으로 진료가 시작될 것이었다.

"한동안은 정신없겠지만 그 정도야 뭐. 수술방 드나드는 것도 아니고."

재필은 출근 일주일, 아니 오늘이 금요일이니 정확하게는 닷새 만에 〈효당마을〉 213세대 전원에 대한 신상 파악을 완료했다. 도심 고급형 실버타운답게 입주자들의 면면은 꽤이나 다채로웠다. 아울러 입주자 자녀들의 직업군 또한 다양하기가 이루 말할 수 없었다.

그리고 그 자녀들의 직업이 입주자들에게 나름의 '스펙'이 되고 있었다. '내가 왕년에…….'가 아무리 구구절절해도 '내 자식이 지금…….'을 이기지 못한 것이다.

하지만 어느 집단에서건 '스펙'을 초월하는 인물은 있게 마련이었다. 재산이 많지 않아도, 자식이 사회적으로 대단히 명예롭지 않아도, 본인이 가진 에너지만으로 가장 최고의 자리를 차지하는 사람 말이다. 그런 면에서 이영필 할머니와 장옥자 할머니는 타의 추종을 불허하는 상위 1%였다. 산술적으로도 일치했다. 213의 1%면 2.13이니까 정확히 두 명.

"그러니까 이 두 분이 효당의 실세란 거지."

수수한 분재 스타일의 이영필 할머니는 언뜻 보기만 해도 품위가 뚝뚝 떨어지는 노인이었다. 무형 문화재 침선장인데, 안타깝게도 수년 전 급성 뇌졸중을 겪으면서 손에서 바늘을 놓았다. 신부로 선 지 몇 달 안 돼 남편을 잃었고, 혼주로 선 지 며칠 안 돼 아들마저 잃었지만, 하나 있는 며느리가 다른 입주자들의 자녀 열 사람 몫을 하고 있었다.

"침선장이라…… 바느질을 얼마나 잘하면 그걸로 무형 문화재가 되지?"

재필에게 오래전 겨레대학병원 응급실 앞에서 맞닥뜨렸던 은발 노인의 이미지가 떠올랐다. 얼굴은 기억나지 않지만 스트레쳐카에 반듯하게 누워 있던 옥색의 고운 한복 차림만큼은 재필의 뇌리 속에 선명하게 남아 있었다. 의식의 흐름은 자연스럽게 살구색 두루마기로 이어졌다. 그 또한 얼굴은 기억나지 않았다. 봉긋한 이마에서 빛이 났다는 것만 생각날 뿐이었다.

"뭐…… 다 지나간 일……."

그리고 잘 다듬어진 정원수 스타일의 장옥자 할머니는 무협 소설의 대가였던 소설가 견호중의 아내로 아주 멀리서도 한눈에 들어오는 화려한 분위기의 소유자였다. 모르는 거 빼곤 다 알아서 말발로 밀린 적이 단 한 번도 없으며, 딸 견정윤은 고등학교 수학과 교사, 아들 견정완은 점성학자였다. 옥자는 하반신이 마비된 상태임에도 굉장히 활동적이었다.

"소설가의 아내라…… 재형이 생각나네."

재필은 머리를 털고 다시금 모니터에 코를 박았다. 겨레대학교 의대에서 알아주는 수재였던 재필이 실버타운 안에 새로 들어서는 〈정신 건강 클리닉〉에 가겠다고 했을 때, 한바탕 소동이 일었었다. 하지만 재필은 개의치 않았다. 당시 재필을 눈독 들이고 있던 스승에게 불려 간 자리에서 재필이 한 말은 이거였다.

'저보다 하등 나을 거 없는 사람들 상대로 정치하면서 살기 싫습니다.'

그게 재필의 '마이 웨이 스타일'이었다. 종합 병원에서 한 단계씩 올라가려면 의술도 의술이지만 정치가 필수였으니까 말이다. 게다가 꽤 좋은 조건도 달려 있었다. 의대 시절, 재필과 툭하면 머리 맞대고 지내던 동기 동섭의 아버지가 바로 〈효당마을〉의 이사장 현준건이었다. 순환기 내과 전문의였던 준건이 어쩌다 실버산업에 뛰어들었는지 그 자세한 내막이야 알지 못하지만, 그가 의술보다 경영에 더 탁월하다는 건 〈효당마을〉의 성장이 증명하는 바였다.

그런데 하나밖에 없는 그의 아들 동섭은 실버산업에 관심이 전혀 없었다. 동섭의 꿈은 서울 강남 한복판에서 폼 나는 성형 전문 병원을 운영하는 것이어서, 실버의 '실' 이나 효당의 '효' 소리만 들어도 천 리 밖으로 도망을 가 버리곤 했다. 그런 동섭이 준건에게 무슨 말을 어떻게 했는지 몰라도, 준건이 동섭을 통해 전해 온 말은 퍽 매력적이었다.

'재필이 네가 효당으로 들어온다고만 하면 아버지가 클리닉 하나를 만들어 주시겠대. 안 그래도 필요하던 차였다고. 그리고 더 중요한 건, 나중에 원장 맡기신다고. 서류 만들어서 공증도 해 주시겠대.'

그때 재필의 뇌를 스친 건 '원장' 이라는 자리가 아니라 부모님인 서장군 약사와 정미인 약사의 안정된 노후였다. 거동이 불편해지면 〈효당마을〉로 모셔 오면 된다는. 아들인 자신이 하루 종일 지근거리에서 보살필 수 있다는. 물론 재필은 그런 내색까지는 하지 않았다. 어쨌거나 신경과 전문의로서 재필이 〈정신 건강 클리닉〉에서 해야 할 일은 정해져 있었다.

[문진 및 신체검사를 진행하고 신경학적 검사로 환자의 병소 위치를 파악한다. 그리고 방사선 검사, 신경 생리 검사, 신경 초음파 검사 등으로 질병의 내용을 확인한다. 뇌경색, 뇌출혈과 같은 신경계의 혈관 질환을 비롯해, 치매 등의 퇴행성 질환, 뇌전증이나 두통을 포함한 발작성 질환, 파킨슨병과 같은 이상 운동 질환, 그 외에도 대사성 질환과 감염 질환 등등 각 질환에 합당한 약물을 처방하거나 내과적 치료를 시행한다. 아울러 노인의 자연적 퇴화로 인하여 발생할 수 있는 장애에 관하여 상담하고, 일상생활이 가능하도록 건강 상태를 점검해 조언하며 가족과의 상담도 진행한다.]

말이 그렇다는 것이었다. 아마도 가장 많이 하게 될 일은 수면 장애 치료와 치매 예방이 될 것이었다. 상당수의 입주자들이 수면 장애에 시달리고 있었고, 대부분의 입주자들이 치매에 공포를 가지고 있었으니까 말이다.

"치매…… 무섭지."

그때 핸드폰이 울렸다. 발신자를 확인한 재필이 픽, 웃었다. 어머니 미인이었다.

"네에, 네에."

— 안 잊어버렸지?

"네에, 네에."

— 건성으로 대답할래?

"진지해요."

— 꼭 봐. 내용 물어볼 거야.

"네에, 네에."

용건으로만 이루어진 간단한 통화를 마무리하고 시간을 확인하니 9시 40분이었다. 20분 정도가 남아 있었다. 재필이 한숨을 내쉬었다.

"내가 참, 별 시집살이를 다 해요."

가족 중에 드라마 작가가 있다는 건 참으로 피곤한 일이라는 게 재필의 생각이었다. 게다가 그 드라마 작가의 아내가 자신의 쌍둥이 동생이고, 그 드라마 작가의 열성팬이 자신의 어머니인 경우라면 더 피곤할 수밖에 없다는 게, 수년 경험에 의한 재필의 결론이었다.

장르가 미스터리일 때는 그래도 괜찮았다. 나름 머리 쓰는 재미가 있었으니까. 하지만 이번 건 멜로였다. 어머니 미인은 사위의 첫 멜로라고 손뼉까지 치며 열광했지만, 재필은 도대체가 감정 이입이 되지 않고 있었다. 게다가 드라마 안에 누가 봐도 재수 없는 '자뻑 대마왕 찌질이' 의사 캐릭터가 하나 나오고 있는데, 재필을 모델로 쓴 게 분명했다. 이름마저 서필재였다. 현기가 문자를 보내오기까지 했다. '너 나왔더라.' 라고.

"우해강. 유치찬란하기로는 예나 지금이나 한결같은 자식. 나이를 똥꼬로 먹는 자식. 분풀이도 꼭 저처럼 해요. 차라리 악역이 낫지, 그게 뭐냐고."

그럴 만했다. 서필재 관련 기사만 떴다 하면, 그런 밥맛없는 인종은 멸종시켜야 한다는 댓글이 주르르 달리는 판이었으니까.

재필이 컴퓨터는 그대로 둔 채, 핸드폰을 열어서 드라마 채널에 맞추었다. 드라마 때문에 방송국 어플을 다운받는 날이 올 거라고는 상상조차 해 본 적 없는 인생이었는데 말이다.

"봅니다. 예, 봅니다. 팔자에 없는 멜로, 본다구요. 나도 사돈어르신처럼 당당하게 멜로는 안 본다고 선언할 수 있으면 좋겠다구요."

그랬다. 해강의 아버지인 〈우한진한의원〉 원장 한진은 아들 부부에게 단단히 일러둔 터였다. 자신의 인생에 멜로는 없다고. 그러니 그리들 알고 섭섭해 말라고.

"서필재 씨가 오늘은 좀 조용하시려나 모르겠네요. 그렇게 마지막까지 일관성 있게 사고 치기도 쉽지 않은데, 에피소드도 어지간히도 많이 구해 놨어요."

그나마 다행인 건 꾸역꾸역 시간이 흘러 내일이 종영이라는 사실이었다.

"설마 다음 거도 멜로는 아니겠지. 우해강 동창님 겸 매제님. 제발 나 좀 살려 줘라."

은기는 낡은 패브릭 소파 위에 엎드려 있었다. 온몸에 땀이 흥건했다. 까무룩 잠든 새 신경이 너덜너덜해지도록 꾼 악몽 탓이었다. 심해에서 무언가가 자꾸만 자신의 이름을 부르는 악몽. 그러다 물속으로 빠르게 끌려 들어가는 악몽. 온몸이 조여들어서 숨조차 쉴 수 없게 만드는 악몽. 겪을 적마다 물의 힘이 어찌나 세던지. 그 투명한 것이 어쩜 그리도 우악스럽던지. 아니, 깊어질수록 칠흑같이 어두워지는 것이 어쩜 그리도 공포스럽던지.

'아, 힘들어.'

애를 썼지만, 결국 오늘도 〈시침 감침〉의 문을 열지 못했다. 해마다 전날이면 그랬다. 희한했다. 당일은 그럭저럭 넘어가지는데 전날은 죽을 것만 같은 게, 정말 희한했다. 축제 전날이 더 들뜨는 것과 마찬가지인 건가. 그러니까 크리스마스 당일인 25일보다 전날인 24일이 더 축제 같은 것처럼 말이다.

'전날마다…… 죽겠어.'

그때였다. 까랑까라랑 까랑까라랑…….

핸드폰이 그렇게 한참 동안을 요란하게 울었다. 하지만 은기는 움직이지 않았다. 아니, 움직이지 못했다.

까랑까라랑 까랑까…….

드디어 소리가 멈추었다. 그리고 잠시 후 딩동, 문자음이 이어졌다. 은기는 이번에도 바로 움직이지 못했고, 거의 20여 분이 지나서야 간신히 손을 뻗어 핸드폰을 열었다.

[우리 딸, 일 많아? 어디 아픈 데는 없고? 오고 다닐 때 늘 조심하는 거 명심하고, 응? 명준이 아저씨도 오토바이 뒤집어지면서 다쳐 가지고 병원에 입원해 있어. 제 아빠 저러고 있는 거 알면 지은이 난리 날 텐데, 언제까지 속여지려나 몰라. 한 치 앞을 모른다더니 세상이 참말로. 아빠가 전화했던 건 별거 아니고. 별거가 아닌 게 아닌가? 저기, 내일…… 노 서방 기일이잖아. 그래서 했어. 맘 끓이지 말라고, 응? 우리 딸, 보고 싶네.]

'아빠.'

은기는 살면서 아빠 춘호처럼 온유한 사람을 본 적이 없었다. 조경사라 늘 보고 사는 게 자연이라 그런지 몰라도 춘호의 동그란 얼굴에서는 언제나 따뜻한 미소가 맴돌았다. 고모 춘희가 늘 그랬었다.

'엄마 복 없는 대신 아빠 복은 두 배니까, 속으로도 울지 마.'

그나저나 명준이 아저씨가 다쳤다면 춘호의 속이 어지간히도 시끄러울 것이었다. 맘 터놓고 지내는 친구라고는 그 아저씨 하나인데, 그 아저씨마저 없으면 춘호가 얼마나 외로워질지 불 보듯 뻔했다. 도대체가 왜 두 남자 모두 그 흔한 연애 한 번을 안 하고 독수공방을 고집하는 건지.

'아빠는 나 때문이지? 미안해. 근데 내가 이 꼴이라 미안해.'

은기는 발치에 있던 무릎 덮개를 끌어 올려선 끄트머리를 조금 말아 입안에 틀어박았다. 그리고 더하거나 제한 것 없이 딱 낼 수 있는 만큼만 소리를 내서 울었다.

'오빠는…… 한이 오빠는 어떤데요? 잘 지내고 있어요?'

아직 사랑이 아닌 상태에서 떠나 버린 남편이었다. 그래서 추억 대신 회한만 남았고, 그 회한은 사랑해 주지 못했다는 죄책감과 버무려져 고통이 되었다.

'미안해요. 미안해서 죽을 거 같아요.'

한이는 정말 좋은 사람이었다. 다정했고 친절했고 상냥했다. 그래서 친오빠처럼 따랐다. 하지만 1년 정도의 심심하고 담백했던 연애 끝에 시작된 그와의 결혼 생활은 고작 나흘이 전부였다. 신혼여행지에서 늦잠 자던 은기를 두고 혼자 웨이크보드를 타러 바다에 나가선 돌아오지 않은 때문이었다.

혼인 신고를 하지 않았기 때문에 은기와 한이는 서류상으로 아무런 상관이 없는 남으로 남았다. 그리고 한이는 여전히 실종 상태로 되어 있었다. 그가 사라지고 거의 9년이나 지났지만 영필이 사망 신고를 하지 못한 때문이었다.

'한이 오빠. 내일 올 거죠? 와요. 와서 나하고 같이 가요. 우리 선생님 보러.'

한이가 떠나고 은기에겐 심각한 트라우마가 남았다. 부피가 큰 물에 대한 공포였다. 특히 바다에 대한 강력한 공포. 그러니 꿈에서 물을 보았다는 건, 심신이 모두 힘들다는 증거였다.

은기가 울음을 멈추고 입에서 엉망진창이 된 천 뭉치를 빼냈다. 그러곤 천천히 일어나 앉았다.

'왜 울고 난리야. 뭘 잘했다고. 고은기가 울면 노한이가 얼마나 속상해 했는데.'

울음이 속으로 흘렀다. 사방에 미안한 사람밖에 없어서, 괴롭고 또 괴로워서, 멈춰지지 않는 울음이 속으로 철철 흘렀다.

1.2

"짝꿍 어디다 버려두시고 혼자 계세요?"

"우리 벗님, 오늘은 그냥 둬야 해요."

"무슨 일 있으세요?"

"오늘이 아들 기일이거든. 엄밀히 말하자면 실종된 날."

옥자가 아주 간단하게 영필의 이야기를 전했다.

"본인 입으로는 절대 말 안 할 테니 내가 미리 언질을 주는 거예요. 뭔 일이 생길지 알아. 대강이라도 알고는 있어야지. 의사 양반이시잖아. 그것도 우리 정신머리 챙기는."

"예. 잘 알아들었습니다."

실종. 글자로만 알던 단어가 들이미는 현실성 앞에서 재필은 가슴께에 뻐근한 통증을 느꼈다. 자세마저도 숙연해지는 것이 '사망'이라는 단어보다도 무겁게 다가왔다.

"그나저나 우리 모델 선생은 어디 가시나?"

"친구가 요 앞에 온다고 해서요."

"저번에 여자 친구 없다 그러지 않으셨던가?"

"없는 거 맞습니다. 성별이 궁금하신 거면, 안타깝게도 남자구요. 그런데 할머님. 왜 뒷말씀이 없으세요?"

"무슨 뒷말씀?"

"제 생년월일시 알아 가셨잖아요. 저 운 때 봐 주신다고."

"아. 올해 큰 건이 하나 있다고 나오기는 했는데……."

"큰 건이라. 기대되네요. 그런데요?"

"그냥 살던 대로 사시면 돼요."

옥자는 말할 필요가 없다고 생각했다. 빠른 속도로 다가오고 있는 커다란 별에 대해서. 각막이 찢어져 나갈 정도로 눈부신 반짝이는 별에 대해서. 자신은 예언가가 아니니까 말이다. 어차피 닥쳐 봐야 알 일이니까 말이다.

"흐흠. 혹시 할머님 그런 거세요? 선무당, 사이비."

"사이비보다는 선무당 쪽."

"이런. 할머님 오늘부터 제 블랙리스트 맨 윗자리세요."

"블랙이든 화이트든, 맨 위는 다 좋아요. 꼴찌는 싫고. 중간은 더 싫고."

해맑게 웃으며 손을 잡아 주는 옥자에게 예의 바른 미소를 지어 보이고 재필은 〈효당마을〉 길 건너에 자리한 카페로 향했다. 주말이면 방문 손님들로 미어터지는 곳이었다. 하지만 아직 시간이 일러서인지 밖에서 들여다보이는 카페 안은 아직 한산한 편이었다. 문을 열자 제일 안쪽 구석에서 현기가 손을 흔들었다.

"안 흔들어도 알아본다."

"서재필 얼굴 잊어버리는 줄 알았네."

"이젠 여유 생겼으니까 앞으론 질리도록 봬 주마."

"진료 준비는 잘돼 가?"

"어."

현기가 의자 깊숙이 몸을 묻었다.

"말로만 듣다가 처음 봤는데, 예쁘게 꾸며 놨더라."

“뭐가? 우리 마을?”

“우리 마을? ‘우리’ 가 아주 자연스럽다?”

“말로만 듣다니? 네가 우리 마을을 어떻게 알아?”

“아, 그런 게 있다.”

갈수록 주둥이가 느슨해져서 큰일이네, 현기가 생각한 내용이었다.

“그런 거 뭐. 말 안 해?”

“집안일이다. 말하면 나 두들겨 맞아.”

“송현기는 나이 서른하나에 대위 달고서도 아버지한테 맞을 거 걱정해?”

“그래, 인마.”

“섭하다. 나도 예외로 안 해 주고.”

입으로 컵을 가져가던 재필의 눈이 순간 반짝했다.

“우해강도 모르는 거지?”

“여기서 해강이가 왜 나와. 너희들 뭐냐. 학생 때도 안 하던 경쟁질 여적 하고 있냐?”

“그게, 우해강이 분위기를 자꾸 그렇게 잡아 가니까 나도 휩쓸리는 경향이 있다.”

“별 진짜. 유치찬란한 것들.”

“유치찬란은 우해강만이지. 나는 아니야.”

“휩쓸린다며. 네 수준도 다르지 않으니까 휩쓸리는 거야. 해강이가 너한테서 원초적이고 본능적인 그 무엇을 끄집어낸 거라고.”

재필이 한숨을 내쉬고는 하소연을 시작했다. 그 성격에 하소연이라니, 어마어마한 스트레스 속에서도 꿈쩍 않는 재필로선 의외의 상황이었다. 늘 그랬다. 재필의 인생에서 ‘우해강’ 이란 존재는 좀처럼 계산이 되지 않는 어려운 문제였다.

“원초고 본능이고 이거고 저거고 간에 너도 생각을 좀 해 보라고, 내가 속이 터지는지 안 터지는지. 재형이랑 내가 엄마 배 속에서 열 달 동안 같이 산 게 너무 싫대. 게다가 몇 초 빨리 나왔다고 오빠라며 유세 떠는 건 더 싫대. 아니, 그게 내 탓이냐고? 근데 그걸 문제 삼으니까 나도 대응을 하는 수밖에."

"어제오늘 일도 아니잖아. 이젠 그만 적응 좀 하지?"

"계속 시비 걸고 트집 잡는데 적응이 어떻게 되냐고. 그러니까 대답해 봐. 우해강도 모르는 거 맞아?"

"해강이도 제대로는 모르지. 해강이가 재형이 말고 다른 데 관심 두는 거 봤냐?"

"뭔지는 모르지만 어느 정도는 알긴 안다는 거네."

"글쎄. 그걸 안다고 할 수나 있나."

"너, 나중에 보자. 들통났는데 별거면 내가 전투기 날개 한 짝 분질러 버릴 거니까."

"그러시든가. 근데, 말 나온 김에 얘기 좀 해 봐. 그 초딩 커플 어떻게 사는지. 가향에 있을 때만 해도 이 정도까지는 아니었는데, 남해 쪽으로 내려간 후로는 얼굴 보기 정말 힘드네."

재필이 조금 전보다 더 크게 한숨을 내쉬었다.

"말을 마라."

"표정 보게. 왜."

"해강이가 엄마를 아주 완전히 제 편으로 만들어 놨어."

재필의 '엄마' 소리를 처음 듣는 것도 아닌데 현기는 또 웃을 뻔했다. 재필은 아주 어려 어린이집 다닐 때만 해도 '어머니'라는 호칭을 썼었다. 작은엄마 말마따나 '웬만한 어른은 찜 쪄 먹게' 생긴 애늙은이 자신에게는 '엄마'보다 '어머니'가 어울린다는 걸 본능적으로 안 것이다. 그러다 아픈 재형이 때문에 눈물이 마를 날 없던 어머니 미인에게 뭐라도 해 주고 싶은 마음에 '엄마'라고 부르며 가끔 어리광을 부린 것이 본격적인 '엄마'의 시작이었다.

재필은 이후 어리광을 그만두고 나서도 호칭만큼은 예전으로 돌아가지 못했다. 재필의 '엄마' 소리를 미인이 티 나게 좋아한 것이다. '어머니'라고 불렸을 때보다 훨씬 더. 그렇다 해도 재필은 누가 봐도 '어머니'가 어울리지 '엄마'가 어울리는 사람은 아니어서, 재필의 입에서 '엄마'가 나올 적마다 현기는 진심으로 웃겼다.

"엄마가 주방에서 뭐 하고 계시면 바로 따라가 붙어 서서 옛날에 우리 재형이가 하면서 온갖 얘기 다 해. 그럼 엄마도 덩달아서 옛날에 우리 재형이가 그러면서 갖은 얘기 더 보태시지. 우해강의 지극정성 지고지순한 해바라기 사랑에 엄마가 완전 감동받으셔 가지고 우해강만 보면 입이 귀에 걸리셔. 맨발로 뛰어나가신다니까."

현기가 웃음을 터뜨렸다. '안 봐도 비디오'였던 것이다.

"솔직히 나나 재형이가 곰살맞고 그런 성격이 아니긴 하지. 근데 우해강은 작정하면 애교가, 애교가…… 어우, 눈꼴 시려서. 식구들 모이면 엄마가 제일 먼저 찾는 사람이 '우리 사위'야. 좋은 건 전부 우해강한테 간다고. 그 꼴 볼 적마다 백일에 먹은 젖이 다 올라오겠어."

"큭큭큭…… 암튼 해강이 대단하지."

"근데 나, 우해강한테 배운 거 있어."

"허. 지금 네 말 실화냐?"

배웠다고? 가르친 게 아니라? 현기는 진심 놀랐다.

"난 연인이든 부부든 서로 아무리 사랑하는 사이라 해도 밖에선 조용한 게 맞다, 그랬거든. 둘이만 좋으면 되지, 밖에서까지 유별 떠는 건 아니다, 그랬다고."

"어련하겠냐? 근데?"

"그게 아니더라고."

재필의 표정이 정말로 진지해서 현기는 더 놀랐다.

"너도 알겠지만 우리 친척들이 재형이 무시하고 좀 그랬잖냐. 나하고 늘

비교하고. 근데 우해강이 재형이를 마치 무수리가 중전마마 모시듯 하니까 이젠 다들 재형이를 함부로 못 하는 거야. 특히 작은엄마. 재형이만 보면 뭐 하나라도 부려 먹고 싶어서 안달이더니, 저번엔 과일을 다 챙겨 주더라니까. 것도 손수 깎아서."

오죽하면 처음부터 끝까지 지켜본 미인이 눈물을 다 글썽거렸을까. 기센 손윗동서와 아랫동서 사이에 끼어 변변한 주장 한 번 못 해 보고 산 세월이 30년이 넘었다. 특히 재형이라면 덮어놓고 무시부터 하는 아랫동서는 손쓸 도리가 없었다. 교묘하고 은근해서 순하고 선한 미인의 에너지로는 되받아칠 방법이 찾아지지 않았던 것이다. 게다가 손윗동서와 짝짜꿍이 맞는 판인지라 괜스레 건드렸다가는 긁어 부스럼이 될 수도 있었다.

그런데 해강이 나타나 분위기를 반전시켜 주었으니 감격스럽지 않을 리가 없었다. 그래서 '우리 사위'가 '우리우리 사위'가 된 것이다.

"재형이도 자연스럽게 받더라고. 이젠 몸에 밴 거지. 맘이 좋더라. 진짜 좋더라. 우해강이 고맙고. 안에서 대접받는 짐승이 밖에서도 대접받는다더니, 틀린 말이 아니더란 거지. 짐승도 그런데 사람은 오죽하겠어. 솔직히 나, 거기까진 생각 못 했거든. 우해강이 재형이한테 하는 거 보면 자기 자신은 아예 없는 것처럼 구는데, 그러니 누가 재형이를 건드리겠냐고. 감히. 그래서 나도 나중에 사람 생기면 그러려고. 다른 사람 앞에선 더 귀하게 대하려고. 누구도 함부로 못 하게."

"와우, 브라보. 우해강이 서재필 조기교육 하나는 끝내주게 시켰네."

현기가 박수까지 치며 엄지를 치켜들자 재필이 픽, 웃었다.

"하지만 이 시점에서 묻지 않을 수 없겠는데?"

"뭐를?"

"그럴 사람이 생길 거는 같냐?"

재필이 한 번 더 픽, 했다. 언제나처럼 오른쪽 입꼬리만 살짝 올라갔다 내려오는 그런 픽, 이었다.

〈효당마을〉로 향하는 은기의 손엔 언제나처럼 보따리가 하나 가득이었다. 매주 토요일마다 영필이 좋아하는 음식을 해 가는 게 습관이었다. 게다가 이번엔 새 모시적삼도 포함이었다. 쑥물을 들이고 소맷단에는 민들레를 작게 수놓았는데, 더위에 약한 영필에게 딱 맞춘 옷이었다.

은기가 침선장 이영필 선생을 만난 건 중3 겨울방학 때였다. 어려서부터 세상에서 바느질이 제일 좋았던 은기가 무턱대고 찾아간 것이다. 따로 제자를 두지 않았던 영필이었지만 은기에겐 한눈에 사로잡혔다. 그날 퇴근한 아들 한이를 붙들고 영필이 이렇게 말했었다.

'직녀한테 아우가 있었으면 꼭 그 아이 같겠어.'

'직녀가 아니고 직녀 아우요?'

'직녀는 길쌈하잖여. 업종이 달라. 그리고 난 직녀 맘에 안 들어. 연애질하다 그 지경 된 거가 뭐가 예뻐.'

'어머니도 참. 그래서 정말 받아 주시게요?'

'그럴 생각이다.'

그때 그렇게 영필과 연을 맺은 은기는 고등학교를 졸업하자마자 아예 영필의 거처로 몸을 옮겼다. 춘호도 적극 찬성했다. 영필이 운영하던 〈시침감침〉이 집에서 너무 멀어 그때까지 오고 가느라 힘들었다는 게 첫째 이유였고, 어차피 춘호가 한 달의 반 이상은 집을 비우는 상황에서 굳이 부녀가 함께 지내야 한다고 고집부릴 이유가 없다는 게 둘째 이유였고, 무형 문화재의 제자로 그 뒤를 이으려면 영필의 옆에 붙어 있는 게 합리적이라는 게 셋째 이유였다.

영필이 쓰러진 후에도 2년간은 은기가 직접 시중을 들었다. 제자로서 그리고 며느리로서. 하지만 영필은 계속 함께 살자는 은기에게 요양원에 가겠다고 고집했다.

'제가 부담되세요?'

'오냐. 이젠 부담이 되는구나.'

'선생님.'

'이럴 때 영화에선 그러더구나. 하산하여라.'

'더 가르쳐 주셔야지요.'

'하산하라니까 그러네. 다만 안타까운 건 너를 전수조교로 등록해 주지 못한 것인데.'

'아시잖아요. 그쪽으론 마음 별로 없는 거.'

'나 부담 덜라고 그렇게 말하는 거 안다.'

'정말이에요.'

'오냐. 그럼 그런 걸로 하지, 뭐.'

'선생님.'

'나, 심심해. 맘 맞는 늙은이들 만나서 편히 놀고 싶다고.'

하지만 은기가 영필의 거처로 택한 곳은 일반 요양원이 아니라 실버타운 〈효당마을〉이었다. 몸이 살짝 불편하긴 해도 심신이 강건한 노인을 아픈 노인들과 함께 둘 수 없다는 판단에서였다. 입주 경비는 영필의 재산으로 충당했고, 매달 들어가는 비용은 은기가 감당하고 있었다. 그런 은기를 〈효당마을〉 입주자들은 '아기 며느님'이라 부르며 거의 신성시하다시피 했다.

은기가 '아기 며느님'인 데는 그럴 만한 이유가 있었다. 팔순 영필에게 스물아홉 은기면 거의 손녀뻘이었지만, 영필이 결혼을 원체 늦게 해 마흔이 넘어서야 아들 한이를 본 데다, 한이와 은기가 열 살이나 차이지다 보니 그렇게 된 것이었다.

어쨌거나 은기는 침선장 이영필에게 없어서는 안 될 존재였다. 영필에게 은기는 제자이자, 며느리이자, 딸이자, 동료이자 그리고 친구였다. 반면, 은기는 단순했다. 은기에게 영필은 존경하는 스승이면서 어려서 헤어진 엄마 대신이었다.

“들어 드릴까요?”

난데없는 기척에 은기가 고개를 돌렸다. 재필이었다. 은기는 진심으로 놀라선 자신도 모르게 ‘아빠야.’ 할 뻔했다.

“놀라게 해 드렸나 보네요. 무거워 보여서요.”

은기가 놀란 이유를 자신이 갑자기 말을 건 때문으로 이해한 모양이었다. 그럴 수밖에. 재필이 알 턱이 있나.

“아, 저는 여기 의료센터에서 일하는 사람입니다.”

“네.”

“주세요.”

재필이 거의 빼앗다시피 은기의 보따리를 가져갔다.

“온 지 이제 일주일 됐거든요. 오다가다 보면 가끔 마주치게 될 텐데 기억해 두세요. 근데 어느 분 뵈러 오셨어요?”

“이영필 선생님요.”

“아. 혹시 말로만 듣던 아기 며느님이세요?”

은기는 그냥 웃었다. 그 웃음을 힐끗한 재필이 멈칫, 했다가 다시 움직였다. 가슴이 철렁했던 것이다.

‘뭐야. 왜 이래.’

정문을 통과하자마자 앞에 여자 하나가 보였다. 그것도 양손에 짐을 잔뜩 들고 있는. 노인이었다면 바로 쫓아가 도왔겠지만 젊은 사람이라 무시하려는데, 정신을 차려 보니 어느새 쫓아가 여자의 짐을 뺏어 들고 있었다. 당황스러웠다. 그런데 이번엔 철렁, 이었다.

‘나 뭐야.’

하지만 뭘 생각하고 자시고, 무슨 얘길 더 하고 말고 할 틈도 없이 두 사람은 금세 엘리베이터 앞에 도착했다. 은기가 손을 내밀었다.

“이제 제가 가지고 갈게요.”

"예. 그럼."

가볍게 묵례한 후 돌아서 가는 재필을 보면서 은기가 행선 버튼을 눌렀다. 문이 닫혔다.

'박사 선배가 여기서 일하는구나. 종합 병원 그런 데 있을 줄 알았는데. 그나저나 조금? 꽤? 암튼 변한 거 맞지? 사람 잡아먹게 생긴 눈빛이야 그대로지만, 건드리기만 해도 베일 것 같았던 분위기는 조금 누그러진 게.'

재필은 재필대로 숙소 쪽으로 향하며 중얼거렸다. 〈효당마을〉 안에 비혼 직원들을 위한 원룸 형태의 직원 숙소가 있어서 출근과 동시에 옮겨 온 터였다.

"낯이 익어. 재형이 동창인가? 아니면 내 동문인가? 알은척을 안 한 거 보면 그건 아니란 거겠지?"

그리고 생각 하나가 이어졌다.

'근데 나…… 왜 그랬지?'

그때였다.

"서 선생."

재필이 칼칼한 목소리를 향해 고개를 돌렸다. 승용차 창문을 내리고 사람 좋은 웃음을 짓고 있는 사람은 〈효당마을〉 이사장이자 친구 동섭의 아버지인 준건이었다. 매일 아침 회의 때마다 보면서도 준건은 늘 재필을 몇 년 만에 본 친구 대하듯 하고 있었다. 감사한 일이었다.

"토요일인데 어디 안 가나?"

"두어 시간 후에 본가에 갑니다."

콧구멍만 해도 집은 집이어서 대충 치워 놓고 본가에 다니러 갈 생각이었다. 동생 재형 부부가 온다고 했다. 드라마 마지막 회를 함께 볼 계획이라나. 아마도 시끌벅적한 저녁이 될 것이었다.

"그렇군. 잘 다녀오게."

"예."

준건은 바로 사라졌다. 재필은 준건의 그런 점이 좋았다. 준건은 정말 필요한 말만 하는 사람이어서, 쓸데없는 수다나 영양가 없는 말대꾸에 신경 쓸 일이 없어서였다.

준건은 준건대로 백미러를 통해 재필의 모습을 한 번 더 확인하곤 더 크게 미소를 지었다.

"언제 봐도 깎아 놓은 밤톨 같은 것이. 하이고, 우리 동혜가 어린 게 천추의 한이다."

준건에게 아주 오래전의 일이 떠올랐다. 아들 동섭이 겨레대학교 의대 예과 1년이었을 적의 일이니, 벌써 강산이 한 번은 변한 터였다.

"세월이 잘도 흐르는구나."

의대 시절에 오지 의료 봉사에서 만나 친구로 지내 온 한의사 한진과 오랜만에 만난 날이었다. 한진에게도 동섭과 동갑내기인 아들이 있어서, 여러모로 대화가 잘 통했다.

'동섭인 적응 잘하나?'

'처음엔 괜히 의대 갔다고 이 말 저 말 많더니 다행히 동기 하나를 잘 만나서 맘 붙이고 있어. 그러는 해강인?'

'재형이 따라다니느라고 정신없지.'

'하하하. 아이고, 하하하…….'

'말도 마. 아주 덩치 큰 개야. 눈 뜨고 못 봐 주겠어. 저번엔 뭐라는 줄 알아? 재형이네 집 보이는 동으로 이사를 가재. 뷰가 어떻고 프리미엄이 저떻고 막 갖다 붙이는데 기가 막혀서. 그게 저한테나 뷰지 나한테도 뷰냐고. 재형이네 집 앞에 천막 치고 살라고 내쫓을까 하다가 정말로 집 싸 나가지 싶어서 참았잖아.'

'하하하하하. 듣기만 해도 좋네. 자네가 시퍼런 얼굴로 해강이 끌고 나타났을 때가 엊그제 같은데.'

'그랬지. 재형이 아니었으면. 참, 저번에 깜빡했는데 재형이 오라비가

동섭이 동기야.'

'어? 재형이 오라비면, 그 너무 잘나서 해강이가 질색한다는 그 쌍둥이?'

'어. 동섭이가 알겠네. 한번 물어봐.'

'이름이 뭔데?'

'서재필이라고.'

'어? 재필이? 잘 알지. 재필이가 우리 동섭이 챙겨 준다는 그 친구야.'

'그래?'

'그러고 보니 재형이가 서씨였지. 맨날 재형이, 재형이 했으니까 성까지는 미처. 서재형, 서재필 정말 그러네. 거참, 엄청난 인연일세. 앞으로 눈여겨봐야겠네.'

'보나 마나지. 재형이랑 쌍둥인데 그 심지야 오죽하려고. 내가 딸도 있었음 곁사돈 할 거였는데 말이야.'

그때부터 내내 유심히 지켜봐 온 재필이었다.

"잘못했음 한진이하고 나하고 피 터질 뻔했지. 재필이 서로 갖겠다고."

그러는 동안 준건은 재필에 대해 한 가지 사실을 깨닫고 아주 즐거웠더랬다. 그건 재필에게 탁월한 경영 감각이 있다는 사실이었다. 지금이야 자신이 일인 다역을 하고 있지만 언제까지 현역으로 뛸 수 있을지 장담할 수 없는 상황에서, 아들 동섭마저 〈효당마을〉이라면 손사래를 치며 말도 못 꺼내게 해 대안이 필요한 터에, 재필은 거기에 여러모로 안성맞춤인 인재였던 것이다.

물론 모든 경우의 수를 다 따져 보고 내린 결론이었다. 재필이 원장이 된다 해도 자신이 은퇴하고 난 후의 〈효당마을〉 이사장은 동섭이 될 거라는 것, 하지만 이사장은 이사장일 뿐 전문경영인은 필수라는 것, 만약에 동섭이 뒤늦게 〈효당마을〉에 관심을 갖게 된다 하더라도 재필의 도움 없이 혼자

만의 경영은 불가능하다는 것, 그리고 아직은 실체 없는 미래의 사위 문제까지, 전부 말이다.

"재필이가 맡아 해 주는 게 최고의 수라니까."

준건이 한숨을 크게 쉬었다.

"그러니 동혜를 일찍 낳았어야 했어."

준건의 딸 동혜, 이제 고1이었다. 아무리 재필이 마음에 든다 해도, 늦둥이로 낳아 애지중지 키운 17살짜리 딸을 31살이나 먹은 재필에게 엮어 줄 정도로 무분별한 준건은 아니었던 것이다.

"아까워 죽겠다니까."

준건이 그런 생각을 하며 〈효당마을〉을 벗어나 도로로 진입하는 동안, 재필은 숙소로 들어가 세탁기를 돌려 놓고 포트의 전원을 올렸다. 갑자기 진한 커피가 생각난 것이다.

"거참, 속 술렁거리네."

선명한 은기의 잔상 때문이었다.

"내가 그런 스타일에 약한가?"

언젠가는 자신도 사랑이란 걸 하게 될 거라고, 생각 정도는 해 본 적이 있었다. 재형과 해강을 지켜보다 보면 들고 싶지 않아도 들게 되는 생각이었다. 하지만 막연했다. '여자' 라는 구체적인 대상에 설레거나 흔들리거나, 그래 본 적이 없는 재필로서는 '사랑' 은 그저 개념일 뿐이었다. 그런데 술렁거리고 있었다. 재필은 일단 스스로를 지켜보기로 했다. 지금까지 그래 왔듯이 이성적으로 눈을 크게 뜨고.

"뭐 안 했지?"

"네. 하지 말라셔서 안 했어요."

"잘했다. 뭐 예쁜 놈이라고 밥까지 해 먹여."

"우리 선생님 또 맘에 없는 말씀 하신다."

영필은 단 한 번도 한이의 제사상을 차린 적이 없었다. 은기에게도 못 하게 했다.

"우리 아가, 잠 못 잤구나. 몽달귀신이 방망이 들고 쫓아오는 꿈이라도 꿨어?"

"와, 우리 선생님 진짜. 저 앞 큰길가에 돗자리 깔아 드려요?"

"돗자리는 옥이 성이 깔아야지. 아마 아들보다 잘 볼걸?"

은기가 까르르…… 넘어갔다. 옥자는 독서광의 내공으로 노자장자에서 사주팔자를 거쳐 타로카드에 이르기까지, 인생을 논하는 이론치고 다뤄 보지 않은 것이 없었다. 점성학 전문가인 아들 정완조차도 간혹 상의를 해 오는 성도였다.

"이제 그만 잊어. 인연도 아니었던 거를 뭣 하러 붙들고 있누."

영필이 한이의 어머니이니 영필을 보고 사는 한은 한이를 잊을 수 없다는 걸 잘 알면서도 영필은 번번이 잊으라는 말을 잊지 않았다. 그 말이라도 하지 않으면 안 될 것 같아서였다. 은기에게 미안해서, 은기가 가여워서.

"그 못난 거를 괜히 너한테 찍어 붙여서는. 단명이 내력인 줄도 모르고."

"우리 선생님 십팔번 나오신다."

"내 욕심이 우리 아가 고생시키니 하는 소리지."

"그런 말씀 하시는 게 고생시키는 거예요."

호박죽을 그릇에 담아 내놓고 영필의 손에 수저를 쥐여 주고는 은기가 영필의 맞은편에 앉았다.

"근데요, 의사 새로 왔어요?"

"어떻게 알았어?"

"들어오다가 만났어요. 1층 엘리베이터 앞까지 짐도 들어다 줬는걸요?"

"1층 엘리베이터 앞? 기왕 들어다 줄 거면 이 안까지 와야지 거기서 끊었다고? 뭐가 그래? 매너 없이."

"우리 선생님 또 억지 부리신다. 누구 찾아왔냐면서 인사하던데요?"

"그 왜 클리닉인지 뭔지 하나 새로 연다고 준비한 거, 거기."

〈효당마을〉 별관 의료센터에는 내과 전문의가 상주하는 〈효당의원〉을 중심으로 〈당뇨병 클리닉〉과 〈골다공증 클리닉〉이 있었다. 거기에 〈정신 건강 클리닉〉이 보태지면서 규모가 더 커진 셈이었다.

"저번 월요일에 와서 인사하고 돌아다녔어. 진료는 돌아오는 월요일부터 한다지, 아마."

"그렇구나."

"다들 모델 선생이라고 불러. 눈이 호강한다니까. 그 뭐라더라. 물리치료실 장 선생이 뭐라 그랬는데. 아, 안구정화."

그 말에 은기가 또 까르르…… 웃었다. 퀸 우해강 덕에 지하 깊숙이 묻힐 수밖에 없었던 면면들이 새록새록 떠올랐던 것이다. 생김만으로는 어디에 내놔도 빠질 것 하나 없는 인물들이었건만, 해강 때문에 제대로 빛을 발해 보지 못했다고나 할까.

재필 외에 대충 생각나는 이름들만 해도 같은 천왕이었던 대장 민주한을 비롯해, 전투기 프라모델 덕후 송현기, 어린왕자 김승욱, 형님 최해철, 뒤늦게 꽃핀 하다열 등등 여럿이었다. 여학생들 쪽에도 강신 강우연과 1학년 때 한 반이었던 한유랑을 아울러 피해자가 제법 있었으니 말 다 한 거였다. 외모에 한해서만큼은 남녀를 불문하고 해강이 지존이었던 것이다.

"재미있는 얘기 해 드릴까요?"

"뭔데?"

"그 모델 선생이요. 저 고등학교 선배예요."

"어? 정말로?"

"네. 워낙 유명한 사람이어서 학교에서 모르는 사람이 없었어요."

"모델 선생은 우리 아가 알아보고?"

"아니요. 저를 알 리가 없죠."

"뭐? 나쁜 놈 같으니. 우리 아가를 모른다는 게 말이 돼?"

"우리 선생님 다 아시면서 그러신다. 저, 바느질밖에 모르던 내성적인 소녀였잖아요. 기억하는 사람 하나도 없을걸요."

"그래도 기분 나쁘구나."

"게다가 현기 오빠 친구예요."

"어? 사돈 친구라고? 헌데도 몰라? 뭐가 그래?"

"따로 볼 일이 있었어야죠. 제가 오빠랑 같이 산 것도 아니고."

"알은척했어?"

"아니요. 굳이 뭐. 선생님도 모른 척하세요."

"그럴란다. 나 자존심 엄청 상했어, 지금. 천하의 고은기를 몰라보다니. 그런 고얀 놈이 또 어디 있어."

호박죽을 입에 넣고 호물거리는 영필을 보며 은기가 다시 까르르…… 웃었다.

"우리 선생님 콩깍지. 큰일 나셨다니까요."

그렇게 한참을 붙어 앉아 웃고 떠들고 나서야 은기는 그릇을 챙겨 돌아갔다. 빠르면 며칠 뒤, 길어 봐야 일주일 정도만 있으면 또 볼 얼굴이었음에도 영필은 아쉽기 그지없었다.

'아쉽긴 뭐가 아쉽다고. 욕심바가지. 주책바가지. 나만큼 누리고 사는 늙은이가 또 어디 있다고.'

속으로 스스로를 야단치고 있자니 옥자가 찾아왔다.

"좀 어떠신가 해서 들렀지."

"뭐…… 그렇지 뭐."

영필의 표정이 생각보다 밝아서 옥자는 잠시 머뭇거렸다. 하지만 옥자는 옥자였다. 생각한 건 말하고 보는, 결정한 건 지르고 보는.

"벗님. 내 잘하는 거 또 하려고."

“이번엔 또 무슨 주제로 연설하시려고?”

“세계 인권 선언이라고 있거든.”

“이번 건 어려우려나 보네.”

“그렇지. 암튼 있는데, 그거 마지막 조항이 뭔지 아시나?”

“아실 턱이 있나.”

“질문 아니잖아.”

“알았으니까 어여 말하셔.”

옥자가 눈을 감았다. 긴 문장을 외울 때의 버릇이었다.

“제30조. 이 선언에서 말한 어떤 권리와 자유도 다른 사람의 권리와 자유를 짓밟기 위해 사용될 수 없다. 어느 누구에게도 남의 권리를 파괴할 목적으로 자기 권리를 사용할 권리는 없다.”

영필이 싱긋, 웃었다.

“아무튼 그런 게 여적 외워진다는 게 신기하다니까. 그나저나 역시 어렵네.”

“내가 이 소릴 왜 하냐면.”

“왜 하냐면.”

“벗님. 아기 며느님 언제까지 끼고 사실 건가 해서. 스승이라고 제자 인생을 쥐락펴락할 수는 없는 거잖아.”

영필의 눈에 순식간에 눈물이 맺히더니 주르르 흘러내렸다. 옥자는 당황하지 않았다. 예상했던 바였다.

“뭘 또 우시고 그래.”

“옥이 성. 나 우리 아가 붙들고 살 생각 없어. 간다 그러면 보내 줄 거야. 내가 덕이 부족해서 남편 잃은 것도 모자라 새끼까지 잃었잖여.”

“거기서 덕이 왜 나와. 전생에 신심 좋은 신부님이나 스님, 파계라도 시켰나 보지. 재미있었겠구만, 뭘. 한 번은 그렇게 살고 다른 한 번은 또 이렇게 살고, 그런 거지.”

다른 때 같으면 웃었겠지만, 영필은 웃지 못했다.

"내 팔자가 은기한테 옮겨 가면 어떡해. 그 착하고 죄 없는 거를 고생시키고 있는 것만으로도 난 다음 생에 사람으로 못 태어나."

"진심이셔?"

"어. 내 옆에서 늙기 아깝잖여. 그렇다고 나 죽을 때까지 기다려라 할 수도 없는 노릇이고."

"그러니 하는 말이지. 우리 재수 없어 백 살까지 산다고 쳐 보셔. 그때면 아기 며느님도 쉰이잖아. 얼마나 가여워."

영필에게서 억누른 신음이 비어져 나왔다.

"그만 우셔. 누가 보면 내가 머리채 잡고 흔들기라도 한 줄 알겠네."

"나도 울기 싫여. 헌데 나오는 걸 어째."

"저 정을 어쩔 거야. 그러니 나정도 병이라는 말이 다 있지."

옥자는 말하지 않았다. 은기가 재필과 함께 걸어오는 것을 보았다고. 그렇게 어울릴 수가 없었다고. 세상에 그런 인연이 없어 보였다고. 그래서 두 시간 내내 알고 있는 계산이란 계산은 다 해 보았다고. 두 사람 생년월일시야 이미 알고 있었으니까.

'우리 정완이는 댈 것도 아니더라고. 그 잘난 의사 선생이 왜 하필 우리 같은 늙은이들한테 왔나 의아했드만은 그게 다 은기 만나려고 찾아온 거였더라고. 왜 그리 늦었을꼬. 그러니 하늘도 심술에 심통인 거지. 하늘님이 제대로 노망났거나. 그 좋은 별을 두 동강 내 놓은 것도 모자라선 여태 따로따로 굴려 댔으니. 이제야 만나 어쩐대.'

훌쩍거리는 영필의 등을 토닥이며 옥자는 인생이 조무래기들 장난 같다는 생각을 했다. 계획도 없고 절차도 없고 맥락도 없는. 긍정을 이마에 붙이고 다니는 달변가들이야 사람이 살면서 겪는 일치고 무의미한 경험은 없다고 지껄이겠지만, 옥자가 보기에 그중 태반은 굳이 겪지 않아도 되는, 딱히 겪을 필요도 없는, 그런 일들이었다.

'죽은 사람만 불쌍한 거라고 다들 그러지만은, 내 보기엔 은기가 제일 딱해.'

그러면서 또 생각했다.

'저승 문이 코앞인 마당에 생때같이 젊은 것들 눈물 콧물 빼는 일만은 없어야 할 텐데. 그래야 나중에 옥황상제 면전에서 빵빵 큰소리치지. 내 이리이리 신통방통하게 굴었으니 좋은 데로 보내 주소, 하고 말이야.'

1.3

진료가 없는 토요일이면 재필은 오전 일찍 복싱클럽에 나녀온 후, 하루 종일 방 안에서 책을 붙들고 뒹굴뒹굴 굴러다녔다. 이미 나와 있는 책에 새로이 출간되는 책까지, 읽을거리가 모자랄 일은 결코 일어나지 않을 일이어서, 시간은 활자들과 더불어 잘도 흘러갔다. 그리고 일요일엔 차를 두고 느긋하게 전철을 이용해 본가에 들러 부모님과 밥을 먹고 돌아왔다. 물론 동생 재형 부부가 다니러 오면 그에 맞춰 달리 움직이기도 했다.

특히 토요일 점심 무렵이면 의료센터가 들어 있는 별관 옥상정원에 올라가 들고 나는 사람들을 구경하는 데 재미를 붙였다. 진료가 없는 요일인 데다 본관 옥상에도 잘 꾸며진 정원이 있어서, 별관 옥상정원은 으레 텅 비어 있게 마련이었다. 그곳에서 재필은 마음껏 따분할 수 있었고, 그 따분함을 즐기는 것으로 정신을 환기시켰다.

오늘도 그런 날 중 하나였다. 볕바라기를 하며 옥상에서 두루두루 건너보고 내려다보고 있던 재필의 눈에 정문 앞 횡단보도 근처에 멈춰 서는 노란색 택시 한 대가 보였다. 방문객임이 분명했다. '이번엔 누구지.' 하는데 문이 열리고 모습을 드러낸 사람이 언뜻 봐도 '아기 며느님' 이었다. 재필은 자신도 모르게 몸을 돌려선 계단을 뛰어 내려가기 시작했다. 정문을 향해서, 아니 정확하게는 '아기 며느님'을 향해서.

구르듯 달려오는 재필을 본 은기가 걸음을 멈추고 인사했다.

"안녕하세요?"

"예. 지금 오세요?"

재필이 달음박질을 멈추고 은기 앞에 섰다.

"뭐 급한 일 있으신가 봐요."

"예?"

"뛰어오셔서요."

"아……."

재필은 거기서 말문이 막혔다. 그러고 보니 자신이 뛰어왔다는 것, 그런데 왜 뛰어왔는지 모르겠다는 것, 말문이 막힐 수밖에 없는 상황이었다.

"그러게요. 제가 왜 뛰어왔을까요?"

"네?"

재필이 은기에게서 보따리를 뺏어 들었다. 보따리도 보따리지만 밖으로 나가지 않고 다시 건물 쪽으로 향하는 재필이 은기는 의아했다. 하지만 깊게 생각하지는 않았다.

"토요일마다 오세요?"

"네."

"실례지만, 아기 며느님이라고 부르기 뭣한데 이름 좀 알려 주시죠."

"고은기예요."

"고은기……."

재필이 고개를 갸우뚱했다.

'귀에 익어.'

그런 재필을 은기가 힐긋하고는 아주 작게 미소를 베어 물었다.

'어디서 들은 것 같아요? 하지만 선배는 나를 몰라요. 알 리가 없어요.'

재필이 대꾸했다. 은기의 입장에서 보면 하나 마나 한 대꾸를.

"저는 서재필이에요."

"네."

은기의 아빠 춘호는 출장으로 집을 비울 적마다 은기를 동생 춘희의 집에 맡기고는 했었다. 바로 현기네 말이다. 그래서 현기나 고모 춘희의 입을 통해 현기의 교우관계가 어찌 돌아가는지에 대해 훤히 꿰고 있던 사람이 바로 은기였다. 게다가 현기는 무서운 군인 아버지보다 다정다감한 외삼촌 춘호를 훨씬 더 좋아해서, 평소엔 입을 꾹 닫고 있다가도 춘호만 있으면 별별 이야기를 다 늘어놓곤 했기 때문에 그 와중에 얻어듣는 이야기도 제법 많았다.

그러다 현기가 기하고등학교에 들어가면서 귀에 딱지가 앉도록 들은 것이 4대 천왕의 이름이었다. 그리고 그중의 둘이 현기의 친구였다. 특히 해강의 경우는 중학교 적부터 친하게 지내 오고 있어서 더 잘 알고 있었다. 현기와 은기의 관계를 아는 사람도 그 해강이 유일했다. 현기네 집에서 해강을 여러 번 마주친 적이 있어서였는데, 다행스럽게도 해강은 은기를 그림자 정도로만 여길 뿐이어서 불편한 일은 한 번도 일어나지 않았다.

이후 현기와 같은 기하고등학교를 배정받으면서 현기에게 부탁했었다. 알은척하지 말자고. 워낙 잘난 오빠였고, 친구들도 하나같이 다 잘나서 엮이고 싶지 않았던 것이다. 응달은 결코 양달과 섞일 수 없다는, 그런 생각이었다. 그래서 학교에서만큼은 모른 척하고 살았다.

'그때 알은척하지 않고 살기를 잘한 것 같네요. 이렇게 봐서 뭐 하겠어요.'

재필은 재필대로 안개 속을 더듬어 가듯 선명하지 않은 머릿속을 계속해서 뒤졌다. 하지만 별 소득은 보지 못한 채 영필의 집 앞에 다다랐다. 통성명 이후 침묵이 이어졌다는 건 두 사람 다 의식하지 못하고 있었다. 각자의 생각에 골몰해 있느라 나름대로 머리가 분주했던 것이다. 1층 엘리베이터 앞이 아니라, 그 엘리베이터를 타고 영필의 집까지 와 버렸다는 것도 자각하지 못할 만큼 머릿속이 소란스러웠던 것이다.

"그럼 은기 씨, 있다가 가세요."

"네. 들어다 주셔서 고맙습니다."

하지만 은기가 안으로 사라지고 나서도 재필은 한동안 그대로 서 있었다. 수많은 질문들이 도착해 있는데 그 어느 것도 답으로 맞이할 수 없어서 답답했다. 분명히 몇 개의 단어가 입 안을 맴돌고 있는데 좀처럼 풀려 나오지 않아서 답답했다. 그러다 어찌어찌 간신히 끄집어낸 단어가 '자국'이었다. 임시방편이랄까 임기응변이랄까, 그러니까 대신이란 걸 알면서도 일단은 꺼내 놓고 본 단어, 자국.

'자국이라, 자국…….'

재필이 몸을 돌렸다. 그러곤 다시 별관 옥상으로 향했다.

'무슨 자국?'

조금 전까지 자신이 서 있던 자리로 걸어가는데 의자 바닥에 놓인 태블릿PC가 눈에 들어왔다. 헛웃음이 나왔다.

"아주 정신이 나갔었구나, 서재필."

무얼 흘리고 다니는 법이 없는 재필이었다. 그런데 자신의 물건을, 그것도 로그인 된 태블릿PC를 그대로 두고 뛰쳐나간 것이다.

"도대체 무슨 생각인 건지. 내가 낯설다, 진짜."

한숨을 쉬면서 혹시 잘못된 게 없나 이것저것 건드려 보는데 포털 메인 화면의 실시간 검색어에 시선이 붙들렸다.

3 하다열

'이 친구가 왜 실검 3위야? 뭐 사고라도 쳤어?'

무시할까 하다가 클릭했더니 기사가 주르르 올라왔다.

[하다열, 새 미니앨범 『암호와 신호』 타이틀곡 「작은따옴표 안의 느낌표」 M/V 티저 공개

트루엔넷=차유경 기자

발라드 프린스 하다열이 새 미니앨범 『암호와 신호』의 타이틀곡 「작은따옴표 안의 느낌표」 뮤직비디오의 티저 영상을 공개했다. 결혼을 하고도 여전히 '프린스'라는 호칭이 어울리는 하다열은 3년 만에 내놓은 『암호와 신호』를 통해 절정에 달한 그의 서정성과 더욱 짙고 풍부해진 감수성으로……]

'난 또 뭐라고. 하다열이 이젠 뮤직비디오 티저만으로도 실검에 오르는 사람이 됐구나. 강우연 뿌듯하겠네.'

다열과 우연이 가족과 지인 몇 명만 모아 놓고 소박하기 그지없는 결혼식을 치렀다는 기사를 접한 게 몇 년 전이었는데, 잘 살고 있는 모양이었다.

'그래. 다들 잘 살아라.'

재필은 기사로 들어가지 않고 떠 있던 화면을 모두 없앤 후 시스템을 종료시켰다. 그리고 천천히 정원을 걷기 시작했다. 열심히 걷다 보면 뭐라도 생각이 날까 해서였다.

'암호와 신호라. 내가 딱 그거네. 암호는 못 풀겠고 신호는 못 알아보겠고. 고은기…… 고은기…… 하아…….'

하지만 그 어느 것도 분명해지지 않은 채 몸도 맘도 맴돌 뿐이었다.

친정 부모님의 금혼식을 맞아 어머니께 치자로 물들인 손누비 치마저고리를 선물하고 싶다는 주문이 들어왔다. 웬만해선 손누비는 잘 하지 않는 은기였다. 밥 먹는 시간 빼고 꼬박 거기에만 매달려도 한 달 반은 걸리는

게 손누비 치마저고리이기 때문이었다. 하지만 워낙 간곡했다. 결국 영필을 생각하며 받아들이기로 했다. 다행히 시간은 넉넉한 편이었다.

한참 시침질을 하고 있는데 까랑까라랑 까랑까라랑…… 핸드폰이 부산을 떨었다. 액정을 보니 다열이었다.

"왜? 또 다연이 돌복 재촉하려고? 안 그래도 다 했어."

— 우리 여보야 강의 하나 맡았다?

아무튼 다짜고짜. 또 시작할 모양이었다, 아내 자랑. 하지만 은기는 맞장구쳤다. 자신의 귀에도 반가운 소식이긴 했으므로.

"진짜? 그럼 교수님 되는 거야?"

— 그건 아직 멀었지. 지금은 그냥 시간강사.

"그래도 그게 어디야. 하다열 신나겠네."

— 어, 신나. 무지무지 신나.

여보야, 그러니까 아내 우연의 유학길을 따라가 몇 년간이나 살림과 뒷바라지를 도맡았던 다열이었다.

"그거 자랑하려고 전화한 거야?"

— 아니. 다연이 옷 가지러 우리 여보야가 갈 건데…….

"우연 선배 혼자 온다고? 웬일로 바늘 오는 데 실이 안 와?"

— 여기저기 들를 데가 많아서 나 따라가면 복잡해진대. 그게 문제가 아니고 부탁할 거 있어. 우리 여보야 옷 좀 해 달라고. 눈치 못 채게.

"무슨 일 있어?"

— 어. 석 달 뒤에 우리 대비마마 팔순이거든. 늦둥이 외아들 키우느라 고생 많으셨다고 대표 형이 파티 크게 할 거래. 그날 입게 하려고. 대비마마한테는 우리 여보야가 거의 딸이잖아. 그리고 유학 간다고 결혼식만 작게 하고 말아서 나 우리 여보야 한복 입은 거 한 번도 못 봤어. 다연이도 돌잔치 따로 안 할 거라 그때 아니면 기회 정말 없거든. 아, 다연이랑 똑같이 입혀서 사진 찍고 싶었는데.

어지간히도 아쉬운 모양인지 다열은 그러고도 한복 얘기를 거듭거듭 늘어놓았다.

— 우리 여보야가 차려입는 데 관심이 너무 없어. 뭘 입어도 예쁘니까 다행이지, 누가 보면 내가 옷도 안 사 주는 나쁜 남편인 줄 알겠어.

끊을 타임이었다. 내버려 두면 한도 끝도 없을 테니까 말이다. 그래서 은기는 말을 돌렸다.

"그럼 대비마마는?"

— 어? 아! 재작년에 대표 형 결혼할 때 비싼 거 했는데 무슨 한복을 또 하냐고 막 화내시더라고. 근데 저고리, 치수 안 재고도 만들 수 있어?

"나 우연 선배 치수 알아."

— 뭐? 어떻게 알아?

"저번에 '트리니 원' 하고 같이 왔었잖아. 그때 내가 재 뒀어. 혹시 몰라서."

— 와! 역시 고은기 센스.

"알았어. 맡겨."

— 최고 좋은 걸로 해 줘야 해.

"어. 집 팔 각오 해."

— 우리 여보야 예쁘게만 만들어 준다면 더한 것도 팔 수 있어. 파티 때 선녀처럼 보이게 해 줘야 해. 그날 연예인들도 꽤 올 거란 말이지. 다 밟아 버릴 거야.

"밟긴 뭘 밟아. 네가 애야? 우연 선배가 너 키우느라고 고생이 많다. 암튼 알았어. 하다열을 누가 말려."

다열은 기하고등학교 동창으로 3년 내내 같은 반이었다. 꽤 신경질적이었던 다열과 퍽 내성적이었던 은기가 친구가 된 일은 지금 생각해도 신기할 뿐이었다. 계기는 미술 수행 평가였다. 둘씩 짝을 이뤄 작품을 만들어 내야 했는데, 다들 알아서 찢어지고 나니 떨렁 둘만 남아 버린 것이다. 싫고 좋고, 그런 걸 따질 계제가 아니었다. 한 팀이 될 수밖에 없었다. 은기는 망했다고 반은 포기했었다. 대화나 되겠나 싶었던 것이다.

그런데 다열은 의외로 감수성이 뛰어났고, 섬세한 데다 솜씨마저 뛰어나 일사천리로 진행이 되었다. 결과도 좋았다. 최고 점수를 받은 데 이어 작품이 미술실에 당당히 걸리기까지 한 것이다. 어쨌거나 그 과정에서 더 가까워지게 된 건 한창 작업하던 어느 날의 대화 이후였다.

'야, 고은기. 계속 궁금했는데, 너 그런 거 어디서 배웠어? 엄마한테 배웠어?'

'선생님한테 배웠어. 그리고 나 엄마 없어.'

'없다고? 왜?'

'이혼하셨어. 나 네 살 때.'

'만나기는 해?'

'아니.'

'안 만난다고? 엄마가 안 찾아?'

'안 찾아.'

'얼굴은 기억해?'

'아니.'

'씨바. 우리끼리 할 얘기가 좀 나오겠다.'

버림받았다는 공감대는 생각보다 두터웠다. 은기는 아빠와 고모네 식구라도 있지, 다열은 아버지와도 따로 살고 있어서 뼛속까지 외로움이 들어차 있던 아이였다. 그래서인지 우연을 따라다니는 걸 보면 결사적으로 보이기까지 했었다. 하지만 거기에는 요령도 없고 대책도 없었다. 그냥 무작정이랄까. 지켜보다 보면 참으로 심란했었다.

어쨌거나 둘은 그렇게 우정과 동지애를 나누며 학창 시절을 보냈다. 그렇다고 붙어 다닌 건 아니었지만 말이다. 다열은 은기의 친구 자격으로 결혼식에 참석해 축가도 불러 주었더랬다. 이후 은기가 혼자되고 다열이 입대

하면서 한동안 멀어졌던 두 사람은 다열의 전역 후에 다시 소식을 주고받기 시작했다. 다열은 일도 제법 물어다 주었다. 영필 없이 자리 잡느라 한동안 애먹을 때는 그게 큰 도움이 되기도 했었다.

그런데 받을 줄도 모르고, 줄 줄도 모르던 다열이 지금은 온전히 '쏟아 붓는' 사랑을 하고 있었다. 그뿐이랴. 쏟아부은 결실로 딸을 낳았고, 그 딸이 곧 돌을 앞두고 있었다. 은기가 만들어 둔 돌복, 오방저고리의 주인이 바로 다열의 딸, 다연이었다.

'맨날 여보야래. 언제까지 여보야 할 건지. 암튼 좋아 죽어요. 그렇게 아닌 척하더니 꽉 잡혀 가지고는. 옛날의 다열이는 정말…… 그러게 진즉 항복했음 얼마나 좋아. 그게 저 사는 길인 줄도 모르고.'

은기가 바늘을 놓았다. 그리고 뻣뻣해진 손목을 풀었다.

'하긴 날 보면 그게 꼭 정답인 것만도 아니긴 하지.'

영필의 은근한 부추김도 있었지만 한이가 은기에게 진심을 표현해 왔을 때, 은기는 별다른 궁리 없이 순순히 응했다. 자신을 사랑한다기에 그대로 잡혀 주었다. 그러다 보면 자신의 사랑도 자연스럽게 시작될 거라고 믿었다. 영필의 가족이 된다는 게 좋아서였다.

물론 한이가 불편했다면 앞의 이유들이 아무리 커도 받아들이기 쉽지 않았을 것이었다. 하지만 한이와 있을 때 은기는 진심으로 편안했다. 아빠나 고모네 식구와 있을 때 받는 것과는 다른 종류의 안정감이었다. 설레고 두근거리는 꽃밭은 아니었지만, 부드럽고 아늑한 풀밭인 건 확실했다. 고맙고 감사했다.

어려서 헤어진 엄마에 비추어 보건대, 사랑이 어디서 어떻게 시작될지 알 방법은 없어 보였다. 사랑이라고 믿었는데 아닐 수 있었고, 사랑이라고는 생각도 안 했는데 사랑일 수 있었다. 그러니 그걸 어찌 구별하겠는가. 그래서 결론지었다. 함께 있으면 편안하다는 사실 하나만으로도 사랑의 조건은 된다고, 설레고 떨리는 감정은 아니지만 충분히 사랑으로 커 갈 수 있다고, 그렇게 말이다. 그게 스무 살 고은기가 가졌던 사랑에 대한 개념이었다.

하지만 그러지 못했다. 그럴 만한 시간이 충분히 주어지지 않아서였는지, 그럴 만한 마음이 처음부터 아예 아니었던 것인지, 이제는 알 도리조차 없었다.

"그만. 생각 그만해."

은기가 다시 바늘을 잡았다. 돌아갈 수 있는 것도, 바꿀 수 있는 것도 아니었다. 이미 끝난 시간, 너무나도 분명하게 완료된 관계였다. 그러니까 멈춤 말이다. 정지 말이다. 거기서 화석이 된 상태 말이다. 들쑤셔 봐야 소용없었다.

"일이나 해. 일."

한 땀 한 땀, 은기가 걸어가기 시작했다.

재필에게 토요일마다 새로운 일거리가 생겼다. 자신도 모르게 뛰어 내려갔던 그날 이후로, 은기를 만나는 일에 재미가 붙은 것이다.

'그게 왜 재미있지?'

그런 생각이 들어왔다가 나갔다가 오락가락했지만 재필로서는 풀이가 나오지 않는 문제였다. 그래서 일단은 젖혀 두었다. 하지만 은기가 평일 중에도 가끔 잠깐씩 다녀가곤 한다는 사실을 알았을 땐 몹시 서운한 마음이 들었다. 누려야 할 걸 누리지 못했다는 아쉬움이랄까, 그런 기분이 들어서였다.

'요즘 뭐 만들어요?'

'돌쟁이한테 입힐 오방저고리요.'

'아, 그 알록달록한?'

'네.'

'뭔가 더 거창한 거 만들 줄 알았는데요.'

'태어나 무사히 1년 산 거 축하하는 날인데, 그거만큼 거창한 게 더 어디 있을까요.'

'듣고 보니 그러네요. 생각이 짧았어요. 반성할게요.'

라든가,

'면허가 없는 거예요? 차가 없는 거예요?'

'둘 다 없는 거나 마찬가지예요.'

'면허는 어찌어찌 간신히 따 놓긴 했는데 운전해 본 적이 없어서 있으나 마나다, 그런 건가요?'

'잘 아시네요.'

'우리 정미인 약사님이 그렇거든요. 엄마요. 필기부터 주행까지 다 한 번에 붙었는데, 지금은 시동도 못 거시거든요.'

'제가 그래요.'

'무거운 거 들고 다니기 힘들지 않아요?'

'힘들어요.'

'내가 기사 해 줄까요?'

'싫어요.'

'어째서요?'

'세상에 공짜는 없거든요.'

'귀신이네요. 마을 올 적마다 한 시간만 놀아 주고 가라고 흥정할까 했더니.'

라든가,

'은기 씨도 친구 있어요?'

'친구도 없게 생겼나 보네요. 어떡하죠? 애석하게도 있어요.'

'그렇다기보다는…… 친구는 무슨 일 해요?'

'가수예요.'

'가수가 흔한 직업인가 보네요. 내가 아는 사람 중에도 한 사람 있는데.'

'침선장보다는 흔할 거예요.'

'그렇게 따지니까 내 직업이 제일 흔해 보이네요.'

라든가,

'학교 다닐 때 무슨 과목 제일 잘했어요?'

'골고루 못했어요.'

'흠. 그럼 무슨 과목 제일 좋아했어요?'

'두루두루 싫어했어요.'

'흐흠. 그럼 무슨 과목 점수가 제일 높았어요?'

'미술요.'

'미술. 어울리네요.'

라든가,

'부모님하고 사이좋아요?'

'엄마는 안 계시니 그럴 기회가 없었지만 아빠하고는 아주 좋아요.'

'아빠 어디 닮았어요?'

'아빠가 그러는데요. 초등학교 다닐 때, 학교 정문 앞에서 저 기다리고 있으면 누구 하나는 꼭 지나가면서 그랬대요. 저 아저씨 분명히 고은기 아빠다.'

'아빠가 진짜 미남이신가 보네요.'

'그런 말도 할 줄 아세요?'

'그런 말이란 게 뭔데요?'

'듣기 좋으라고 하는 말.'

'그런 말 못 해요. 안 해요. 난 언제나 사실만 말해요.'

라든가, 그런 대화를 나눈 것이 다 그 찰나의 거리에서였으므로. 그 찰나의 거리가 쌓이고 쌓여 제법 무게를 가진 역사가 되고 있었으므로. 그래서인지 부족하다는 생각이 자꾸만 짙어져 갔다. 그 시간만인 것도, 토요일만인 것도.

'아쉬워. 이것저것 더 하고 싶어.'

그랬다. 재필은 그러고 싶어졌다. 은기를 더 자주 만나고 싶어졌고, 은기에게서 더 많은 이야기를 듣고 싶어졌고, 은기로부터 더 진한 미소를 끌어내고 싶어졌다. 함께 밥도 먹고 함께 차도 마시고 함께 산책도 하고 함께 쇼핑도 가고, 그런 것도 하고 싶어졌다.

'하면 되지, 뭐.'

그랬다. 재필은 그 욕구를 숨길 생각이 전혀 없었다. 딱히 속을 애써 숨기며 살아온 인생도 아니었고, '무례' 차원만 아니라면 굳이 그럴 필요 없다는 주의이기도 했다. 그래서 재필은 주저 없이, 머뭇거림 없이, 거리낌 없이 결정을 내리고 실행에 옮겼다.

1.4

막 물리치료실에서 나오고 있던 영필을 향해 재필이 성큼성큼 다가왔다. 그 모습이 어찌나 시원시원하면서도 훤하디훤한지, 영필은 전에 주워들은 '안구정화' 라는 단어가 떠올라 저절로 웃음이 지어졌다. 키 작은 영필을 배려한 재필이 자신의 허리를 잔뜩 굽혀서는 영필의 눈높이에 자신의 눈을 맞추었다.

"할머님. 저 허락받을 일이 있습니다."

언제나처럼 정중하면서도 다정한 말투. 귀 어두운 노인들도 수월하게 알아들을 만한 정확한 발음과 편한 속도. 영필은 순간적으로 재필의 등을 쓰다듬을 뻔했다. 아들 한이 생각이 난 것이다.

"모델 선생이? 나한테요?"

"예."

"무얼까나?"

"은기 씨요."

영필이 대번에 긴장했다. '아기 며느님' 도 아니고 '은기 씨' 라니. 하지만 재필로서는 알아챌 수 없는 미세한 영역이었다.

"친구 하고 싶어서요."

"친구?"

"물어보니까 제 또래이던걸요?"

'그렇지 참. 고작 두 살 차이니 또래 맞는 거지.'

영필은 새삼스러웠다. 영필의 눈엔 은기가 아직도 종종 여고생으로 보이니까 말이다.

"그것만?"

"예?"

"고작 나이 때문에 친구 삼느냐고."

"아. 몇 마디 나눠 봤는데 참 재미있기도 하구요. 제가 웬만해선 누구하고 재미있고 잘 안 그런데, 은기 씨하고 있으면 정말 재미있네요."

영필은 금방 대답을 내놓지 못했다. 머리와 가슴속에서 동시에 휘몰아치는 생각들이 너무나도 힘이 셌던 것이다. 하지만 영필은 곧 의연함을 되찾았다.

"해요, 친구. 우리 아가도 외로워서. 친구라고 하나 있는 거도 요즘은 얼굴 한번 보기 힘든 상황이고, 어째 요즘은 사돈총각도 통 안 보이는 거 같고."

"사돈총각이요?"

"어. 고종사촌 오라비. 전엔 간간이 데리고 나가서 놀아 주고 그러더니, 연애라도 시작했는지 어째 전 같지 않은 게 밉다니까."

영필이 놀라도 어지간히 놀랐다는 증거였다. 현기가 재필의 친구라는 사실을 놓쳐 버린 것이다. 나이는 어쩔 수 없었다. 신경이 하나로 쏠리니 나머지가 다 희미해져 버렸달까. 아닌가? 그건 나이와는 아무 관계가 없으려나?

"그럼 제가 놀아 주면 되는 거지요?"

"그래요. 바깥공기 좀 쐐 주고, 맛난 밥도 먹여 주면 더 좋고."

좋다고 싱글벙글해지는 재필을 두고 돌아서며 영필은 가슴이 내려앉는 기분이 들었다.

'이를 어째. 나 어쩌면 좋아.'

나름 신식 할머니였다. 전통을 계승한 사람으로서 자칫하면 고리타분해질까 무서워 더 애를 썼다. 그래서 결혼 나흘 만에 남편 잃은 스물한 살의 며느리를 보면서, 언제든 놓아주리라 마음먹었더랬다. 게다가 옥자의 영향도 받았다. 해방 때 고작 7살이었기 망정이지, 조금만 더 일찍 태어났으면 모던 걸 중의 모던 걸로 경성을 들었다 놨다 했지 싶을 만큼 생각이 혁신적인 옥자는, 은기에게 집착하지 못하도록 늘 영필을 경계해 주고는 했다.

'벗님. 나는 내 배 아파 낳은 내 새끼조차도 일단은 남이라고 여긴다우. 사실 남 맞지, 나는 아니잖아. 내가 정윤이 대신 아파 줄 수 있는 것도 아니고, 정완이 대신 살아 줄 수 있는 것도 아닌데 완전히 별개지. 그러니 아기 며느님을 벗님 거라고 생각하면 절대 안 돼요.'

그래서 은기와의 이별만 생각하면 곧 눈물이 쏟아질 것 같다가도 아니지, 실제로 눈물을 쏟기도 하다가도 잘 버텨 낼 거라 믿어 의심치 않았다. 그런데 막상 은기에게 관심을 보이는 사람이 눈앞에 나타나자 심장이 사정을 두지 않고 벌렁거렸다. 친구라니. 다열과는 차원이 다르다는 걸 한눈에 알겠는데, 무슨 친구. 영필은 서둘러 옥자에게 향했다. 붙잡을 것이 있어야 했다.

하지만 옥자는 집에 없었다. 그새 어딜 간 것인지. 하긴 〈효당마을〉에서 옥자를 찾는 사람이 어디 한둘이어야 말이지. 영필은 어쩐지 조마조마한 마음을 달래며 옥자의 집 앞에서 돌아섰다. 긴장해서인지 삼키는 침마다 자꾸만 기도로 들어가 사레가 걸렸다. 안 그래도 연하장애가 있는 영필이었다. 침이나 음식물이 식도가 아닌 기도로 들어가는 증상 말이다. 상당수의 노인들이 가지고 있는 증상이기도 했지만, 영필은 그중에서도 조금 심한 편이었다. 뇌졸중의 영향이었다. 〈효당의원〉에서도 주의를 기울이는 바였다.

영필은 얼굴이 벌게지도록 기침을 하며 자신의 집이 있는 층으로 들어섰다. 그런데 문 앞에 은기가 보였다. 헝겁해진 영필이 손을 마구 내저으며 걸음을 재촉했다.

"아가. 이 시간에 웬일이래?"

가방을 뒤지고 있던 은기가 활짝 웃으며 영필에게 다가왔다.

"막 전화하려던 참인데. 선생님 어디 다녀오세요?"

영필이 은기의 손을 덥석, 잡았다. 오늘따라 더 반갑고 더 애틋해서 저절로 손에 힘이 들어갔다.

"물리치료실."

"이제? 오늘은 좀 늦으셨네요?"

"어. 오전에 딴짓 좀 했거든. 헌데 어쩐 일이야?"

문을 열고 들어가면서도 영필은 은기의 등을 어루만지랴, 손을 쓰다듬으랴, 정신이 없었다.

"누비 하다가 힘들어서 응석 부리러 왔어요."

"그러게 그거 하지 말라니까."

"손님 골라 받아요?"

"골라 받아. 뭐 어때. 안 굶어."

"우리 선생님 좋은 거 가르치신다."

은기가 제집인 양 영필의 냉장고를 열어 저번에 자신이 해다 둔 식혜를 꺼내 한 잔 그득 따랐다.

"목 탔어?"

"네. 점심에 칼국수가 조금 짰어요."

영필은 자신의 진심이 오롯이 실린 눈빛으로 은기를 구석구석 쓰다듬었다.

'내가 이거 없이 어떻게 살아.'

은기가 배시시 웃더니 영필의 침대에 벌러덩 드러누워선 "이이잉……."

하며 징징거리기 시작했다. 은기가 그럴 적마다 영필이 좋아한다는 걸 알아서였다.

"응석이 뻗다 뻗다 하늘 뚫겄네."

"선생님."

"왜."

"저, 사람 구할까요? 선생님은 어떻게 혼자 다 하셨대요?"

"나야 타고났잖여. 세 살 적부터 바늘 만진 사람이 나 이영필이야."

은기가 웃었다. 진실인지 과장인지 몰라도 영필이 늘 하던 말이 있었다. '내가 세 살 적부터 바늘을 만졌으니 그 실력이 오죽했겄어? 우리 친정 어머니가 그러셨지. 아이고, 이년아. 니 솜씨면 사지육신 다 잘린 송장도 갖다 엎어 놓고 이래저래 꿰매 붙이면 어유 고맙소, 하면서 살아 일어나겄다. 엔간히 좀 해라, 이년아. 일복 쌓지 말고. 팔자 사나워진다, 이년아.'

말로야 이년 저년 했어도 얼마나 좋은 엄마인가. 그 시절이면 대개의 딸들이 '입'이 아니라 '손' 그러니까 거의 일꾼이나 다름이 없는 취급을 받았을 때인데도 팔자 사나워진다고 일하는 걸 말린 거 보면. 그래서 영필의 성정이 그리도 고운 것인가.

"우리 선생님 또 짬 자랑하신다."

"구해. 힘들면 나눠서 해. 독박 쓸 거 뭐 있어."

"진짜요?"

"누가 말려. '시침 감침' 네 거잖여. 맘대로 해."

"직원 들였는데 일 줄면?"

"안 줄어."

"진짜요?"

"어. 알아봐 줘?"

"아, 맞다. 우리 선생님 마당발인 거 까먹었다. 아직이요. 고민 조금만 더 해 보고요."

"그래, 그래."

영필은 갑자기 의식된 은기에 대한 집착 때문에 속이 울렁거렸다. 〈효당마을〉에 왜 왔는데, 다 은기 편하게 해 주려고 그랬던 건데, 이제 와 매달리면 안 되는데, 초심으로 돌아가야 하는데, 하면서도 붙들고 싶고 잡고 싶어서 힘이 들었다. 또 사레가 들리면서 기침이 나왔다. 은기가 벌떡 일어나 영필을 살폈다.

"선생님 한동안 안 그러시더니."

"침을 너무 급하게 삼켰어."

"왜요? 뭐 걱정되는 일 있으세요?"

척, 하면 척, 이었다. 영필이 한마디 하면 다 꿰는 은기가 영필의 가슴에 다시 울렁거렸다.

"걱정이 있을 게 뭐 있어. 걱정이 너무 없어 탈이지."

"선생님. 뭐든 천천히……."

"다 아는 소리 재방송하지 말어. 귀 따가워."

"우리 선생님 또 삐지신다."

영필이 속을 가라앉히고 은기의 손을 쓰다듬었다.

"나온 김에 놀다 들어가. 영화라도 보든가."

"이따가 아빠 만나서 고모네 가기로 했어요. 고모가 미역국 먹으러 오래요."

"누구 귀 빠진 날인가?"

"고모부요."

"그래? 이맘때였나?"

"네."

"다 모이겠네. 오랜만에 사돈총각도……."

여기서 영필은 흠칫했다. 재필에게 현기 이야기를 흘렸다는 뒤늦은 자각이었다. 하지만 그 정도 정보로 재필이 뭘 알 리 없다는 생각에 마음을 놓으며, 영필은 은기를 토닥이는 데 집중하기 시작했다.

'아가. 은기야. 나를 어쩌면 좋으냐. 내가 너무 오래 살았나 보다.'

은기는 영필의 집이 들어 있는 〈효당마을〉 본관 건물을 한참이나 물끄러미 응시하다가 몸을 돌렸다. 평소와 좀 달랐던 영필이 마음에 걸린 것이다.

'별일 아니시겠지?'

그러다 고개를 다시 돌린 은기가 이번엔 별관 옥상 쪽을 흘깃했다. 자신도 모르게, 무심코.

'허. 나 지금 어디 본 거야?'

자신이 지금 어디에 한눈을 팔았는지 자각한 은기가 자신의 볼을 감쌌다. 순식간에 열이 올라 따끈했다. 재필이 그랬었다. 주말이면 별관 옥상정원이 자신만의 아지트가 된다고. 거기서 은기를 여러 번 보았었다고. 물론 오늘은 평일이니 옥상이든 지하든 재필이 이 시간에 밖에 있을 리 없었다. 게다가 은기가 알기로 재필은 결코 한가한 사람이 아니었다.

'정신 나갔나 봐.'

은기는 서둘러 가슴에 방화벽을 작동시켰다.

'이러다 큰일 나겠어.'

쇠붙이가 자석에게 이끌리듯 별관 옥상을 향해 스르르 움직여 버린 자신의 고개가, 그리고 눈동자가 당황스럽고 놀라웠다.

'얼마나 됐다고, 벌써 습관이라도 된 거야?'

습관 아니지? 그런 거 아니지? 그런 맥락의 자문이었지만, 답은 정반대 방향을 가리키고 있었다. 어떤 행위를 꾸준히 되풀이하는 과정에서 저절로 익히게 된 행동 방식을 '습관'이라 할 때, 재필은 이미 은기의 '습관' 그 영역에 자리 잡은 거 맞는다고.

'아니야. 그럴 리 없어.'

이제 은기의 감정은 당황에서 당혹으로 나아가고 있었다. 정말이지 당혹스러웠다.

'안 돼. 끊어야 해.'

빠져나올 수 있을 때, 그러니까 중독되기 전에 서둘러서 말이다.

'고은기. 정신 차려. 이래 가지고 앞으로 세상 어떻게 살아갈래.'

은기가 발바닥에 힘을 주었다. 그리고 〈효당마을〉 밖을 향해 걸음을 내딛기 시작했다.

'돌아보지 마.'

그 시간, 다른 날에 비해 진료가 일찍 끝난 재필은 핸드폰을 손에 든 채로 멍하니 서 있었다. 기분이 이상했다. 임신, 재형의 임신 소식이 재필을 그렇게 만들었다.

'뭔가…… 서재형하고 우해강만 어른 되는 것 같은 기분이네.'

그럴 리가. 아이가 있다고 어른이 되는 것도 아니고, 아이가 없다고 어른이 못 되는 것도 아닌데, 그럴 리가. 그럼에도 불구하고 자꾸만 그런 생각이 들었다.

'해이해졌어. 요즘 계속 이상한 생각만 해.'

그랬다. 이상했다. 너무 이상해서, 자신이 왜 이상한지 면밀히 들여다보고 싶었다. 재필은 옥상으로 향했다. 그런데 올라가 시선을 밖으로 돌리자마자 놀랍게도 두 눈 가득 은기의 뒷모습이 들어왔다.

'뭐야. 대체 언제 온 거야. 언제 왔는데 벌써 가는 거야.'

재필은 서둘러 주머니에서 핸드폰을 꺼내 들고 은기의 번호를 찾아 눌렀다. 거의 정문에 다다른, 그러니까 곧 사라지기 직전인 은기를 불러 세워야 한다는 절박함에 손가락이 미끄러졌다. '고은기'를 즐겨찾기로 설정해 두지 않은 스스로에게 짜증도 나 버렸다. 그러는 동안 방금 무슨 생각 중이었는지, 뭘 하려고 했던 건지 같은 것 따위는 이미 산산이 흩어지고야 말았다.

'멈춰요. 나, 당신 봐야겠어요.'

은기가 걸음을 멈추고 가방에서 핸드폰을 꺼내는 모습이 선명하게 잡혔다. 그 주위의 것들은 사람이고 사물이고 다 흐릿한데 은기만이 선명했다.

'빨리 받아요.'

그런데 은기가 핸드폰을 도로 집어넣더니 그대로 걸어가기 시작했다.

'왜…….'

재필은 당황했다. 거절. 명백한 거절이었다. 거부. 명료한 거부였다. 눈앞의 상황이 무엇을 의미하는지 너무도 뚜렷해서 재필은 당황했다. 그리고 이어지는 다른 감정. 익숙지 않은 감정. 어려서 재형의 병실 앞에서 느꼈던 감정. 그러니까 '잃을지도 모른다'에 대한 두려움.

'잃어? 어째서? 고은기란 여자가 내 거는 아니잖아.'

지금이라도 쫓아 내려갈까, 달음박질이라면 자신 있는데. 가서 붙들고 따질까, 당신 도대체 나한테 뭐냐고. 화라도 한번 내 볼까, 전화는 왜 무시하는 거냐고. 그럼 어떻게 나오려나. 여러 생각이 머릿속을 들락날락했다. 은기가 사라진 쪽을 망연히 바라보다 통화 종료 버튼을 누르자마자 핸드폰이 바로 진동했다. 혹시? 아니었다. 현기였다. 손가락이 자동으로 움직였다.

"어."

— 너 혹시 오늘 본가 들를 일 없지?

"평일이잖아."

— 그러니까. 혹시나 해서 물어봤어. 나 집에 가거든. 일 있어서.

"무슨 일?"

— 집에 간다 그러면 집안일이지, 부대 일이겠냐?

재필은 캐묻지 않았다. 현기는 평소 집안일에 대해 이러쿵저러쿵 말하는 법이 없었다. 술이 제법 올랐을 때, 부모님에 대해 몇 마디 한 게 전부였다. 극성스러웠던 어머니의 교육열과 융통성이라곤 없었던 아버지의 엄격함. 아, 정복에 정좌한 아버지만 보면 간이 떨어진다는 말도 하긴 했었다. 어려서 그날은 맞는 날이었다고. 성인이 된 이후로는 그런 적이 없는데도 여전히 벗어나지 못했다고. 그래서 자신은 부대에서 절대 폭력을 쓰지 않는다고.

그렇다고 해서 현기가 부모님과 껄끄럽게 지내는 건 아니었다. 그 문제만 제외하면 전체적으로 화목한 편에 들었다. 어쨌거나 대략 그 정도가 재필이 아는 현기의 집안일이었다. 집안일이 아니어도 나눌 만한 대화 주제는 넘쳐 났기에 그게 문제가 된 적은 한 번도 없었다.

— 근데, 서재필. 너야말로 무슨 일 있어?

"어? 왜?"

— 이상한데. 목소리도 분위기도.

"모르겠다, 나도. 내가 왜 이러는지."

— 너도 그런 말 할 줄 아나? 애매모호한 거 실색하면서.

"그러게."

그러게나 말이다. 어떻게 모를 수가 있는지 말이다. 다른 사람도 아닌 서재필이, 다른 것도 아닌 자기 자신에 대해 말이다.

— 바쁘겠다. 이유 찾으려면.

"현기야."

— 뭐.

"그게……."

재필은 말을 이어 가지 못했다. 뭐라고 한단 말인가. 도대체 은기를 어떻게 설명한단 말인가. 아니, 은기로 인해 자신이 느끼는 낯선 감정들을 어떻게 나열한단 말인가.

"아니다. 네 말처럼 이유 찾고 정리하고, 그런 다음에 말하지 뭐."

— 어련하시겠어요.

전화를 끊고 난간에 등을 기댔다. 고개를 돌려 은기가 걸어가던 길을 눈으로 되짚어 따라갔다. 재필이 배꼽 언저리를 문질렀다.

'임신은 재형이가 했는데, 속에 뭐가 있는 것 같은 기분은 왜 내가 느끼는 건데.'

재필이 통화 목록을 열었다. 방금 통화한 현기의 번호 바로 아래, 연결되지 못했음을 나타내는 부러진 화살표 표시가 태연하게 넘겨지지 않았다.

'서재필, 너 왜 이래. 왜 이렇게 맛이 가는 건데.'

은기의 번호를 즐겨찾기로 설정한 후 부러진 화살표 위의 번호를 다시 눌렀다.

— 왜.

"보자. 갈게."

— 그래, 그럼. 너나 나나 내일 출근해야 하니까 딱 한 잔만 하자. 저녁 먹고 전화할게.

"어."

친구 같은 거 필요 없다고, 그래서 친구 같은 거 만들지 않던 재필이었다. 그런 재필에게 먼저 다가와 준 사람이 바로 현기였다. 물론 현기가 이실직고한 바에 의하면, 해강을 위한 자발적인 스파이 노릇이 의도였다고는 했지만 말이다.

그럼에도 현기가 현재 명실상부 재필의 유일한 친구인 건 변하지 않는 사실이었다. 동섭을 대할 때와는 차원이 다른 감정이 현기에게 있었다. 하지만 지금까지 단 한 번도 '송현기'를 '서재필의 필요충분조건'이라고 생각해 본 적은 없었다. 그냥 있으니까, 떠나지 않으니까, 관성처럼 유지돼 온 관계라는 게 옳은 표현이었다. 그런데 지금, 재필은 현기라는 존재가 고마워졌다. 돌연, 문득 말이다.

'네가 있어서 다행이란 생각이 처음 들었어. 미안하다, 현기야.'

그리고 그 생각의 끄트머리에서 오래전 해강이 했던 말이 꼬리를 물고 나타났다.

'잘난 척하지 마, 이 재수덩어리야. 너, 우리 재형이 아니었으면 사이

코패스나 소시오패스 됐을 거란 거 모르지? 알 턱이 있나. 우리 재형이는 너 안 차다고, 너는 차가운 사람 아니라고 그러는데, 그게 그러니까 다 재형이 덕인 거라고, 이 싹수머리 없는 꼴에 박사 자식아. 네가 지금 그나마 사람 흉내 내면서 사는 거, 다 우리 재형이가 배 속에 있을 때 너 돌봐 준 덕이란 거 좀 알고 살란 말이다, 이 자뻑 대마왕아.'

살아오는 동안 성격으로 인해 무언가 지장을 받은 적이 없었다. 자신의 성격이 누군가에게 지장을 줄 거라는 생각도 해 본 적이 없었다. 자신은 늘 옳았으니까. 하지만 고은기에서 송현기로 이어져 버린 느닷없는 선과, 서재형에서 우해강으로 이어져 왔던 익숙한 선이 엑스 자로 교차하는 지점에서 재필은 혼란스러워졌다.

'정말 그런 거라면…….'

재필이 터덜터덜 계단을 내려가기 시작했다.

까랑까라랑, 까랑까라랑…….

은기는 소스라쳤다. 머리맡의 시계를 보니 1시 37분. 간밤에 진동 모드로 설정해 두는 것을 잊은 모양이었다. 〈효당마을〉에 들러 영필을 만났고, 고모네 집에서 다 함께 저녁을 먹었고, 현기가 재필을 만나겠다고 먼저 나간 후 혹시라도 마주칠까 조금 더 뭉갰고, 고모가 챙겨 준 반찬 몇 가지를 들고 아빠 춘호 차에 실려 집에 왔고, 그때가 대략 10시 반 정도. 씻기만 하고 기절하듯 잠들어 버리면서 핸드폰을 그냥 던져둔 탓이었다. 그러니까 그 핸드폰을 어디다 던져뒀더라.

까랑까라랑, 까랑까라랑…….

비몽사몽간, 한참을 두리번거리고서야 은기는 식탁 위에서 핸드폰을 찾아내 통화 버튼을 누를 수 있었다.

"네."

그리고 잠시 후 얼굴이 하얘진 은기가 트레이닝복 차림으로 집을 뛰쳐나갔다. 덜덜 떨리는 손으로 콜택시를 불러 겨레대학병원 응급실에 도착하니 〈효당마을〉에 소속된 간호사가 은기를 맞이했다.

결국 연하장애가 사달을 낸 것이었다. 그동안 익히 경고받아 왔던 단어들이 은기의 귀 안을 후벼 팠다. 흡인성 폐렴이니 혈관 부종이니 급성 호흡 부전이니 급성 패혈증이니 기타 등등의 무시무시한 단어들 말이다. 다행히 영필이 정신을 놓기 전에 응급벨을 누른 덕에 적절한 조치를 취할 수 있었다고는 했다.

한참을 기다리고 불려 가고 끌려 다니기를 반복하고서야 은기는 나이 지긋한 의사와 마주할 수 있었다. 예상했던 대로였다. 의사는 아주 담담하게, 그러면서도 친절하게, 그러면서도 단호하게 소견을 말해 주었다. 폐로 들어간 이물질로 인한 폐렴, 심한 가래와 더불어 급성 패혈증, 앞으로 약 한 달 동안 항생제 투여와 수혈을 통해 백혈구 수치를 정상인 수치로 끌어올릴 계획, 기타 등등의 낯설지 않은 문장들 말이다.

선생님 앞에 불려 가 혼나는 아이처럼 가만히 고개를 숙이고 듣기만 하던 은기가 간신히 입을 열었다.

"제가 함께 살았으면……."

"아닙니다. 결코 아닙니다. 세상에 둘도 없는 효자와 한집에 살아도, 그 효자가 몇 발짝 건넛방에 하루 종일 있어도, 일은 생깁니다. 얼마 전에도 함께 사는 며느님 되시는 분이 쓰러져 계신 시아버님을 아침에 발견해 모시고 온 경우가 있었습니다. 사흘 만에 돌아가셨지요. 그 경우처럼, 주무실 때 벌어지는 일은 누구도 손쓰지 못합니다. 지금 하시는 생각, 보호자분뿐만 아니라 환자분께도 도움이 안 됩니다."

그래도 은기는 고개를 들지 못했다. 의사가 다독이듯 말을 얹었다.

"어려운 일 겪으셨으니 더 오래 사실 겁니다. 저도 최선을 다하겠습니다."

의사가 자리를 떠나고 혼자 남은 은기는 중환자실 문을 마주 본 상태에서 스르르 벽에 몸을 기댔다.

'오빠. 한이 오빠. 선생님 데려갈 거 아니죠? 응? 아직 아닌 거죠?'

그 시간, 전날 밤 현기와 한잔하고 본가에서 잔 재필은 〈효당마을〉에 벌써 도착해 있었다. 거의 잠을 자지 못해서 그냥 새벽이슬을 맞으며 출근해 버린 때문이었다. 그런데 도착하자마자 놀라운 소식을 전해 들었다. 영필의 이야기였다.

재필은 곧바로 겨레대학병원으로 향했다. 눈 감고도 어디가 어딘지 단숨에 찾을 수 있을 정도로 훤한 곳이라 재필이 은기를 찾는 데는 채 몇 분도 걸리지 않았다. 바로 중환자실 앞이었다.

은기의 뒷모습을 단박에 알아본 재필이 우뚝, 멈춰 섰다. 또 철렁하고 가슴이 내려앉는 동시에 수많은 감정들이 밀어닥쳤다.

'이상해. 마음이 너무 이상해. 여기저기 해부당하는 거 같아. 누가 내 살을 가르고 속을 들춰서 마구 헤집는 거 같다고. 저 여자 뒷모습이 왜 이렇게 아프지? 저 여자 뒷모습이 왜 이렇게 슬프지? 나, 도대체 왜 이러지?'

생각도 함께 휩쓸려 왔다.

'저 여자만 보면 몸이 절로 움직였어. 난 판단 전에 행동하는 사람이 아니잖아. 그런데 저 여자 일에는 행동부터 했어. 순서가 바뀌어도 한참 바뀐 거지. 맞아. 난 그냥, 그냥 움직였어. 그게 뭘 말하는 거지? 그게 뭘 뜻하는 거냐고.'

하지만 재필은 더 이상 생각을 이어 가지 못했다.

'아파. 슬퍼. 괴로워. 저 여자가 저러고 있는 게 힘들어. 안아 주고 싶어. 도와주고 싶어.'

재필이 천천히 다가갔다. 힘겨워 보이는, 쓸쓸해 보이는 작은 뒷모습을 향해 천천히 다가갔다. 그러곤 팔을 뻗어 은기를 조심스럽게 잡아당겼다. 제대로 놀라지도 못하고 가슴 안으로 파묻혀 오는 가벼운 몸을 재필이 힘주어 끌어안았다.

"나예요."

재필이 고개를 숙여 은기의 어깨에 살짝 얹었다. 재필은 자신이 뱉은 숨이 은기의 얼굴에 부딪쳤다가 돌아오는 걸 느꼈다. 그런 것도 메아리라고 할 수 있을까.

"기대요. 괜찮아요."

순간, 은기의 가슴을 가로지른 재필의 팔뚝에 미지근한 물방울이 떨어지는가 싶더니 은기의 몸이 흔들리기 시작했다.

"소리 내서 울어요. 그래도 돼요."

하지만 은기는 끝까지 소리 내지 않고 울었다. 그런 은기를 뒤에서 안은 채로 재필은 자신의 마음을 깨달아 갔다.

'당신 우는 거…… 못 보겠다. 심장이…… 견뎌지지가 않아. 나, 당신이…….'

미들로그 1

“오늘 졸업 기념으로 알타이르 마지막 치킨 파티 한다며. 3년 내 그 비싼 망원경 실컷 써 놓고 이러면 안 되지. 유종의 미라는 거 몰라? 무엇보다도 서재형이 안 가면 내 친구 송현기가 혼자 힘들어져. 후배들한테 분명히 당할 거라고. 그러니까 가. 어?”

그렇게 재형을 떠밀었다. 집에 있는 것보단 나을 거라는 생각에서였다. 대학이 뭐라고, 악바리가 의기소침해 있는 게 마음에 안 좋았다.

‘가서 웃고 떠들다 보면 기분이 좀 풀리겠지.’

현기에게 출발했다는 문자를 해 줄까 하다가 십중팔구 길에서 마주치지 싫어 내버려 두고, 재필은 재필대로 옷을 갈아입고 학교로 향했다. 3학년 주임 선생님의 호출이었다. 졸업생 대표 인사말을 체크해야겠으니 다녀가라는.

본관 안으로 들어서면서 닷새만 있으면 졸업이라고 생각하니 마음이 술렁여 왔다.

‘드디어 여기도 끝이구나. 나름 잘 지냈지.’

특목고로 가지 않기를 잘했다는 생각이 들었을 정도로 괜찮았던 학창 시절이었다. 무엇보다 재형에게 아무 일이 없었다. 비록 자신이 한 건 없었어도 뿌듯한 것이 보람까지 느껴졌다. 재형을 곁에서 살펴야겠다던 중3 때의 결심이 새삼 대견했다.

‘하긴 뭐. 나야 어딜 가든, 어디에 있든 다 잘하니까.’

계단을 오르는데 톡 하나가 날아왔다. 만나기로 한 3학년 주임 선생님이었다.

[재필아, 미안. 좀 늦으니까 1학년 교무실에 가 있어라.]

시키는 대로 재필은 되짚어 나와 뒤의 건물로 향했다. 그리고 계단을 올라 1학년 교무실 쪽으로 방향을 틀었다. 그런데 꽤 먼 거리에서도 교무실 앞에 있는 무언가가 반짝이며 시선을 끌었다.

시선을 고정한 채 가까이 다가가 보니 딱히 반짝일 만한 것이 없었다. 그럼 왜 반짝인다는 생각이 들었던 걸까. 어쨌거나, 대신 다른 것이 눈에 들어왔다. 그건, 그러니까, 뭐랄까, 음…… 재필이 시선을 아래로 내리자 작은 네임카드에 이렇게 적혀 있었다.

설렘 / 1학년 5반 덤(고은기, 하다열)

‘설렘!’

그러고 보니 정말 ‘설렘’ 같았다. 커다란 전지에 한복을 차려입은 젊은 여자 셋의 뒷모습이 허리 위까지만 그려져 있었는데, 곱게 땋아 내린 머리에 달린 건 댕기였다. 그림 말고 진짜 댕기 말이다.

재필이 다시 네임카드를 훑었다.

‘고은기, 하다열. 하다열은 저번에 축제 때 나와서 노래 부른 애고. 고은기는 처음 듣는 이름인데. 근데 왜 팀 이름이 덤이지.’

재필은 앞의 작품이 무언지에 대해서 파악을 완료했다. 미술 수행 평가 중에서 가장 높은 점수를 받은 작품이라고.

기하고등학교에 입학하면 의도하지 않아도 저절로 뇌리에 각인되는 인물들이 있었다. 바로 화학과 송학찬, 역사과 남태문, 미술과 양동화, 그 세 선생이었다. 송학찬은 보고만 있어도 무서운 걸로, 남태문은 숨만 쉬어도 웃기는 걸로, 양동화는 몇 마디만 들어도 정신 사나워지는 걸로.

특히 양동화 선생의 경우는 1학년이면 무조건 마주칠 수밖에 없는 경우여서 이래저래 말이 나오곤 했다. 그중에서 학생들이 제일 힘들어하는 것이 1학년 1학기 기말 수행 평가였다. 둘씩 짝을 지어서 뭐든 그리거나 만들어 제출하는 거였는데, 기발할수록 점수를 좋게 주었다. 별별 팀에 별별 작품이 나오게 마련이어서 발표 날은 야단법석이 벌어지곤 했다.

재필도 현기와 함께 '추장과 나무 정령'이라는 팀을 이뤄 아프리카 지역의 민속 탈을 본뜬 가면으로 점수를 제법 좋게 받았더랬다. 당시 재필이 한창 재미있게 읽고 있던 아프리카 문화에 대한 책에서 따온 아이디어였다.

'근데 이건 아마추어라고 할 수 없는데.'

그랬다. 한복의 디테일이 살아 있는 실물 크기의 뒷모습도 그렇거니와 매달린 댕기가 지금껏 보아 온 것들과 달리 고급스럽고 아름다웠다. 영화에서 본 댕기조차도 다 거기서 거기였는데, 꽃 모양으로 놓인 수며 어우러진 색의 배합이며 '예술'이라고 해도 과언이 아니었다.

그때였다.

"멋있지?"

재필이 돌아보니 하필 양동화 선생이었다.

"예."

"아이디어와 솜씨가 만나서 팡, 하고 터졌지."

"예."

양 선생이 뒷짐을 지고는 좌우로 건들건들했다.

"제목이 왜 '설렘' 인 줄 알아? 소녀들의 첫 외출이거든. 키야…… 매번 부모만 따라다니던 소녀들이 처음으로 또래 친구끼리만 밖에 나가는 거지. 키야…… 당연히 꼬까옷에다가 댕기에도 힘을 팍팍 줬겠지? 키야…… 생각해 봐. 그 한 발짝 떼는 순간이 어땠을지. 키야…… 죽음인 거지."

"아. 예."

"제비부리댕기래. 난 댕기는 도투락댕기하고 배씨댕기밖에 몰랐는데, 이름도 참 얄궂지 않아?"

"예."

양 선생은 혼자 흥에 겨워 말을 이어 나갔다.

"또 하나, 팀 이름이 왜 '덤' 이게? 저 녀석들 생일이 둘 다 12월 말이래. 하나는 29일, 하나는 31일. 태어나자마자 얼결에 한 살 먹었다고, 지들 나이 중에 한 살은 덤이라고. 크크크크…… 귀여운 것들. 발표할 때 왜 '덤' 인지 죽어도 말을 안 하려는 거야. 그래서 따로 불러서 물어봤더니 하다열이 중학교 때 생일 늦은 걸로 무시당했다 그러더라고. 애들은 참 별게 다 문제야. 어쨌거나 '덤' 이 된 이유가 얼마나 웃기던지 듣자마자 바로 외워지더라. 제자 생일 외워서 뭐 할 거라고."

"아. 예."

"하다열은 너도 알지? 강우연이 끼고도는 녀석. 강우연 손 타더니 인물이 아주 훤해졌어. 인간적으로 부러워."

〈다열의 노래〉까지는 아직 모르는 모양이었다. 하긴 〈다열의 노래〉 첫 영상 업로드 시기가 방학 때이기도 했고, 동영상 개수도 아직 두 개가 전부이니 그럴 수 있었다. 그래도 3학년들은 처음부터 이미 다 꿰고 있었는데 말이다.

"노래 잘하는 건 알았지만 그림도 제법일 줄이야. 슬쩍 떠봤는데 그림 쪽으로는 흥미 제로."

"아. 예."

"고은기는 뭐. 휴우…… 할 말 없고. 저걸 보고 누가 고1이 만들었다 그럴 거냐고. 특히 저 가운데 소녀가 달고 있는 살구색 좀 보라고, 그냥 딱 설렘이잖아. 근데 과일 이름이 어떻게 살구야? 정말 에로틱하지 않니?"

에로틱이라. 양 선생다운 어휘 선택이었다.

"예."

"과일로는 별로던데. 넌?"

"괜찮았어요."

"그래? 아무튼 해마다 하나씩은 건진단 말이지. 작년엔 민정금이 만들어 온 게 좋았지. 아이디어는 별거 아니었지만 작품이 참 독특했거든. 콜라주로 바다를 꾸며 왔는데, 그냥 바다가 다인데, 색감이 진짜 대단했지. 쇠라가 울고 갔을걸?"

쇠라는 신인상파 화가였다. 점을 숱하게 찍어 그림을 완성한 걸로 유명했다.

"녀석이 보기엔 완전 선머슴인데, 얼마나 다양한 재질의 종이를 여러 색으로 구해 잘게 찢어 붙였던지 깜짝 놀랐잖아. 같이 했다고 이름 올린 놈이 지는 한 거 없다고 실토해서 내가 팀 이름도 바꿔 줬다? 그냥 '민정금' 으로? 고얀 놈. 그래도 떡볶이 사 주면서 후원은 열심히 했다길래 죽지 않을 만큼의 점수는 베풀어 줬다."

재필은 계속해서 흘려들었다. 양 선생은 그렇게 해야 했다. 다 새겨들었다간 머리가 터질 테니까.

"니들 보면 참 재밌어. 강우연이 하다열 보물단지 취급 하는 것도 그렇고, 민주한이 민정금 짐꾼 노릇 하는 것도 그렇고. 민주한은 민정금이 뭐 들고 다니는 꼴 자체가 보기 싫나 봐. 둘이 있을 때 보면 오만 가지를 민주한이 다 들고 있어요."

"아. 예."

"너는 뭐 없어? 우해강이야 팬들 때문에 옴짝달싹 못 한다 쳐도, 너는 자유롭잖아. 누가 건드릴 거야."

"없습니다."

"하긴 그렇겠지. 어련하겠냐. 여자애들이 쫄려서 어디 말 한마디나 걸어 보겠어? 그나저나 하오, 짜증 나. 이거 내가 미술실에 고이 모셔 뒀던 건데, 학찬 샘이 떼다가 여기다 걸어 놓으셨어. 그 살벌한 양반이 손수. 당신 반이라 이거지. 쳇!"

"아. 예."

"근데 서재필. 너 학교 왜 왔어?"

"졸업생 대표 인사말 때문에요."

"아. 너 보면 잘난 것도 참 일이지 싶다. 별걸 다 시켜. 그나저나 나 앞으로 선생질하는 동안 니들 같은 학년을 또 만날 수 있을라나 모르겠다. 니들 태어나던 해에 도대체 하늘에 무슨 일이 있었길래 잘난 애들 천지야?"

재필이 픽, 하고 웃자 양 선생이 재필의 등을 툭, 쳤다.

"나중에 의사 되면 꼭 연락해. 식구들 다 끌고 찾아갈 테니까 건강 검진 싸게 해 줘."

양 선생이 홱, 돌아서더니 총총총총 발랄하게 걸어갔다. 재필이 '설렘'에 다시 시선을 고정했다. 아니, 제비부리라는 이름을 가진 댕기에 고정했다.

'이렇게 예쁜 건 처음 봐. 이런 거 만드는 사람은 어떤 사람이려나. 고은기? 궁금하네.'

현기가 졸업 전 〈알타이르〉 마지막 모임이라며 치킨 파티 어쩌고 하고 나간 후, 은기는 현기가 현관에 내놓은 재활용 더미 구경에 나섰다. 고등학교가 끝이 났다고 방을 뒤집어엎은 모양인데, 그야말로 한 보따리였다.

재활용 더미에 무슨 비밀스런 물건이 들어 있을 것도 아니고, 대강 살펴보자니 자잘한 것들이 사이사이 끼어 있어서 은기는 아예 작정하고 쪼그려 앉았다. 혹시 쓸 만한 게 보이면 고모에게 말하고 가져갈 생각이었다.

하나씩 하나씩 뒤져 가며 이리 살피고 저리 살피고 있는데 중간쯤에서 납작한 상자 하나가 나왔다. 크기는 집에 있는 컴퓨터 모니터만 했다. 21인치였던가, 23인치였던가. 대번에 호기심이 일어 버린 은기가 조심스럽게 상자의 뚜껑을 열었다.

"우아!"

가면이었다. 아프리카 분위기가 물씬 나는 커다란 가면.

"이게 뭐래!"

뭐가 더 있나 싶어 상자 안을 다시 들여다보니 바닥에 네임카드가 깔려 있었다.

주문 / 1학년 5반 추장과 나무 정령(서재필, 송현기)

은기는 대번에 눈치챘다. 미술 수행 평가 작품이라는 것을.

'오빠도 1학년 때 5반이었네?'

그랬다. 은기도 지금 1학년 5반이었다.

'신기하다.'

은기가 가면을 들고 거실 볕 밝은 쪽으로 나왔다. 색이 좀 바래긴 했지만 썩 마음에 들었다. 붉은 테두리에 길쭉한 얼굴, 바깥을 향해 대각선으로 치솟은 눈과 눈썹, 그 아래로 쭉 뻗어 내려온 화살표 모양의 코, 그리고 늘어진 주머니처럼 생긴 입.

'그러니까 지금 이게 주문을 외우고 있는 얼굴이라는 거지?'

은기가 가면의 입술을 부드럽게 쓸었다.

'무슨 주문?'

은기가 가면을 들고 춘희의 침실 바로 옆 드레스 룸의 커다란 거울 앞에 섰다. 그리고 얼굴에 가면을 댔다. 눈구멍이 표도 나지 않을 만큼 가늘게 나 있어서 눈동자를 맞추는 데 애를 먹었지만 그럭저럭 알아볼 수는 있었다.

비어져 나오려는 웃음을 참으면서 은기는 머릿속을 뒤지기 시작했다.

'주문…… 주문…….'

몇 가지가 떠오르긴 했는데 뜻이 자꾸 헛갈렸다. 기왕 할 거면 제대로 해야 하는데 말이다.

'머리 나쁘면 이럴 때 고생한다니까. 오빠 같으면 다 기억하고도 남았을 텐데.'

결국 은기는 긴 고민 끝에 하나를 택했다.

'아마 맞을 거야.'

은기가 오른팔을 번쩍 치켜들었다. 그리고 원하는 뜻에 맞는 주문이기를 간절히 바라면서 외쳤다.

"안단테에스프레시보!"

그런데 막상 외치고 나니 시작할 때와는 달리 전혀 우습지 않았다. 어쩐지 든든해진 것 같은 게 기분도 좋아졌다. 은기는 드레스 룸에서 나와 상자만 다시 갈무리해 재활용 더미에 집어넣고는 가면만 들고 집으로 돌아갔다. 그리고 책상 위에 얌전히 세워 두고 수첩을 뒤졌다.

"헐. 틀렸어."

은기가 원했던 주문은 '뜻하는 모든 것이여, 이루어져라!' 였는데 엉뚱하게도 '혼자 하는 사랑이여, 이루어져라!' 를 외친 것이다. 물론 어원도 모르고 출처도 불분명한, 그저 떠도는 문장일 뿐이었다. 그래도 17살 소녀의 눈에는 허투루 넘길 수 없는 힘이 있어 보였기에 마치 대단한 잠언이라도 되는 양 적어 두고 있었던 것이다.

"루프레텔캄, 이라고 했어야지. 이 바보야."

그렇다고 이제 와 다시 그 짓을 할 수는 없었다. 겸연쩍기도 했거니와 한 번 외운 주문은 되돌릴 수 없는 거니까 말이다.

"끝났지, 뭐."

가면의 눈썹 부분을 톡톡 건드리며 은기는 생각했다.

'근데 누구 아이디어지? 오빠? 박사 선배?'

그리고 이어진 생각이 황당해서 은기는 웃어 버렸다.

'박사 선배가 안단테에스프레시보, 하고 외치면 어쩐지 정말 이루어질 거 같아.'

그러고 보니 아쉬웠다. 다시는 재필을 볼 수 없겠구나 싶은 게 허전하기도 했다. 하지만 현기가 재필과 친구로 지내는 한, 소식은 간간이 들을 수 있을 것이었다. 물론 자신이 현기에게 먼저 묻는 일은 없겠지만 말이다.

'나란 사람이 세상에 있는 줄도 모르는데, 뭐.'

그 가면은 은기가 기하를 졸업할 때까지 책상 앞을 차지하고 있다가 어느 날 갑자기 자취를 감추어 버렸다. 영필의 집으로 옮길 때 들고 가지 않았는데, 어느 날 보니 방에서 사라져 있었던 것이다. 춘호가 어떻게 했음이 분명했지만 은기는 그에 대해 묻지 않았다. 그 가면도 묻어 두고 싶은 과거에 속한 물건이었기에 물을 수 없었다.

2.1

아침부터 비가 오셨다. 지금 계절의 끝비인지 다음 계절의 첫비인지에 대한 점잖은 토론이 노인들 사이에 속삭속삭 이루어졌다. 어쨌거나 환절기였다. 계절이 달라지는, 철이 바뀌는 환절기. 건강에 더 유의해야 하는 시기였다. 칠팔십 년 아니, 그 이상을 살았다 해도 아침저녁으로 뒤바뀌는 기온에 적응하는 건 여전히 어려운 문제여서, 신경을 써야만 했다.

비는 오후가 되면서 스르르 자취를 감추었다. 비가 그쳤음에도 아직 물기가 남은 햇살이 진입로에 퍼질러 앉아 수증기를 뿜어 대고 있었다. 마치 생기다 만 아지랑이처럼 흐릿하고 옅은 수증기였다. 그리고 그 수증기를 무대 배경 삼으며 영필이 〈효당마을〉로 돌아왔다. 약 40일 만의 퇴원이었다.

본관 현관에 직원들이 우르르 몰려나와 영필의 무사 귀환을 축하해 주었다. 노인에게 폐렴과 패혈증이 얼마나 치명적인지 알기에, 정말이지 죽을 수도 있는 일이었기에, 그들은 살아 돌아온 영필을 진심으로 환영했다. 영필도 직원들의 호들갑을 기꺼이 받아들였다. 로비에는 작은 현수막도 걸려 있었다.

[이영필 할머님. 집에 잘 오셨어요.]

집. 그래, 집이었다. 벌써 몇 년째 살고 있는 집. 원룸이나 오피스텔과 다를 게 무언가. 집 맞지. 아니, 원룸이나 오피스텔보다는 레지던스 개념이 더 어울리려나. 어쨌거나 옥자가 그랬다. 〈효당마을〉에서 살 수 있다는 점 하나만으로도 노년 복은 터진 거라고. 영필도 동의하는 바였다. 퇴원해 돌아오는 내내 설레기까지 했었다. 바로 그 '집'에 돌아갈 수 있어서. 그래서 '집에 잘 오셨어요.' 문구를 보았을 땐, 잠시 뭉클하기도 했다.

'드디어 집에 왔네.'

떠들썩한 환영 인사를 마무리한 영필은 집으로 가는 엘리베이터에 올랐다. 은기가 보따리, 보따리를 들고 뒤를 따랐다. 그런데 집에 들어설 때까지 시종일관 우아하게 미소만 짓고 있던 영필이 은기와 둘만 남자 돌연 정색을 하고는 은기를 떠밀기 시작했다.

"가. 이제 끝났으니까 어여 가."

은기가 눈을 동그랗게 떴다.

"가라구요? 우리 선생님 왜 이러신대? 제 집으로 가시재도 싫다 그러시고, 여기선 현관문에서 바로 쫓으려고 하시고. 변해도 너무 변하셨어요."

"어, 변했어. 사랑은 움직이는 거랬어."

"네? 선생님, 그거 한참 지난 유행어예요."

"그래. 나 고리타분한 늙은이다. 가. 어여 가. 얼른 안 가?"

"아, 선생님. 차라도 한잔 마시면서 숨 좀 돌리고 갈게요."

"차는 '시침 감침'에서 마시고, 숨은 가는 차 안에서 돌려. 아니면 저 앞 카페라도 들렀다 가든가."

"네?"

"나 잘 거야. 옆에서 너 뽀스락거리면 못 잔다고. 아, 얼른 가라니까."

"우아, 선생님. 진짜."

그렇게 우격다짐으로 거의 내쫓다시피 은기를 몰아내고 영필은 바로 옥자에게 향했다.

"옥이 성. 나 왔네."

옥자는 영필이 겪은 그간의 난리법석에 대해 한마디도 언급하지 않았다. 영필도 마찬가지였다. 죽을 뻔했던 사람인가 싶게 편안한 얼굴로 옥자에게 바짝 다가앉았다.

"애들은?"

"걱정 마셔."

"안 들키신 거 맞지?"

"내가 누군데 고작 그런 걸 들킬까 봐서."

"애쓰셨어."

길고양이들 얘기였다. 영필이 입원해 있는 동안 옥자가 대신 챙겼는데, 무슨 일이 났는지 다 알기라도 하는 것처럼 어찌나 얌전히 굴던지 옥자가 신통해했었다.

"헌데 옥이 성."

"왜 이렇게 은근하셔? 난 벗님 같은 할망구하곤 연애 안 해. 여기 이사장 정도는 돼야 나하고 급이 맞지."

영필이 '아무튼 못 말려.' 하는 얼굴로 옥자에게 눈을 흘겼다. 부잣집 고명딸이자, 일본 유학까지 다녀온 신여성이자, 한때는 미군 부대에서 통역으로 일했던 커리어 우먼이자, 시대를 풍미했던 소설가의 아내답게 옥자는 매사에 자신감이 넘쳤다. 물려받은 재산이 반의 반 토막밖에 남지 않았어도, 자식이 장관이나 판사가 아니어도, 비록 다리가 굳어 걷지 못해도, 사라지려야 사라질 수 없는 자신감이었다.

어쨌든 눈을 흘길 만큼 흘긴 영필이 속삭이듯 말했다.

"나 우리 아들 봤어."

옥자가 영필의 표정을 가만히 살피면서 대꾸했다.

“저승 가자고 모시러 나왔던 건 아닐 테고, 왜 왔대?”

아들 한이를 따라갔다면 영필은 필시 죽었을 테니, 맞는 말이었다.

“잘 있다더라고. 그 말 해 주러 왔대.”

“지금 어디 있다는데?”

“안 그래도 물어봤는데, 못 찾는다고 미련 버리래.”

옥자가 고개를 끄덕였다. 물에 묻힌다는 건 그런 거였다.

“그래도 벗님. 생각보다 의연하시네.”

“표정이 밝더라고. 혼삿날만큼이나 밝더라고.”

그럴 수 있었다. 대개의 어미 혹은 엄마들은 자식이 웃으면 자신의 고통이나 불행 따위 아무렇지 않아지는 존재들이니까 말이다. 자식의 웃는 얼굴을 보는 순간, 세상 근심이 별거 아니게 되는 존재들이니까 말이다.

“태어나서 가장 환하게 웃은 날이 혼삿날이었거든? 헌데 표정이 그날 같았으면 말 다 한 거지 뭐.”

“한이도 팔불출과였던 모양이네.”

영필이 웃었다. 한이가 은기를 얼마나 사랑했는지, 그 뒷이야기를 풀기 시작하면 백 날도 모자랄 것이었다. 은기를 처음 만나던 순간에 싹을 틔운 마음이라는 걸 영필은 잘 알고 있었다. 한이의 표정과 행동이 평소와 달라도 너무 달랐던 것이다. 물론 한이는 의식하지 못했을 것이었다. 그때의 은기는 고등학교 입학을 앞둔, 한이보다 열 살이나 어린 소녀였으니까 말이다. 그저 오빠의 마음이겠거니 했을 것이었다.

하지만 시간이 알려 주었다. 은기를 중심으로 생각하고 은기를 중심으로 생활하던 그 마음의 제목을 말이다. 영필은 지금도 생생하게 기억하고 있었다. 고등학교 졸업하면 아예 짐을 옮겨 오겠다던 은기의 말을 전해 들었을 때 한이가 지었던 표정을. 걸작 중의 걸작이었다. 한이는 아마 그때 깨달았을 것이었다. 은기와 함께 산다는 것의 의미에 대하여, 그걸 조금만 더 확장하면 가족이 된다는 것에 대하여. 아니나 다를까, 은기가 집에 짐을 푼지 얼마 되지 않아 고백이 이루어졌다.

그래서 믿어 의심치 않았다. 잘 살 거라고. 남부럽지 않게 살 거라고. 그런데 그리도 어이없이 가 버리다니.

"그랬지."

한스러울 거라 여겼다. 매일 울고 있을 거라 여겼다. 눈도 감지 못하고 있을 거라 여겼다. 하지만 아들의 밝고 환한 얼굴을 보고 영필은 한이의 마음이 자신이 생각했던 것보다 훨씬 크고 깊었다는 걸 깨달았다. 의식이 돌아오자마자 처음 든 생각도 그거였다.

'나이 헛먹었어. 어미가 돼 가지고 새끼 맘이 뭔지도 몰랐으니.'

한이는 은기가 편안하기를 바랐다. 은기가 행복하기를 원했다. 그렇게 해 줄 수 있는 사람이 되기 위해 무한정 노력하고 애썼다. 그런데 울고불고 있을 거라 여기다니. 아들을 그렇게나 작은 그릇으로 만들다니.

"그래서 말인데 옥이 성. 나 다 털어 냈어."

"뭘 털어. 구체적으로 말하셔야지."

"은기……."

"아."

옥자는 단박에 알아들었다. 은기에 대해 털어 냈다면 말 안 해도 뻔한 일이고, 밝히지 않아도 훤할 일이었다.

"생각해 보니까 은기가 어디로 가는 게 아니더라고. 우리 한이처럼 앞으로 영영 못 보고 사는 게 아니더라고."

"그걸 이제 아셨어?"

"어."

"모지리 같으니."

"게다가 내가 아주 중요한 걸 놓치고 있었더라고. 우리 한이는 은기가 과거에 붙들려서 그늘 속에 사는 걸 결코 바라지 않는다는 거 말이야. 내 새끼가 원하는 게 그건데, 내가 방해하면 안 되지."

"죽을 때 됐다고 철드셨네."

"전에도 그다지 철없는 짓 하면서 살진 않았을걸?"

"말로는 놔준다, 아니다 해도 다 보였는데 뭘. 그걸 아기 며느님이라고 몰랐을까?"

"그래?"

영필이 심각해지자 옥자가 서둘러 방향을 전환했다.

"그나저나 다음부턴 아기 며느님이라고 부르지 말아야겠네. 멀쩡한 이름 두고 그게 뭐야, 그게. 애 꼼짝도 못 하게. 내가 그걸 어쩌다 시작했나 몰라. 노망났어."

영필이 옥자의 팔을 잡으며 갑자기 목소리를 낮추었다.

"저기 옥이 성."

"왜 또. 저승 갈 때 같이 가자고?"

"그래 줄 거야?"

"누가 먼저 갈지 어떻게 알고?"

"아니, 그게 아니고. 옥이 성. 좀 봐 줘 봐."

"뭐를?"

"우리 은기하고 모델 선생하고."

"아."

옥자가 피식피식 웃기 시작하자 영필이 의아해했다.

"왜 그렇게 음흉하게 웃으셔?"

"벌써 봤거든."

"어어? 언제? 내 허락도 없이 그새?"

"정윤이랑 맞춰 본다고 생년월일시 다 알아 뒀잖아. 아기 며……."

여기서 옥자는 말을 멈추었다. '아기 며느님' 이라고 할 뻔했던 것이다. 습관의 힘이라니.

"은기 거야 이미 알고 있었고. 그래서 초반에 벌써 봤지."

"무슨 이런 할망구가 다 있어?"

영필은 어쩐지 서운하려다가 말았다. 조금 전에 옥자가 한 말이 무언지 깨달은 것이다.

'말로는 놔준다, 아니다 해도 다 보였는데 뭘.'

내가 그랬긴 그랬구나, 속으론 은기를 놔줄 마음이 없었구나. 그렇게 인정하고 나자 목소리가 한결 누그러졌다.

"그래서 어떻게 나왔는데?"

"하늘이 내렸어."

"어어?"

"우리 정완이는 댈 거도 아니더라고."

"그래?"

"사람 팔자라는 게 누구를 만나느냐에 따라서 이리저리 바뀌는데, 이 조합은 더할 나위가 없어. 별점도 아주 좋아."

영필은 갑자기 신이 났다.

"내가 하고많은 데 다 마다하고 여기로 들어온 이유가 거기 있었네."

옥자가 고개를 절레절레 흔들었다.

"태세 전환이 너무 급하잖아. 할망구가 채신머리없게 변덕질하고 그래. 좀 교양 있게 구셔 봐."

영필이 눈을 흘겼다.

"교양은 옥이 성이나 실컷 부리셔. 난 주책 떨며 살라니까."

"그렇다고 뭘 또 굳이 주책을 떠신대? 가만히 있으면 중간은 갈 텐데."

"내 맘이야."

옥자는 웃었다. 인명은 재천이라지만, 얼마나 걱정했던가. 영필이 중환자실에 들어갔다는 소식을 들었을 때는 〈효당마을〉 전체에 우울감이 떠돌았었다. 그러다 아예 떠나 버린 사람이 지금까지 한둘이 아니어서 지레부터 입맛 잃은 입주자들도 더러 있었다. 아닌 게 아니라 영필이 간다면 자신도 오래 버티지 못할 거라는 예감이었다.

그런데 생생해져 돌아왔으니 얼마나 좋은지. 게다가 마음까지 가벼워져 왔다니 얼마나 다행인지. 그래서 옥자는 웃었다. 영필도 자신도 아직 조금 더 살아도 되나 보다고, 조금 더 사는 동안 어떻게든 덕을 베풀어야겠다고, 그런 생각으로 웃었다.

영필이 입원해 있는 동안 밀린 일이 산더미였다. 그래서 은기는 오늘도 거의 10시가 다 되어서야 〈시침 감침〉의 문을 닫을 수 있었다. 선 채로도 잘 수 있을 것 같았다. 잠금장치를 확인하고 몸을 돌리는데 바로 앞에 주차된 차 문이 열리면서 재필이 모습을 드러냈다. 도대체 언제부터 거기 있었다는 것인지. 퇴근하자마자 차를 몰고 와 이리저리 옮겨 대며 은기가 나오기를 기다린 게 세 시간이 넘었지만, 은기가 알 리 없었다.

놀라 우뚝 선 은기 앞에 재필이 마주 섰다.

"술 한잔합시다."

잠시 머뭇거리는가 싶던 은기가 선선히 대답해 왔다.

"네. 소주 다섯 잔 정도 할 수 있어요."

그 말을 하며 배시시 웃는 은기가 재필은 너무도 안고 싶었다. 그날 중환자실 앞에서처럼, 그렇게 안고 싶었다. 은기가 품에 들어왔을 때의 그 기분을 또 느끼고 싶었다. 막혔던 혈관이 뚫리는, 굳었던 근육이 풀리는, 꺾였던 뼈대가 맞춰지는, 패어 나간 살점이 채워지는, 그런 기분 말이다. 떠오르는 그림이라고는 하나같이 다 딱딱하고 뻣뻣한 것 일색이었지만, 재필에겐 그 어떤 시적 표현보다도 실감 나는 비유였다.

하지만 오늘은 그날이 아니었다. 안아질 은기도 아니었고 안겨 올 은기도 아니었다. 그래서 재필은 손에 힘을 주었다. 어찌나 힘을 줬던지, 소박한 술집을 찾아 구석에 자리 잡고 앉았을 땐 팔이 다 저릴 지경이었다.

첫 잔을 한 번에 털어 넣고 은기가 입을 뗐다.

"말씀하세요."

기승전결이 있어야 하는데 순식간에 '기'가 생략되어 버린 바람에 재필은 조금 당황했다. 강단이 있어 보이긴 했지만, 은기가 그 이상으로 만만치 않은 상대임을 직감하면서 재필은 조금 어려울 수도 있겠다고, 아니 꽤 고생할 수도 있겠다고 생각했다.

"은기 씨하고 정식으로 만나고 싶어요."

"그럴 수는 없어요."

역시나 단호했다. 미적거림도 머뭇거림도 없는 대답에 재필의 가슴으로 순수한 통증이 찾아왔다. 자신의 전화를 무시하고 그대로 멀어져 가던 은기의 뒷모습이 겹쳐지면서 통증은 금세 부피가 커졌다.

"이유는요?"

"서 선생님은 양달에 사는 사람이에요."

"양달이요? 해 드는 양달, 그거요?"

"네. 반면에 전 응달에 살고 있죠."

"그 말 이상해요."

은기가 두 번째 잔을 들고 또 한 번에 털어 넣었다.

"그럼 안 이상하게, 쉽고 간단하게 말할게요. 서 선생님 수준에 맞는 사람 만나세요."

"그게 더 이상해요. 사람과 사람 사이에 수준이라니."

"모른 척하지 마세요. 분명히 있다는 거 아시잖아요."

맞는 말이었다. 아니, 솔직히 말하자면 예상한 말이기도 했다. 하지만 직접 귀로 듣고 나니 충격이 제법 셌다. 환자 보호자들도 그렇겠구나. 의사가 무슨 말을 할 거라 예상했다고 해서 괜찮은 건 아니었구나.

"서 선생님은 어려서부터 잘난 사람이었겠죠?"

재필은 부인하지 못했다. 그 또한 맞는 사실이었으니까. 하지만 부정하지 못하는 자신이 몹시 껄끄러워졌는데, 그런 기분은 처음이었다.

"전 아니었어요. 제가 편부 슬하의 외동딸이라거나 고졸이라거나, 그런 걸 말하는 게 아니에요. 전 태생적으로 햇빛 아래가 힘들어요. 그늘에서 작고 가늘고 흐리고 약하게 자란 것들에 더 마음을 주는 사람이에요. 제가 그런 사람이기 때문이죠. 저 스스로도 구석에 웅크리고 있을 때가 가장 편하거든요."

이 부분에서 재필에게 떠오른 건 재형의 얼굴이었다. 지금 은기가 하는 말이 혹시 재형이 늘 하고 싶었던 말이었을까? 악바리로 산 것이, 양달로 진입하기 위한 몸부림이 아니라 응달에서 살아남기 위한 노력이었던 걸까? 그리고 중요한 것 하나, 그럼 재형도 해강에게 저런 말을 했었던 걸까? 가슴이 조여들었다.

세 번째 잔이 비워졌다. 재필은 초조해졌다. 다섯 잔을 다 채우고 나면 간다고 일어서 버릴까 봐. 그리고 그렇게 초조한 자신이 낯설어서 재필은 더 초조해졌다. 악순환이었다. 그래서 브레이크를 걸기로 했다.

"난 아직 한 잔도 다 못 비웠는데 혼자서만 달리면 어쩌나요."

"서 선생님."

"예."

"정확하게 말씀드릴게요. 저, 남편 못 버려요."

순간, 온몸이 시큰해지면서 등으로 식은땀이 주르르 흘러내렸다.

"버……."

재필은 잠시 숨을 골랐다. 신중해야 했다. 잘못하면 은기가 한참 더 물러나 버릴 수 있었다.

"버리라는 게 아니에요. 어떻게 버려요. 은기 씨를 이루고 있는 수많은 시간 중의 한 부분인데 그걸 어떻게 버려요."

"그럼 더 쉽네요. 남편을 품고 서 선생님을 만날 수는 없어요."

재필은 막막했다. 신혼여행지에서 잃은 남편, 혼인 신고도 안 된 남편, 그게 벌써 몇 년 전 일인데 그 남편이 뭐라고, 하는 마음 한편에, 그 남자가 부럽고 은기가 장하다는 생각이 동시에 들어서, 막막했다. 도대체 무어라고 해야 하는 것인지.

"그게 저한텐 외도처럼 느껴져요. 꼭 불륜 같아요."

"은기 씨, 그건 너무 비약이에요."

"엄마…… 절 버린 엄마요. 아빠 말고 다른 사람이 좋아져서 우릴 떠났거든요. 그게 어려선 밉기만 했어요. 너무 밉고 원망스러워서 병이 다 났을 정도로. 하지만 지금은 이해해요. 저쪽을 향한 마음이 진짜라는데 뭐, 어쩌겠어요. 오히려 두 마음을 품고 이러지도 저러지도 못하면서 억지로 살아주지 않아서 고마워요. 그 밑에서 제가 행복했을 리 없으니까요."

비극이었다. 순서가 뒤바뀐다는 건.

"그런데 저는 아니에요. 제가 서 선생님하고 뭘 하게 된다면 그건 명백한 양다리예요. 그렇게 살 수는 없어요."

재필은 더 막막했다. 비집고 들어갈 틈이 없는 논리였다. 세상에서 제일 무서운 상대가 죽은 사람이라더니, 정확한 말이었다. 그 말을 끝으로 은기는 한 잔을 더 비웠고, 말없이 있다가 조용히 일어서 나갔다. 재필은 쫓아나가지 못했다. 그저 앉아, 태어나 처음 느껴 본 무력감에 갈피를 잡지 못한 상태로 남은 술을 모두 비울 뿐이었다.

'서재필. 잘났다고 잘난 척하지 말고 너나 잘하고 살아.'

'난 잘해. 너무 다 잘해서 탈일 정도로.'

'장담하지 마라. 너처럼 예방 접종 건너뛴 사람은 간단하게 앓고 넘어갈 일에도 죽는 수가 있으니까.'

'재형아. 그게 그 말이었어? 재형아. 나, 갑자기 우리 동생이 너무 보고 싶다.'

불도 켜지 않은 거실 구석에 은기가 쪼그려 앉았다. 심란했다. 자꾸만 거리를 넓히려는 영필과 자꾸만 거리를 좁혀 오는 재필 때문에 심란했다. 영필은 붙잡아지지 않고 재필은 밀어내지지 않아서, 그래서 심란했다.

"어떡해."

중환자실 앞에서 재필이 '나예요.' 하면서 등을 안아 왔을 때, 내내 막혀 있던 숨통이 트이는 기분이었다. 재필이 자신의 어깨에 고개를 얹고 흐리고 따뜻한 숨을 보내왔을 때, 차게 얼어붙었던 피가 순식간에 녹는 기분이었다. 그리고 '기대요. 괜찮아요.'

"나더러 어쩌라고 그런 말을 해. 난데없이 나타나서는……."

기하 다닐 때, 재필을 보면 신기했었다. 어쩜 그리 당당할 수 있는지, 어쩜 그리 자신 있을 수 있는지, 보고 또 봐도 신기했었다. 확신에 찬 발언하며, 거침없는 걸음걸이며, 자신이 겨눈 목표를 정조준하고 있는 듯한 눈빛이며, 은기에겐 전혀 없는 것들이었다. 그래서 우러렀다.

또 하나, 재필은 은기가 열일곱 살이 될 때까지 겪어 왔던 '남자' 들과는 완전히 다른 인간형이었다. 부드럽고 착하고 순하기만 한 아빠와도 달랐고, 절도 있고 강하고 불같은 고모부와도 달랐고, 재치 있고 날렵하면서도 한편으론 단순한 사촌 오빠와도 달랐다. 날카로우면서도 뭉툭한 구석이 보이고 싸늘하면서도 훈훈한 감이 느껴지는 게, 주위에서 아무리 자뻑이니 싸가지니 잘난 척이니 흉을 잡아도 저절로 마음이 갔다.

하지만 재필은 천왕이고 박사였다. 그러니까 일종의 '이상향' 같은 거였다. 이상향은 멀리 있어야 했다. 자신이 이상향 곁으로 올라갈 수도 없고, 이상향더러 자신이 있는 곳으로 내려오랄 수도 없는 거니까, 그냥 멀리 있어야 했다. 부딪히지도 닿지도 않는 자리에, 아주 멀리 뚝 떨어진 자리에.

"어울리지도 않는 나한테 왜……."

그랬다. 그렇게나 세상의 주목을 한 몸에 받던 잘나디잘난 그가 도대체 무엇이 아쉬워서 자신에게 다가오는 것인지. 그건 이해나 납득의 차원이 아니었다. 용납이 되지 않았다. 재필 같은 사람은 재필 같은 사람과 어울려야 흐트러지지 않을 것이었다. 또한 자신 같은 사람은 자신 같은 사람과 어울려야 편안할 것이었다.

바느질이 그랬다. 똑같은 천이라고 해서 아무 천이나 다 갖다 붙일 수 있는 건 아니었다. 천마다 가진 성질이 달랐고, 천마다 바늘을 받아들이는 속성이 달랐다. 가는 바늘로 짧게 뛰어가야 하는 천이 있다면, 굵은 바늘로 느리게 걸어가야 하는 천이 있었다. 바짝 잡아당겨야 형태가 유지되는 천이 있다면, 헐겁게 내버려 두어야 생생하게 살아나는 천이 있었다. 그런데 색깔이 맞을 것 같다고, 무늬가 어울릴 것 같다고 앞의 천과 뒤의 천을 섞었다가는, 망가졌다.

"난 선배 짝이 아니에요."

재필에게 끌리지 않는다는 건 아니었다. 말했듯이, 기하 4대 천왕 중에서 은기는 '박사' 편이었으니까. 재필을 친구로 둔 현기가 부럽기도 했었으니까. 현기가 문득문득 흘리는 재필의 에피소드를 듣고 있자면 가슴이 뛰기도 했었으니까. 그런 재필이 자신을 향해 손을 내밀고 있는데, 어찌 아무렇지 않을 수 있겠는가.

하지만 한이가 있었다. 사랑해 주고 어여뻐해 주다 갑자기 사라진 남자. 결혼했으니 어쨌거나 남편인 남자. 제대로 해 준 게 하나도 없어서 미안함만 남은 남자. 심지어 아빠만큼 소중한 이영필 선생의 아들인 남자. 그 남자를 배신할 수 없었다.

"그럴 순 없어."

의식이 돌아온 영필이 자신과 눈을 마주치자마자 건네 온 첫마디는 정말 의외였다.

'아가. 나, 한이 보고 왔다.'

'흐윽 흑. 오빠가 뭐래요? 왜 저한테는 안 온대요?'

'은기야.'

'네, 선생님.'

'한이가 웃더구나. 편하게, 아주 환하게.'

'흐흐흐흐흑…….'

'이젠 너만 웃으면 된다더구나.'

'아, 선생님. 흐윽 흐흐윽 흐흐흐흐흑…….'

웃어라? 자신만 웃으면 된다? 따뜻하게 어루만져 주지도 못하고 보낸 사람이, '사랑한다' 는커녕 '좋아한다' 는 말조차 해 주지 못한 채 잃어버린 사람이, 그런 사람이 혼자 물속에 묻혀 있는데, 웃으며 살라?

"아…… 난 못 해. 못 해. 어떻게 그래. 못 해."

술기운이어서인지 자꾸만 감정이 격해졌다. 소주 다섯 잔, 그게 은기의 주량이었다. 거기서 넘어가면 울었다. 자기도 모르게 울었다. 한이가 떠나고, 영필마저 나가고, 그러고 나서 시작한 술의 끝이 바로 소주 다섯 잔이었다. 그래서 절대 그 이상은 마시지 않고 있었다. 오늘도 넉 잔에서 멈추지 않았던가.

"아, 오빠. 한이 오빠. 왜 그렇게 빨리 갔어요."

그래도 은기는 추억 속으로 기어 들어가지는 않았다. 처음엔 하나하나 다 짚어 가며 통곡하곤 했는데, 언제부터인가 그렇게까지는 하지 않고 있었다. 힘든 게 힘들었다. 차라리 단숨에 죽는 게 낫지, 그런 식의 고통은 이제 싫었다. 살 거면, 살 수는 있게 해 줘야 할 거 아닌가. 일부러 들볶지 않아도, 일부러 닦달하지 않아도, 괴로움은 이미 충분했다.

"그만해. 고은기, 그만해."

안으로 안으로 더 굽어지려는 등을 펴고 은기가 일어섰다. 다리가 저렸지만 참고 걸었다. 가시밭을 걸으면 그런 느낌이려나.

"괜찮아. 괜찮아, 고은기."

창가에 세워 둔 스탠드의 불을 밝혔다. 어둠 속으로 느긋하게 퍼져 가는 불빛이 문득 위안으로 다가왔다. 왜 있잖은가. 욕조에 떨어뜨린 아로마 오일 방울이 조금씩 물속으로 녹아드는 걸 보고 있노라면, 물이 물이 아니고 약이 되는 것 같은 느낌. 그 물속에 들어가면 회복될 거 같은 느낌. 불빛도 그럴 것 같았다. 조금씩 어둠 속을 파고들다가 나중엔 어둠을 전부 걷어 내 줄 것 같은 느낌.

"하지만 약해."

그랬다. 그러기엔 빛이 약했다. 퍼지다 말고 끊겨 버릴 정도로 약했다. 그게 은기가 재필에 대해 가지고 있는 마음의 크기였다. 그게 재필이 은기에게 미치는 힘의 크기였다. 약했다. 약하고 약했다. 그러니까 위안은 착각이었다.

"살던 대로 살면 돼."

은기는 옷을 벗어 갈무리한 다음 욕실로 들어섰다. 불을 켜지 않는 대신 욕실 문을 다 열어 스탠드 불빛이 들어오게 했다. 그리고 거울을 외면했다. 비치고 싶지 않았다. 확인하고 싶지 않았다. 그럼에도 불구하고, 그러니까 약한데도 불구하고 그 빛에 자신의 얼굴이 어그러지고 말았음을 너무나도 잘 알아서, 어그러진 자신의 얼굴을 볼 자신이 없었다.

문을 열고 들어서자 거실 한가운데 놓인 소파에서 눈동자 네 개가 꽂혀 왔다. 바로 앉은 해강과 해강의 허벅지에 종아리를 올려 두고 기대앉은 재형이었다. 입덧이 심해서 휴직했다더니 그냥 잠깐 다니러 온 본새가 아니었다. 아예 부모님 옆에다 살림을 차린 모양이었다.

재필은 자신도 모르게 신경질이 났다. 집으로 올 때만 해도 재형을 붙들고 그간의 이야기를 물은 다음 하나에서 열까지 열심히 들어 봐야겠다고 작정했었는데, 그 작정일랑 홀랑 휘발돼 버리고 그 자리를 짜증이 채운 것이다. 명백한 질투였다. 재형과 해강이 당당히 함께 있는 데 대한.

재형이 입을 우물거리며 건성으로 물어 왔다.

"너 왜 오늘 와? 엄마가 내일이나 돼야 올 거라 그러셨는데?"

그랬다. 재필은 주로 일요일에 집에 다녀가곤 했으니까 말이다. 하지만 전날 밤에 있었던 은기와의 대화 이후로 의기소침에 기력까지 소진돼 버린 재필은 은기가 다녀갈 게 분명한 오늘 토요일을 견딜 수 없었다. 그래서 복싱클럽까지 생략하고 집으로 온 것이었다.

"둘만 있어?"

"엄마는 오늘 약국 안 나가시긴 했는데, 좀 전에 마트."

그런데 재형이 그 대답을 마치자마자 해강에게 입을 "아……." 하고 벌리는 것이었다. 가만 보니 해강이 사과 반쪽을 들고 앉아 숟가락으로 긁어서 떠먹이고 있던 모양이었다. 재필은 울컥했다.

"사과 국물 떨어져. 끈적거린다고."

"쟁반 단디 받치고 있거든?"

더 아래 지방으로 가면서 '단디' 니 '똑디' 니 하는 말들이 입에 붙은 해강이었다.

"갈갈이 없어? 갈아 먹으면 되지, 그걸 왜 원시적으로 일일이 긁고 있어?"

"어휘 봐라. 갈갈이는 또 뭐래. 믹서 몰라? 그리고 요즘 누가 무식하게 사과를 믹서로 드르르 갈아 먹어? 착즙기 쓰지."

"그걸 내가 지금 몰라서……."

"또 그리고. 갈건 긁건 빻건, 내가 내 마누라 내 손으로 먹인다는데 네가 왜 참견에 성질이야?"

"그럼 니들 집에 가서 하든가."

"여기도 엄연한 우리 집이거든? 어머니가 너보다 내가 더 좋다고 하셨거든?"

"너는 드라마를 손으로 안 쓰고 입으로 쓰냐? 이젠 한마디도 안 지네?"

"내가 왜 져. 재형이가 내 편인데."

"내 펴…… 이런, 씨!"

팩, 하고 신경질을 내며 방으로 들어가는 재필의 뒷모습을 눈으로 끝까지 좇아가던 해강이, 왜 저래 하는 얼굴로 멍하니 있는 재형의 귀에 대고 소곤거렸다.

"저 재수, 연애한다. 것도 혼자 연애."

재형의 눈이 왕방울만 해졌다.

"어?"

"저 재수를 저렇게까지 흔들 게 연애밖에 더 있어? 근데 제 맘처럼 안 되는 거지."

"진짜 그렇게 생각해?"

"백 퍼 확신. 쉽지 않을 거다. 저 재수덩어리 자뻑왕자."

재형이 깔깔깔 웃기 시작했다. 아기를 가지면서 웃음이 얼마나 늘었는지, 해강은 재형이 웃을 적마다 좋아 죽을 지경이었다.

"구름아. 아빠 신났다. 생동감 넘치는 거 봐라."

태명이 '구름'이었다.

"드디어 때가 온 거야. 걸리기만 해 봐, 어디. 두고 보자는 우씨 하나도 안 무섭다고? 나야말로 저 서씨 하나도 안 무섭거든? 흥. 오줌 싸게 해 준다, 내가. 것도 아주 허벌나게."

깔깔깔, 재형이 완전히 뒤로 넘어갔다. 도대체 대통합의 끝, 대화합의 마무리 같은 게 오기는 할 건지 모를 유치한 앙숙지간이었다.

재필은 재필대로 열이 잔뜩 올라선 침대에 기어 들어가 이불을 뒤집어썼다.

'괜히 왔지, 내가. 저 꼴이나 보겠다고.'

안 그래도 해강만 마주치면 자꾸 말려들고 있었다. 전엔 그렇지 않았다. 자신이 늘 우위에 있었을 뿐만 아니라 이성적인 통제 또한 전적으로 가능했다. 그러니까 그때까지 가져 온 모든 인간관계와 하등 다를 게 없었던 것이다. 서재필 중심으로 돌아가던 관계들 말이다. 그래서 해강이 '재형이만 내 편 되면 너까짓 거 하나도 안 무서워.' 하며 게거품을 물었을 때도 같잖게 여겼다. 그래 봤자 네가, 했던 것이다.

그런데 그게 그냥 한 말이 아니었다. 재형을 등에 업은 해강은 진심으로 속수무책이었던 것이다. 재형이 대통령 각하인 것도 아니고, 교황 성하인 것도 아니고, 여왕 폐하인 것도 아닌데, 도대체 재형에게 무슨 힘이 있다고 고작 재형이 하나를 믿고 저리 설치는 것인지, 기가 막힐 대로 막혔다.

문제는 그게 부럽다는 사실이었다. 볼 적마다 부러움이 커지고 있다는 사실이었다. 재필은 늘 자기 자신을, 아니 자기 자신만 믿고 움직여 온 사람이었다. 혼자 고민했고 혼자 판단했으며, 혼자 결정했고 혼자 전진한 사람이었다. 그래도 충분했다. 대단한 배경 따위 하나 없어도 아무런 문제가 되지 않아서 정말로 충분했다. 하지만 재형에 대한 해강의 맹목적인 신뢰를 지켜보다 보면, 결국 결론은 부러움이었다.

'오늘은 정말 거슬리네.'

현기의 말처럼 자신에게도 '유치찬란' 이라는 씨앗이 있는가 싶었다. 영영 모르고 살았을 씨앗을 해강이 알아보고 부러 물 주고 거름 주나 싶었다. 저처럼 똑같이 유치찬란해지자고, 그런 속셈인가 싶었다. 그러지 않고서야 눈만 마주치면 자신을 초딩 수준으로 끌어내릴 리 없지 않는가 말이다. 실제로 해강과 한바탕하고 나면 어머니 미인이 번번이 하는 말이 있었다.

'똑같아, 똑같아. 한 살 적을 때나 한 살 많을 때나 하는 짓이 둘 다 똑같아. 재형아, 저거 둘 한데 싸서 서월초등학교 병설유치원에 데려다주고 와라.'

누가 모전자전 아니랄까 봐서, 재필이 해강더러 하던 말을 미인이 재필에게 하고 있었다. 것도 해강과 같은 수준으로 싸잡아서. 자신은 언제나 자랑스러운 아들이었는데 말이다.

'내가 왜.'

그랬다. 내가 왜. 서재필은 선생들도 어려워하던 학생이었다. 교수들도 함부로 대하지 못하던 전공의였다. 어딜 가도 절절매는 사람들만 있었지, 이런 식으로 마구 굴려진 적은 없었다.

'미치겠다, 진짜.'

재필이 벌떡, 하고 몸을 일으켰다. 그러곤 다시 가방을 들고 거실로 나갔다. 이번에도 눈동자 네 개가 자신에게 꽂혀 오는 동시에, 재형이 여전히 우물거리며 물어 왔다.

"어디 가게?"

"클럽."

해강이 무어라 입을 열려 하자 재형이 해강의 팔을 슬쩍 잡아당겨선 팔짱을 끼며 말을 이었다.

"서재필."

"왜."

"다시 올 거지?"

"몰라."

여기서 재필은 흠칫했다. '몰라' 라니. 나이 서른하나에 퇴행이라도 하는 거야, 뭐야. 어떻게 '몰라' 라는 말이 그렇게 쉽게 튀어나올 수가 있는 건지.

"와."

"왜."

"엄마한테 너 왔다고 벌써 문자 보냈거든. 그런 줄 아시니까 오라고."

재필이 재형을 빤히 쳐다보았다. 그게 다가 아닌 것 같은 기분이랄까. 그런데 그게 다가 아닌 그 무언가가 든든하게 다가와서 재필은 선선히 고개를 끄덕였다. 지금으로선 〈효당마을〉로 갈 만한 심적 상태가 아니니 정처 없이 떠돌 거 아니라면 어차피 도로 오기는 와야 할 것이었다.

다만 이 상황에서 바라 마지않는 건 단 하나, 해강이 꺼져 주는 것이었다. 본가가 멀리 있는 것도 아니고 엎어지면 코 닿을 데이거늘, 왜 혼자선 죽어도 안 가려고 버티는 건지. 외려 재형은 혼자서도 잘만 가드만.

"알았어. 저녁 먹게는 올 거니까 그렇게 말씀드려."

"어."

재형 덕분에 조금은 누그러진 상태로 신발을 신고 현관문 손잡이를 잡는데, 뒤통수로 해강의 목소리가 다다다다…… 날아왔다.

"야, 서재수. 성질난다고 괜히 애먼 사람 상대로 주먹에 힘 싣고 그러지 마라. 그러다 고소당하면 합의금은 합의금대로 날리고 양아치라고 소문나서 페이닥터 노릇도 어려워진다. 아 참, 밖에선 안 그러던가? 학위도 없는 박사 폼 잡느라고?"

'이런, 씨.'

쾅, 문이 닫히자 해강이 재형을 보고 배시시 웃었다.

"너무 약 올렸나? 가만있을 걸 그랬나?"

"아니. 서재필한테는 하고 싶은 말 다 해도 돼."

"진짜지?"

"다 약 될 거거든."

해강이 재형을 끌어안고는 볼에 쪽쪽거리기 시작했다.

"구름이 엄마가 그렇다면 그런 거지. 나 같은 참새가 봉황의 뜻을 어찌 알리오. 서재수 팔팔 끓는 거 보면 세상 재밌으니까 뭐. 사과 더 먹을래?"

"응."

해강이 신나서 주방으로 사라지자 재형이 마당 쪽으로 시선을 돌렸다.

'시작됐구나, 서재필. 예방 접종이라곤 해 본 역사가 없으니 항체가 있을 턱도 없고. 고생 좀 하겠네. 그치만 서재필. 뭐든 말해. 도와줄 테니까.'

2.2

일주일이 길어도 너무 길었다. 토요일, 그날 단 하루를 건너뛰었을 뿐인데 마치 은기를 한 달은 못 본 것 같은 기분이었다. 대체 금요일 밤에 본 건 뭐였지, 싶었을 정도였다.

그래서 다시 돌아온 토요일인 오늘, 오늘은 부딪혀 볼 작정이었다. 무어든 하다 보면 늘게 마련이라는 게 재필의 생각이었다. 복싱도 처음부터 날고 긴 건 아니었으니 말이다. 서투름은 잠깐일 것이었다. 언제나 그랬듯이 곧 방법을 찾을 것이고, 곧 능숙해질 것이었다. 재필은 다시금 재필로 돌아와 있었다. 자신만만한 서재필로.

하지만 지금, 영필의 집으로 향하는 재필은 새삼 진지해져 있었다. 위화감이랄까, 이질감이랄까, 암튼 전과는 다른 영필이 고민스러워서였다. 전엔 친절하고 상냥하기는 해도 묘하게 서늘한 기운이 느껴지곤 했었는데, 퇴원 이후로 온도가 완전히 달라진 것이다. 푸근하고 훈훈했다. 그런 게 푸근함과 훈훈함이라면 말이다.

재형이 시할머니인 양숙 여사를 언급할 때마다 달고 사는 말이 '푸근'과 '훈훈'이었다. 궁금했었다. 도대체 그 '푸근'과 '훈훈'의 정체가 무엇인지.

'엄마랑 아빠하고는 달라. 아버님하고도 달라. 할머니만의 체온이 있어. 체온계로 재는 그런 온도 말하는 거 아니야.'

그랬다. 실체 없는 온도였다. 설명할 수 없는 온도였다. 그러니까 도대체 영필이 왜 갑자기 그 '푸근'과 '훈훈'을 걸고 다가오느냐, 그거였다. 다가온다. 맞았다. 실제로 영필은 재필을 퍽 자주 보러 왔다. 진료실에 있다가 센터 로비로 나와 보면 소파에 앉아 있는 영필이 자주 목격되곤 했다. 그럼 눈을 마주친 재필에게 '아픈 데 없어. 그냥 마실 왔어요.' 하며 웃어 주는데, 그 웃음 또한 이해가 불가였다.

'그나저나 왜 부르신 거지?'

아침 일찍 복싱클럽에 다녀와 한숨 돌리는데 영필에게서 전화가 왔다. 좀 봤으면 한다고. 몸에 이상이 있는 건 아니라고 했다. 하긴 이상이 있다고 해도 영필이 재필을 따로 부를 일은 아니었지만 말이다. 은기를 잡기로 마음먹은 이후로 영필을 보는 일이 전처럼 편하지만은 않았다. 아무리 나흘밖에 안 되는 결혼 생활에 혼인 신고마저 안 된 사이라고는 해도, 은기가 영필의 아들과 부부였던 건 사실이니까 말이다.

그러한 연유로 영필을 개인적으로 만나야 한다는 게 은근히 부담되었다. 하지만 재필은 본디 성격답게 거침없이 발걸음을 옮기는 중이었다. 시간을 보니 은기가 오려면 아직 한참이 남아 있었다.

똑똑.

문이 열리더니 영필이 반색을 했다.

"어머나, 우리 모델 선생. 때맞춰 잘 오셨네."

재필은 의아했다. 오라고 해서 왔건만 영필의 반응만 보면 마치 '잘 오긴 했는데 웬일이시래?' 하는 것 같아서였다. 재필은 대수롭지 않게 여겼다. 노인들이 기껏 불러 놓고 다른 말을 하는 경우가 종종 있는 때문이었다.

그런데 안으로 들어서자마자 은기가 보였다. 재필이 멈칫했다. 은기도 당황한 기색이었다. 하긴, 저번에 그러고 헤어졌으니 당연했다.

"내가 전에 부탁한 거 때문에 오셨구나."

"예?"

"저기, 내가 오늘 우리 은기하고 외식할까 해서 좀 일찍 오라 했는데, 오늘 옥이 성 아들내미하고 옆 동네 전시회 가기로 한 걸 잊었지 뭐예요. 가서 한참 있다 올 거라 은기 데려가긴 뭣해서 지금 어쩌나 하고 있었는데 잘됐네."

재필의 머릿속으로 시나리오 하나가 지나갔다.

"모델 선생, 우리 은기 친구라면서. 데리고 나가서 밥 좀 먹여 줘요. 우리 은기 밥때 놓치면 정신 못 차리거든. 그렇다고 처량맞게 혼자 먹으랄 수도 없고. 내가 부탁한 일은 다음에 이야기하면 되니까."

영필이 재필에게 부탁한 일 같은 게 있을 리 없었다. 그러니 정확한 시나리오였다. 재필이 머뭇거리지 않고 바로 대답했다.

"예. 걱정 마세요."

이후로는 은기가 무어라고 끼어들 틈 없이 영필과 재필의 대화가 촘촘하게 이어졌다. 별반 얘기할 필요도 없는 수면 유도제가 주제였다. 그러는 동안 은기의 가방을 주섬주섬 챙겨 든 영필이 은기를 일으켜 세워선 재필 쪽으로 떠밀었다.

"일 많댔지? 밥 든든히 먹고 가서 일해. 난 전시회 갈라니까."

"선생님. 밥은 같이 먹어도 되잖아요."

"전시회장 근처 가서 먹기로 했어. 거기까지 왔다 갔다 하게? 그 먼 데까지 뭐 하러. 귀찮게 굴지 말고 어여 가."

"우리 선생님 이상해요. 저 뭔가 따돌림 당하는 거 같은데."

"따돌리는 거 맞어."

"왜요? 왜 따돌리세요?"

재필은 영필과 은기의 실랑이를 기분 좋게 바라보았다.

"옥이 성 아들내미하고 같이 있어 봐야 좋을 거 하나 없어. 정완이 하는 말 듣고 있다 보면 정신 사나워진단 말이지. 갸 입 열었다 하면 우주 만물다 나오잖여. 속 시끄러워져서 밤에 잠 못 자. 그러니 모델 선생하고 밥 먹어. 가. 잘 가. 다음 주에 보자, 아가."

결국 은기는 재필과 함께 거의 내쫓기다시피 복도로 밀려 나왔다. 은기가 미간에 주름을 잡고는 현관문을 뚫어져라 쳐다보았다.

"그만 노려보는 게 어때요. 문에 구멍 날 거 같은데."

그 말에 이번엔 은기가 고개를 돌려 재필을 뚫어져라 쳐다보았다. 재필이 은기의 팔을 잡아당겼다. 영필이 귀하게 마련해 준 기회이니 무슨 일이 있어도 놓쳐서는 안 되었다. 영필이 변하게 된 이유야 차차 알아보면 될 것이나, 영필의 의도가 어디에 있는지 확인한 이상 적어도 어려운 담 하나는 넘은 거나 마찬가지라는 생각이었다. 어찌 보면 은기와의 관계에 있어 가장 큰 담이 영필이었으니까 말이다.

"일단 밥 먹으러 갑시다. 배고파요."

어쨌거나 지금은 은기와 함께할 점심이 급했다. 재필은 좀 멀리 가기로 했다. 일이 많다고 했으니 무리가 되지 않을 정도로만 멀리. 미움받지 않을 정도로만 멀리. 빠른 속도로 머리를 굴리며 재필이 은기에게 말했다.

"뭐 좋아하느냐고 물어봐야 답 안 해 줄 거 뻔하니까 내 맘대로 할게요."

하지만 결론적으로는 멀리 가지 못했다. 아니, 멀리는커녕 코앞에 주저앉아 버렸다. 은기가 버틴 것이다. 어쩔 수 없이 재필은 전철역 근처의 소박한 베트남쌀국수 전문점에 들어가 앉을 수밖에 없었다. 이게 뭔가, 낙심천만이었지만 은기가 한 그릇을 깨끗하게 비운 덕에 기분을 회복할 수 있었다. 게다가 식후 커피 타임을 허락받기까지 했으니 소득이라면 소득이었다.

아메리카노와 라테를 놓고 마주 앉은 두 사람은 그럭저럭 자연스러웠다. 비록 분위기에 휩쓸려 뒤에서이긴 했지만 한 번 안았던 사람이라 그렇겠거니, 그건 재필의 생각이었고, 비록 받아 줄 수 있는 상대는 아니지만 오랜 시간 알았던 사람이라 그렇겠거니, 그건 은기의 생각이었다.

"꿈이 뭐였어요?"

재필이 대화를 이어 갔다. 끊어질 듯 간당거리면서도 멈추지 않는 대화는 재필의 필사적인 노력이었다. 재필마저 입을 다물면 커피 타임도 끝이 나 버릴 테니까 말이다.

"제 꿈은 형용사였어요."

"형용사요?"

"서 선생님은 의사시죠? 우리 아빠는 조경사예요. 근데 의사나 조경사는 다 명사잖아요."

재필은 놀랐다. 그러고 보니 재필의 꿈은 늘 명사였던 것이다. 다시 말해서 직업 말이다.

"어떤 형용사였는지 물어봐도 될까요?"

은기가 웃었다. 그리고 라테를 마셨다.

"평범해요. 착한, 현명한, 용감한, 든든한, 그런 것들요. 좋은 형용사란 형용사는 다였다고 할 수 있어요. 근데……."

은기가 라테를 한 모금 더 마셨다. 아까는 아니었는데 이번엔 입가에 거품이 남았다. 재필은 그 거품을 만지고 싶었다. 아니, 핥아 먹고 싶었다. 하지만 거품은 곧 사라졌다.

"나중에 생각해 보니까 그건 내가 그렇지 않다는 전제하에 품은 꿈이더라구요. 착하지 않으니까 착한, 어리석으니까 현명한, 겁이 많으니까 용감한, 폐를 끼치는 것 같으니까 든든한, 그런 거요. 그래서 그것도 관뒀어요."

재필은 그저 속으로 '아!' 할 뿐이었다. 아!

"그다음부터는 꿈 같은 거 만들지 않았어요. 생긴 대로 살자. 그러다 보면 뭐든 돼 있겠지."

그 말을 해 놓고 은기가 푸핫, 하고 웃음을 터뜨렸다.

"없어 보이죠? 서 선생님은 이해 못 하시지 싶네요."

"왜요?"

"네?"

"내가 왜 이해를 못 할 거라고 생각해요?"

"서 선생님은 목표를 정해 놓고 헤엄치시는 분 같거든요. 전 헤엄치다가 어디든 닿자 그런 사람이고."

재필은 말문이 막혔다. 정확한 표현이었다. 목표가 없었던 적이 없었으니까.

"목표를 보고 돌진하는 사람은 저처럼 한눈파는 거 혐오하더라구요."

그랬나? 그랬구나. 혐오까지는 아니어도 경멸하긴 했구나. 그런데 은기가 그런 사람이라니, 후회가 물밀듯 쏟아졌다. 한눈팔며 살았다는데, 흐르는 대로 살았다는데, 그냥 생긴 대로 살았다는데, 어쩜 저렇게 대단한지, 어쩜 저렇게 장한지, 어쩜 저렇게 거룩한지, 어쩜 저렇게…… 저렇게나 사랑스러운지.

"서 선생님."

"예, 은기 씨."

'우리 선생님, 무슨 생각 하시는지 이젠 들키신 거죠. 근데요, 선배. 우리 선생님 생각이 내 생각이 되는 건 아니거든요.'

"말해요, 은기 씨."

"애쓰지 마세요."

"은기 씨."

은기가 일어섰다. 재필도 따라 일어섰다. 〈시침 감침〉에 닿을 때까지 두 사람은 아무 말도 하지 않았다.

'애쓰지 마세요.'

그 말이 목에 걸려 숨이 갑갑했다. 이거고 저거고 간에 눈에 들어오지도 않았다. 그렇다고 마냥 허우적거리고 있을 수만은 없어 억지로 논문을 뒤적이고 있자니 핸드폰이 번쩍했다.

[숙소? 센터?]

해강의 문자였다.

[그걸 왜 물어.]
[너네 마을 앞이라 그런다.]

헉, 하고 놀란 재필이 통화 버튼을 눌렀다. 그런데 귀에 대자마자 다짜고짜 고함 소리가 들려왔다.

— 어디라고 손가락만 두드리면 될 걸 왜 전화질이야.

'이런 씨…….'

튀어나올 뻔한 욕을 억누르면서 재필이 대꾸했다.

"센터 진료실인데 너 무슨……."

뚝.

"어우…… 우해강, 이걸 진짜. 어우……."

부글부글 끓어오르는 성질을 가라앉히면서 재필이 클리닉 밖으로 향했다.

'꼴에 손님이신데 마중은 나가야지. 어우, 그냥 확…….'

잠시 후 엘리베이터가 띵, 하더니 해강이 나타났다. 손에 보따리 하나가 들려 있었다.

"넌 연락도 없이……."

"네 목소리 한 번이라도 덜 들으려고 그냥 왔다."

"뭐?"

"한 번 들을 것도 반으로 줄이고 싶은 판에 뭘 한 번 더 들으래? 다음부턴 문자 해."

재필이 속으로 '어우…….' 하며 이를 앙다물었다.

"이번 주는 안 온다 그랬다고 어머니가 주시더라."

"뭔데?"

"갈비찜. 한우갈비찜."

〈효당마을〉 식당에서 직원 급식도 함께하고 있었기 때문에 재필이 따로 밥을 지어 먹을 일은 없었다. 하지만 미인은 가끔 이렇게 먹거리를 보내고는 했다. 야근이든 당직이든, 밤에 밥 먹을 일이 아주 없는 건 아니었으니까 말이다.

"뭐? 한우갈비찜?"

"왜, 뭐 잘못됐어?"

"네 초사지? 네가 먹고 싶다고 질질 짰지? 명절도 아닌데 한우갈비가 웬 밑이냐고."

"그래. 짰다. 아주 펑펑 짰다. 그 물로 만든 찜이다. 간간한 게 간이 아주 제대로더라. 됐냐? 덕분에 너도 먹는 거니까 주둥이 닫아."

재필은 손이 근질거렸다. 휘두르면 날아갈 거 아니까, 어디까지 날아가나 한번 휘둘러 보고 싶었다. 하지만 하고 싶다고 다 하고 사는 세상이면 지구는 이미 쑥대밭이 되었으리라. 재필은 휘두르는 시늉이라도 냈다가는 재형에게 가기도 전에 어머니 미인에게 맞아 죽을 걸 너무나도 잘 알아서 참고 또 참았다. 그런데 그걸 아는지 모르는지 해강이 자꾸만 긁었다.

"진료실도 꼭 저 같다니까. 책상에 다육이라도 하나 얹어 놓지, 이게 뭐냐 이게."

"대기실에 풀 많아."

"어휘 봐라. 풀이란다. 암튼 퍼런 것만 보면 풀떼기 아님 풀 쪼가리라지. 돈 벌어 뭐 해. 맨날 글로브 끼고 헉헉대지만 말고 식물대백과 그런 것도 좀 사 보고. 암튼 수준하고는. 아저씨는 어떻게 너한테 이런 클리닉을 통째로 맡길 생각을 다 하셨대? 옛날부터 현준건 옹은 참 용자셔."

재필이 고개를 뒤로 넘기며 숨을 골랐다. 참아야 하느니라. 참아야 하느니라.

"그리고 대기실이 무슨 대수야? 대기실은 대기실이고 진료실은 진료실이지. 생긴 거나 하는 짓이나 암튼 살풍경해요."

"유치한 거보다는 살풍경한 게 나아."

해강의 시비에 걸려들면 안 되는데, 재필은 결국 또 대꾸를 하고 말았다. 아니나 다를까, 해강이 코웃음을 치며 대거리를 해 왔다.

"웃기고 있네. 지금 나가서 길 막고 물어볼까? 어느 쪽 표가 많을지? 너, 내가 할머님들한테 인기가 얼마나 많은지 모르지? 우리 할머니 친구분들도 나만 보면……."

"우해강. 너 가라. 갖고 오느라고 고생했다. 고맙다."

"근데 서재수."

'이런 씨…….'

"세상 좁더라. 나 들어오다가 아는 사람 봤어."

"아는 사람? 어떤 아는 사람?"

순식간에 화제가 전환되었다. 처음에 재필과 해강이 마주 보고 으르렁거릴 적마다 좌불안석이던 장군과 미인도 이젠 그러려니 하고 내버려 둘 정도로 항상 같은 패턴이었다. 싸우다가 무시하다가 놀리다가 진지해지다가, 다시 싸우다가 무시하다가 놀리다가 진지해지다가…….

"나 대학교 1학년 때 어떤 귀한 책 때문에 사람을 만난 적이 있는데, 그 사람을 들어오다가 만난 거야. 놀라 가지고. 어머니가 여기 계신대."

"누구?"

"장옥자 할머니시라던데?"

"뭐? 그럼 견정완 씨?"

영필이 옥자, 정완과 함께 전시회에 간다더니, 아마도 정완이 두 할머니를 모셔다드리고 돌아가는 길에 맞닥뜨린 모양이었다. 그나저나 둘이 아는 사이였다니.

"이름은 나도 오늘 처음 들었고. 네가 재형이 오빠라 했더니 그쪽도 놀라대?"

여기서 재필에게 생각 하나가 떠올랐다. 지금 물어야 했다. 해강을 또 언제 따로 볼 수 있을지 몰랐다. 해강은 재필과 단둘이 만나는 걸 썩 내켜 하지 않았다. 오늘은 그야말로 서쪽에서 해가 뜰 만한 일이었던 것이다. 재필로서는 알 리 없는 내막이었다. 해강이 한우갈비찜 심부름을 자처했다는 것을.

'저 재수. 연애한다. 것도 혼자 연애. 저 재수를 저렇게까지 흔들 게 연애밖에 더 있어? 근데 제 맘처럼 안 되는 거지. 쉽지 않을 거다. 저 재수덩어리 자뻑왕자. 때가 온 거야. 걸리기만 해 봐, 어디. 두고 보자는 우씨 하나도 안 무섭다고? 나야말로 저 서씨 하나도 안 무섭거든? 흥. 오줌 싸게 해 준다, 내가. 것도 아주 허벌나게.'

그러니까 해강의 목적은 정탐이자 염탐이었던 것이다. 그러한 이유로 해강은 이러저러한 멘트를 정신없이 날리는 가운데서도 재필을 살피기에 여념이 없었다. 그래서 재필이 "해강아!" 하고 불렀을 때 꽤 흠칫했다. '우해강!' 도 '동창님!' 도 '매제!' 도 아니고 '해강아!' 였기 때문에. 그러면 안 되는 걸 알면서도 순식간에 마음이 말랑말랑해졌다.

"왜?"

"혹시 재형이가 너한테 수준, 그런 얘기 한 적 있어?"

"수준? 뭔 수준?"

"그러니까 너는 잘났고 나는 못났고 그런 거."

"아. 정확하게 수준이라고는 안 했어도 비슷한 말은 했지."

"그래서 넌 뭐랬는데?"

해강이 팔짱을 끼며 재필을 응시했다. 아주 정색을 하고 말이다. 정탐, 염탐이 문제가 아니었다.

"네가 맘에 둔 사람이 너더러 수준 맞는 사람 만나라 그런 모양이네."

"눈치 하나는. 어."

"그럴 만하지. 서재수 자뻑이 어지간한가 어디. 그걸 누가 보고 싶겠어. 자뻑은 자뻑을 만나야 하루가 멀다 하고 네가 잘났니 내가 잘났니 데그빡 터지도록 싸우면서 재미나게 사는데, 수준 얘기 한 거 보니 그쪽은 자뻑하고는 거리가 먼가 보네. 자뻑이 다른 자뻑더러 수준 어쩌고 할 리는 없거든. 누워서 침 뱉기니까."

멀쩡한 이름 두고 자꾸만 서재수, 서재수. 거기다가 비아냥거림. 하지만 재필은 넘겼다.

"그래서 넌 뭐라고 그랬는데?"

"내가 뭐라고 하고 말고 할 게 뭐 있어. 날더러 내 수준에 맞는 사람 만나라는 건 나 보고 그냥 망하라는 소린데, 죽기 살기로 매달렸지. 난 망하고 싶지 않았으니까."

"뭐?"

"서재수, 너 뭐냐? 너도 다른 사람들처럼 삔 눈이냐?"

"뭐라고?"

"너 재형이 오빠라며. 몇 초 먼저 나온 것도 먼저는 먼저라면서 빼긴 거 너 아니야? 그럼 오빠잖아. 근데 너도 다른 몇몇 사람들처럼 재형이가 나보다 떨어진다는 생각 하느냐고?"

재필은 말문이 막혔다. 그럼 아니란 말인가? 가족 간일수록 '주관' 이 아닌 '객관' 을 유지해야 하는 거 아닌가? 누가 봐도 해강이 넘치지 않나?

"내가 괜히 네가 싫은 게 아니었어. 네 생각이 그러니까 싫은 거였다고."

그러니까 해강은 지금 아니라는 말을 하고 있었다.

"야, 서재수. 네가 말하는 수준의 기준이 뭔데? 똑똑한 거? 예쁘고 잘생긴 거? 돈 많은 거? 아님, 부모님 잘 만난 거?"

재필은 잠자코 있었다. 꼭 그런 건 아니었다. 사람의 수준을 이루는 것들은 그것 말고도 더 있었다. 도덕성이랄까, 용기랄까, 배려심이랄까, 기타 등등 뭉뚱그려서 인격 말이다. 그 인격을 바탕으로 삶을 대하는 태도 같은 것들 말이다. 하지만 방금 해강이 나열한 것들도 분명 사람의 수준을 이루는 요소이기는 하다는 게 재필의 가치관이었다. 특히 '지성'은 재필이 아주 중요하게 여기는 부분이었다.

"너, 재형이 그릇이 얼마나 큰지 모르지? 얼마나 많은 걸 담고 있는지 모르지? 알 리가 있나. 뭐 눈엔 뭐만 보이는 법인데. 수준? 야, 서재수. 그 수준 말인데, 난 재형이 발뒤꿈치도 못 따라가. 놀라운 게 뭔지 알아? 재형인 지금도 커지고 있다는 거야. 난 거기 묻어가는 한 점 먼지, 한 마리 피라미일 뿐이고."

'그런 엄청난 말을 너는 어떻게 그리 태연자약하게 할 수가 있어? 우해강 넌 정말 재형이에 대해서만큼은 한없이 맹목적이구나.'

"너, 그 사람이 수준 말할 때 부인 못 했지? 아니라는 말, 예의상으로라도 안 나왔지?"

재필은 흠칫했다.

"사랑이 자선 활동이야? 베풀고 나눠 주는 온정이야? 아래에서 우러러보면서 가랑이가 찢어지도록 죽을 둥 살 둥 쫓아가도 될까 말까 한 게 사랑인데, 위에서 내려다보면서 선심 쓰듯이 설렁설렁, 퍽이나 잘도 되겠다."

해강이 일어서더니 재필의 책상에서 이면지 한 장과 펜 하나를 집어 와 다시 앉았다.

"기본 중 기본을 말할 건데, 그렇다고 중간에 끼어들 생각 마. 끝까지 똑디 잘 들어."

해강이 그림까지 그려 가며 조곤조곤, 그러면서도 단호하게 이야기를 시작했다.

"사칙 알지?"

수에 관해서 덧셈, 뺄셈, 곱셈, 나눗셈으로 계산할 때 그 계산법을 사칙이라 한다. 사칙 계산, 사칙 연산이라고도 하고.

"여기서 중요한 법칙이 둘 있는 것도 알지?"

재필이 집중했다. 그걸 모를 거라고 생각해서 하는 질문이 아니라는 것쯤은 훤히 알 수 있었다. 해강의 표정이 그랬다. 비아냥거리는 것도, 느물거리는 것도, 이기죽거리는 것도 아니었다. 재필에게서 '지적' 호기심이 폭발했다.

"먼저, 곱셈이나 나눗셈 기호가 없는 경우에는 순서대로 계산하면 되지. 예를 들어서 2+3−1을 계산한다 치면 제일 먼저 2+3=5, 그다음에 5−1=4, 그러니까 정답은 4, 그런 순서 말이야."

초등학생도 아는 내용이었다.

"반면에, 곱셈이나 나눗셈 기호가 섞여 있는 경우에는 덧셈과 뺄셈이 아무리 맨 앞을 차지하고 있더라고 곱셈과 나눗셈을 먼저 계산해야지. 예를 들어서 2+3×4÷2−1을 계산한다 치면 3×4=12, 그다음에 12÷2=6, 그다음에 2+6=8, 그다음에 8−1=7, 그렇게 해서 정답은 7. 절대로 2+3을 먼저 계산하지 않는다고."

그랬다. 그건 불변의 법칙이었다. 곱셈과 나눗셈은 늘 우선되는 존재였다.

"내가 말하고 싶은 건 지금부터야. 여기에 괄호가 끼어들면 상황이 달라진다는 거. 곱셈과 뺄셈이 아무리 날고 기어도 괄호를 이길 수 없다는 거. 예를 들어서 좀 전에 계산한 2+3×4÷2−1의 식에 괄호를 넣어 본다 치자고. (2+3)×4÷2−1, 이렇게. 그럼 괄호 계산이 먼저지. (2+3)=5, 그다음에 5×4=20, 그다음에 20÷2=10, 그다음에 10−1=9. 정답 9."

도대체 무슨 소리를 하려는 건지.

"봐. 괄호가 없으면 7인데 괄호가 들어가면서 9가 돼 버렸다고. 그게 괄호의 힘이라고. 곱셈과 나눗셈이 아무리 잘난 척을 해도, 괄호의 묶는 힘 앞에서는 어쩔 도리가 없는 거라고."

재필은 해강에게서 시선을 떼지 못했다.

“나한테는 재형이가 괄호야. 난 재형이 앞에서는 아무런 힘도 발휘 못 해. 수준? 좋아하시네. 나는 괄호에 따라서 값이 달라지는 그냥 사칙 계산식일 뿐이야. 나나 너는 그냥 덧셈, 뺄셈, 나눗셈, 곱셈 기호일 뿐이라고. 비교는 연산 기호끼리 하는 거지, 괄호는 넘사벽이라니까? 어딜 괄호 앞에서 까불고 지랄이야. 괄호가 어디 들어오느냐에 따라 똥값 될 수도 있는 게 네 주젠데.”

재필은 진심으로 감탄했다. 생각하는 방향이 달라도 너무 달랐다. 작가라서 그런가? 어떻게 딱 떨어지는 수학식에서 남녀 사이의 복잡한 관계를 이끌어 낼 수가 있지? 아니나 다를까, 해강의 자화자찬이 바로 그 뒤를 이었다.

“끝내주지? 네가 인체 표본 놓고 뼈다귀가 몇 개인지 외고 있을 동안, 나는 이런 거 생각한다고. 근데 이거 인문학적 소양이 없으면 못 알아들을 텐데…….”

“해강아.”

“아니꼬우면 반론해 보든가.”

“그게 아니고.”

도대체 무슨 말을 하려고 뜸을 들이나, 하는 표정으로 해강이 재필을 쳐다보았다. 재필은 정직하게 말하기로 했다.

“우리 재형이가 남편 하나는 정말 잘 만났다는 생각이 갑자기 드네.”

한껏 진지하고 심각했던 해강의 얼굴이 돌연 흐물흐물해지더니 무방비한 웃음이 지어졌다.

“진짜?”

“어.”

해강이 곧바로 주머니에서 핸드폰을 꺼내 들더니 버튼을 누르고 귀에 댔다.

“구름이 엄마야.”

허. 날아갈 듯한 목소리. 재필은 기가 막혔다. 뭐 저런.

"서재수가 지금 나한테 그러는데, 서재형 남편 잘 만났대. …… 아니 아니, 비웃는 거 아니고 진짜로."

해강이 헤벌쭉해진 얼굴을 재필에게 들이댔다.

"구름이 엄마가 그걸 이제 알았냐고, 너 바보멍청이래."

허. 신나 죽겠는 얼굴. 재필은 계속해서 기가 막혔다. 뭐 저런.

해강의 통화는 끊어지지 않았다.

"어. 어? 애플민트 아이스크림? 계속 사과만 찾네. 구름이 말고 사과라고 할 걸 그랬나 봐. …… 어? 어머님이? 안 돼. 족욕은 나랑 해야지. 종아리 부어서 마사지도 해야 하는데 어머니가 손에 무슨 힘이 있으시다고. …… 그건 아니지. 나 오른손은 힘 센 거 알면서. …… 어. 금방 가. 내가 서재수랑 얼굴 보고 할 게 뭐 있겠어. 근데 구름이 엄마야. 있지, 가서 재밌는 얘기 해 줄게."

재필이 인상을 썼다. 재밌는 얘기란 게 필시 자신의 이야기임이 분명했으니까.

'저걸 뭘 믿고. 내가 내 무덤 팠지.'

드디어 핸드폰을 귀에서 뗀 해강이 벌떡 일어섰다.

"나 간다."

뒤도 돌아보지 않고 서둘러 나가는 해강의 뒷모습을 보면서 재필은 속이 쓰렸다.

'괄호 하나로 내가 우해강한테 KO패 당했네.'

권투에서도 그렇게 패한 적이 여러 번 있었다. 하지만 그 패배를 두고 억울하다거나 자존심이 상한다거나 그런 적은 없었다. 권투란 더 큰 힘 앞에서는 질 수밖에 없는 몸의 일이어서, 늘 각오하고 링에 오른 때문이었다. 질 수도 있다, 그건 사람을 겸손하게 만드는 아주 중요한 개념이었다. 즉, 권투를 할 때만큼은 재필도 겸손할 줄 알았다.

하지만 머리의 일을 두고는 질 수도 있다는 생각을 단 한 번도 하지 않았었다. 어느 분야든 자신이 뛰어들기만 하면 최고가 될 수 있다는 자신감이 있었다. 그러니까 거기에 겸손은 있을 수 없었다.

그런데 해강의 이야기를 들으면서 몸의 일과 머리의 일이 아닌 제3의 일이 있다는 게 깨달아졌다. 마음의 일 말이다. 점성학자 정완이 말했었다.

'세상에는요. 내 일, 남 일, 신 일, 그렇게 세 가지 일이 있어요. 난 그중에서 신(神) 일을 하지요.'

그러니까 그걸 응용하자면 재필에겐 몸 일, 머리 일, 마음 일이 있다는 것. 재필은 그중에서 머리 일을 한다는 것. 그리고 마음 일에서만큼은 자신이 가장 열등하다는 것. 인정하고 싶지 않지만 너무나도 명백하게 그러하다는 것. 재필이 팔을 들어 머리를 감쌌다.

'이건…… 다른 세상이야.'

이를테면 연달은 펀치였다. 재필은 혼이 나갈 지경이었다. 그 어떤 일이 벌어져도 냉정을 잃지 않았던 재필은 정신적으로 우왕좌왕했다. 사건은 해강이 은근슬쩍 재필의 속을 뒤집어엎고 간 다음 날, 〈효당마을〉 휴게실에서 벌어졌다. 현기를 마주친 것이다.

"네가 여기 왜 있어?"

현기는 뭐랄까, 이거 참 낭패군, 그런 표정을 지었다.

"너 왜 여기 있냐고?"

"아, 그게. 외삼촌 모시고 왔어."

"외삼촌? 너 외삼촌 계셔?"

"어."

재필이 추가 질문을 하려는 순간, 휴게실 출입구에 체격 좋고 인상 좋은 초로의 사내가 나타났다. 현기가 재필에게 "잠깐만." 하고는 사내에게로 가 몇 마디 나누더니 사내는 떠나고 현기만 다시 돌아왔다.

"너 마주칠 수도 있겠다는 생각을 하긴 했는데, 진짜 마주칠 줄은 몰랐네."

재필이 현기를 끌고 나갔다. 그러곤 자신의 숙소로 향했다. 이야기가 길어질 것 같다는 직감이었다. 소파가 없어 방바닥에 엉덩이를 내려 앉은 두 사람 사이에 잠시 침묵이 흘렀다. 재필이 입을 열었다.

"말해."

"여기, 사돈어르신이 계셔."

"사돈어르신?"

"이영필 할머님."

재필의 눈과 입이 동시에 벌어졌다. 어젠 해강이 옥자의 아들인 정완과 있었던 일을 털어놓더니, 오늘은 현기가 영필과 사돈이라고 하고 있었다.

"아까 그분이 우리 외삼촌인데, 정확히 말하자면 우리 외삼촌이 이영필 할머님하고 직접적인 사돈인 거지."

재필의 머리가 빠른 속도로 작동했다. 결론은 금세 나왔다. 재필이 침착하게 물었다.

"그럼 아까 그분이 은기 씨 아버지?"

이번엔 현기의 눈과 입이 동시에 벌어졌다.

"네가 은기를 어떻게 알아?"

재필이 눈을 감았다. 몇 달 전 일이 떠올랐다.

'말로만 듣다가 처음 봤는데, 예쁘게 꾸며 놨더라.'

'뭐가? 우리 마을?'

'우리 마을? '우리'가 아주 자연스럽다?'

'말로만 듣다니? 네가 우리 마을을 어떻게 알아?'

'그런 게 있다.'

'그런 거 뭐. 말 안 해?'

'집안일이다. 말하면 나 두들겨 맞아.'

'송현기는 나이 서른하나에 대위 달고서도 아버지한테 맞을 거 걱정해?'

'그래, 인마.'

'섭하다. 나도 예외로 안 해 주고.'

하지만 그 순간 재필이 느낀 감정은 서운함이나 섭섭함이 아니었다. 외로움이었다. 자신만 원 밖에 있는 기분이랄까.

"알아. 너무 잘 알아."

"너무 잘? 남편 얘기도?"

남편. 듣기 싫었다. 고작 나흘 동안 부부였다면서, 서류상으로는 남남이라면서, 왜 자꾸 남편이라는 건지.

"어."

"은기가 그래?"

아닌데. 그 얘길 처음 해 준 사람이 누구였더라? 영필이었나? 그럴 리가. 아, 옥자였구나.

"은기 씨가 확인해 준 건 맞아."

현기가 입을 다물었다. 그러곤 한숨을 작게 내쉬고 나서야 다시 입을 열었다.

"다 안다니까 나도 이젠 숨길 거 없겠네. 우리 집에서 은기 결혼 얘기는 금기 사항이야. 너무 큰 상처라서. 근데 은기를 이야기하다 보면 결국엔 그 얘기까지 나올 수밖에 없으니까, 자연스럽게 은기 얘기도 안 하게 된 거지. 그래서 너한테 말 안 했어. 굳이 뭐 하러 해. 그리고 은기가 기하 후배인 건……."

재필이 눈을 치켜떴다.

"뭐? 기하 후배?"

현기가 흠칫했다.

"아, 그건 몰랐던 모양이구나."

"은기 씨도 기하 나왔어?"

"어. 우리 3학년 때 1학년."

"왜 얘기 안 했어? 학교 다닐 때 아무 말 없었잖아."

"은기가 싫어했어. 친척 어쩌고 말 나오는 거. 은기 입학할 때, 서로 알은척 안 하기로 약속했었거든."

"그럼 아무도 몰라?"

"그게…… 해강인 알아. 우리 집에 놀러 왔다가 여러 번 봤거든. 외삼촌 안 계실 적마다 은기가 우리 집에 있었으니까. 집도 바로 옆 동이고. 당연히 기하 후배인 것도 알아. 해강이가 학교에서 보고 먼저 물어 왔었어. 은기 맞느냐고. 내가 그렇다고 답하고 그걸로 끝. 해강이야 뭐 재형이밖에 없었으니까 그 뒤론 말 안 나왔지."

"송현기!"

재필이 버럭 소리를 질렀다. 해강이는 안다는 사실에 온몸의 피가 한꺼번에 머리로 쏠렸다.

"아, 깜짝이야. 왜 소리는 지르고 그래?"

"너 어떻게 나한테 그렇게 중요한 얘길 안 할 수가 있어?"

"너 이상하다? 너답지 않게 왜 발끈하고 그래? 가정사가 복잡하다 보면 그럴 수도 있지. 내가 왜 내 외사촌 동생 얘기까지 친구한테 해야 하는데, 어? 넌 나한테 네 친척 얘기 자세하게 하냐? 그리고 그 얘기가 왜 중요해? 그거 알면 이영필 할머님한테 뭐가 하나라도 더 가?"

"송현기!"

서너 계단 더 올라간 듯한 재필의 목청에 현기가 인상을 썼다.

"아, 귀 따가워. 이게 보자 보자 하니까. 대한민국 공군 장교를 뭐로 보고. 누구 목청이 더 큰지 큰길에 나가서 겨뤄 볼래?"

"내가……."

재필이 거기까지만 하고 말을 이어 가지 못하자 현기가 도발했다.

"네가 뭐, 자식아. 네가 뭐?"

'내가'에서 그대로 멈춰 있던 재필이 양손에 얼굴을 묻으며 신음처럼 말했다.

"내가 은기 씨 좋아해서 그래."

현기가 경악했다. 이게 대체 무슨 소리란 말인가.

"아니, 사랑하는 거 같아. 그래서 그래."

"뭐? 뭐라고? 누가 누구를 어쩐다고?"

재필은 재필대로 자신이 너무도 수월하게 발음해 버린 '사랑'이라는 단어의 무게에 눌려 죽을 것 같은 심정이었다.

2.3

불을 켜지 않았음에도 진료실은 전혀 어둡지 않았다. 책꽂이에 꽂힌 책들의 제목이 정확히 알아봐질 정도로 환했다. 〈효당마을〉의 조명 때문이었다. 〈효당마을〉은 전체적으로 스물네 시간 늘 환한 곳이었다. 아무리 도심 고급형 실버타운이라 해도 노인들이 모인 곳이었다. 삶보다는 죽음이 훨씬 가까운 노인들 말이다. 그에 대한 배려였다. 환하게 있자는.

그럼, 노인이 아니면 죽음과 멀다고 할 수 있나? 헛소리. 어린 재형에게도 죽음이 들러붙어 있었고, 젊은 은기에게도 한차례의 죽음이 지나갔는데, 그게 무슨 헛소리.

재필은 의자에 몸을 묻고 멀리 보이는 고층 건물의 꼭대기에 시선을 모았다. 항공 장애등의 붉은빛이 껌벅, 껌벅…… 마치 커다란 생물이 눈을 떴다 감았다 하듯이 껌벅, 껌벅… 비행기야, 나를 피해 가라. 그런 신호로 껌벅, 껌벅…… 하고 있었다.

'내가 은기 씨 좋아해서 그래. 아니, 사랑하는 거 같아. 그래서 그래.'

자신이 한 말이었는데도, 재필은 충격에서 헤어 나오는 데 시간이 꽤 오래 걸렸다.

'사랑…… 사랑…….'

처음엔 그저 은기가 궁금하기만 했었다. 그러다 은기가 즐거워지기 시작했고, 그러면서 점점 더 가까워지고 싶어졌다.

'싶다'는 조금씩 강력해져 갔다. 가장 큰 '싶다'는 은기가 자신을 좀 더 많이 봐 줬으면 하는 거였다. 그 '남편' 같은 거 잊고 나를 봐요, 그 말이 입술을 맴돌았다. 또 다른 '싶다'는 은기를 도와주고픈 마음이었다. 나한테 기대요, 내가 어떻게든 할게요, 그 말도 자꾸만 입술을 맴돌았다. 무엇보다도 은기를 웃게 해 주고 싶었다. 그러니까 그런 게 사랑이라는 건가?

'사랑을 해 봤어야 알지.'

가장 가까이서 지켜본 사랑이 재형과 해강의 사랑이었다. 유치찬란했다. 하지만 그건 그냥 보이는 모습일 뿐이었다. 그 사랑이 안으로는 어떻게 굴러가고 있는지, 재필은 짐작조차 할 수 없었다. 그리고 보니 해강.

'아, 맞다. 우해강.'

재필이 핸드폰을 들었다. 그리고 번호 하나를 찾아 통화 버튼을 누른 후 스피커를 켜고 책상에 올렸다.

— 야. 너 죽을래?

"어?"

— 시계 안 봐?

그제야 확인한 시계는 시침이 1에, 분침은 5에 가 있었다.

"아, 미안하다."

— 너, 정신 빨리 안 차리지, 어?

"현기야."

— 내가 미치겠다. 니들 나한테 왜 이러냐?

"이런 거였어."

— 으아…… 아오, 미치…… 후우…… 뭐가?

"우해강 말이야. 왜 나만 보면 도끼눈을 떴는지, 완벽하게 이해됐어."

— 뭐?

“나는 모르는 은기 씨를 우해강이 알고 있다는 게 너무 기분 나빠.”

재필이 책상에 엎드렸다. 으…… 기괴한 신음 소리를 내면서.

— 잘들 논다.

“나, 너도 싫어진다. 너 왜 은기 씨 사촌 오빠야?”

— 어쩔씨구리…….

“왜 이름마저 현기, 은기야? 진짜 남매 같잖아.”

— 헐라리오…….

“난 왜 그때 네 집에 갈 생각을 한 번도 안 했던 거지? 갔으면 은기 씨 볼 수 있었을 텐데.”

— 끊자. 더는 못 듣겠다.

“현기야.”

— 아 쫌.

“은기 씨 얘기 좀 해 줘 봐. 어렸을 때 어쨌다든가, 크면서는 저쨌다든가.”

— 네 입으로 물어보고 네 귀로 들어. 다 직접 해.

“하나만. 그럼 하나만. 어? 현기야. 하나만, 어?”

— 자존심 강해.

재필이 고개를 들었다.

“자존심.”

— 하고많은 것 중에 왜 굳이 자존심 얘기를 한 건지에 대해서는 네가 생각해 봐. 너 똑똑하잖아.

‘듣자마자 알겠는데 무슨 생각.’

— 근데 너, 옛날에 네가 나한테 했던 말 기억하냐?

“내가 뭐라 그랬는데?”

— 사돈 어쩌고 한 거 생각 안 나? 하긴 넌 그때 취했었으니까 기억 못 할 수도 있지 싶다.

'저기 말이지. 약사님들 말이지.'

'우리 부모님?'

'어. 있지 말이지.'

'뭔데?'

'혹시, 늦둥이 보실 생각 없으시대냐?'

'뭐?'

'이제라도 딸 하나 더, 안 되나 싶어서. 스무 살 차이 정도는 극복할 자신이 있거든, 내가. 어머니 힘드시면 학교 그만두고 내가 키우면 되고. 나도 너네들하고 가족 되고 싶단 말이지.'

'현기야.'

'안 되겠지?'

'사고의 폭을 좀 넓혀 봐. 하늘 날겠다는 자식이 뭐가 그렇게 좁아터졌어.'

'내가 뭘.'

'사돈을 노려 봐.'

'사돈?'

'어. 거시적인 의미에서는 사돈도 일종의 가족 관계라고 할 수 있으니까.'

'어?'

'잘 생각해 봐.'

재필이 허리를 굽혀선 허벅지 사이에 고개를 묻었다.

— 그때 네가 뭘 알고 한 말은 아니었을 텐데, 아까 불현듯 떠오르면서 신기하더라.

심장이 아팠다. 자신이 그냥 해 왔던 말, 자신이 그냥 해 왔던 행동, 그것들 어딘가에 은기가 또 들어 있을 거라는 직감이었다. 자신이 무심히 지나갔던 길, 자신이 무심히 보았던 자리, 그것들 어딘가에도 역시 은기가 들어 있을 거라는 확신이었다.

'은기 씨. 어디어디 있었어요?'

— 그나저나 우리 본가 현관문에 금줄이라도 주렁주렁 매달아야겠다. 지금 보니 서월아파트 D동 805호가 서재필과 우해강의 성지였네.

재필이 의자에서 주르르 미끄러져 내렸다. '서월아파트 D동' 이라는 말을 듣는 순간, 순식간에 수면 위로 떠오른 뒷모습 때문이었다.

'외삼촌 안 계실 적마다 은기가 우리 집에 있었으니까. 집도 바로 옆 동이고.'

단발머리에 헐렁한 면 티, 종아리에서 끊어진 바지 그리고 맨발에 삼선 슬리퍼. 비슷한 체구의 소녀를 볼 적마다 한 번씩 겹쳐지곤 하던 소녀의 뒷모습.

'아…… 은기 씨. 못 알아봐서 미안해요. 진즉 찾아냈어야 했는데, 못 그래서 미안해요. 내가 나 잘난 척하면서 사는 동안 당신이 혼자서 겪은 일, 미안해요. 정말 미안해요.'

조금 꺼칠해진 듯한 재필이 생채기처럼 다가왔다. 처음 바느질을 할 때 바늘 끝에 얼마나 찔렸는지 몰랐다. 피도 나지 않는 작은 구멍들이 반복적으로 뚫리다 보면 나중엔 손가락 끝에 감각이 없어져서는 손가락이 골무냐, 골무가 손가락이냐 하는 지경까지 되곤 했었다. 그런데 한동안 잊고 있었던 통증이 새삼 진하게 전해져 온 것이다.

"어쩐 일로……."

"천국이네요."

진심이었다. 색 천국.

'게다가 당신도 있고.'

재필은 입구에 선 채로 〈시침 감침〉의 내부를 천천히 훑어가기 시작했다. 늘 밖에서만 보았지, 안은 처음이었다.

"이거 다 은기 씨가 만든 건가요?"

“네? 아, 네.”

그때였다. 재필의 시선이 문득 한 군데 멈추더니 움직일 줄을 몰랐다. 은기가 그 시선의 끝을 따라갔다. 줄에 나란히 걸어 놓은 댕기였다. 그냥 평범한 댕기. 아, 너무 심심해 보여서 수를 조금 놓아 두기는 했지. 은기는 수를 선호해서 손님이 원하지 않는 한 금박이나 은박은 잘 쓰지 않았다. 그래도 그렇지, 조선 왕실에서 입던 대례복에서부터 알록달록한 어린아이 오방저고리까지 색색의 것들이 잔뜩 있는데, 하필 소박하기 그지없는 댕기라니.

“제비부리댕기인가요?”

은기는 놀랐다. 아무리 박학다식해서 ‘박사’라고까지 불렸다지만 댕기 종류까지 알고 있을 줄은 몰랐던 것이다. 동그래진 눈으로 재필에게 다시 고개를 돌리던 은기는 순간적으로 당황했다. 재필의 얼굴이 그새 일그러져 있어서였다. 왜 그러느냐고 물어볼 수도 없는 노릇이어서 은기는 “네.” 하고는 그저 엉거주춤 서 있을 뿐이었다.

잠시 후, 표정이 한결 부드러워진 재필이 은기에게 다가왔다.

“예전에 본 적이 있어서요.”

은기가 고개를 끄덕였다.

“그런데요, 은기 씨. 나 알았죠?”

‘무슨 소리지? 무슨 뜻이지?’

“기하 다녔다면서요.”

‘아…….’

아빠 춘호가 현기와 함께 영필을 만나러 간다기에 ‘설마’ 했었다. 아빠야 전혀 걱정될 게 없었지만 현기가 동행한다기에 했던 ‘설마’였다. 물론 춘호와 현기가 같이 다니는 게 드문 일은 아니었다. 현기가 어렸을 적부터 목욕탕이며 체육관이며 여기저기 부자지간처럼 다닌 사이였으니까 말이다.

하지만 이번엔 사정이 달랐다. 재필, 그의 존재 때문이었다. 하지만 말릴 명분이 없었다. 그랬는데 결국 마주친 모양이었다. 며칠 전 일이었음에도 현기가 아무런 정보를 주지 않아서 모르고 있었던 것이다.

춘호가 종종 그랬었다.

'세상에서 제일 무서운 말이 어떤 말인 줄 알아? 설마야. 적토마도 아니고 야생마도 아니고 설마. 일단 설마만 타면 생각이 흐릿해지거든. 태평해진다고. 어떻게든 되겠지, 그럴 리야 있겠어. 근데 문제는 설마가 절대 안전한 말이 아니라는 거야. 설마에서 떨어지면 약도 없어. 왜? 십중팔구 죽거나 크게 다치거든. 아빠가 현장에서 깨달은 거야. 은기야. 설마는 그냥 주변에도 널려 있단다. 타긴 또 얼마나 쉬운지. 속지 말어. 절대 타면 안 돼.'

'설마' 하고 진행됐던 현장에서 사람이 죽어 나가는 걸 보고 춘호는 '설마가 사람 잡는다' 는 말이 농담 같은 속담이 아니란 걸 절실하게 느꼈다고 했다. 젊었을 적에 조경 때문에 현장에 확인차 나갔다가, 마찬가지로 무언가를 확인하기 위해 나와 있던 젊은 건축사가 춘호의 코앞에서 사고로 죽는 걸 본 것이다. 안전장치 미비였다고 했다. '설마' 한.

그랬다. 그 '설마' 때문에 영필이 죽을 뻔하지 않았는가. 설마 괜찮겠지. 사레는 늘 걸리던 거였으니까 별일 아니겠지. 어쩌면 한이가 실종된 것도 '설마' 때문일지 몰랐다. 현지 레저 업체에서 끝까지 제대로 된 설명을 해주지 않은 걸 보면 분명 '설마' 가 있었을 것이었다. 그 두 가지 일이 대형 '설마' 였다면 이번 일은 소형 '설마' 랄까. 평일인데 설마 만나겠어, 했는데 결국 만났으니 말이다.

은기는 정말로 현기를 끌어들이고 싶지 않았다. 기하 시절까지 거슬러 올라가고 싶지 않았다. 바느질만 맘껏 할 수 있으면 세상 행복할 줄 알았던 그 시절로 다시는 돌아가고 싶지 않았다. 과거를 떠올리면 떠올릴수록 기운이 죽죽 빠져나가서, 은기는 그저 현재에만 집중하고 싶었다. 아니, 그러고 있었다. 그랬는데, 정말 그런 마음이었는데…….

"마을에서 나 처음 봤을 때, 알아본 거죠?"

어쩔 수 없었다. 한 번 겪어야 한다면 빨리 겪고 지나가 버리리라. 그래서 은기는 솔직하게 대답했다.

"네. 천왕…… 박사셨잖아요."

"왜 말 안 했어요?"

"말한다고 달라질 게 없어서요. 저는 그냥 우리 선생님 며느리일 뿐인데."

휘두른 몽둥이에 맞는다는 게 이런 걸까. 재필은 아팠다. 너무 아팠다. 남편, 며느리, 굳이 쓰지 않아도 되는 호칭들. 은기가 일부러 더 그러고 있다는 게 느껴졌다.

"맞아요. 내가 은기 씨를 기억 못 했으니까. 당신은 그걸 알았으니까."

은기는 속으로 갸우뚱했다. '나는 은기 씨를 몰랐으니까.' 가 아니라 '내가 은기 씨를 기억 못 했으니까.' 라는 말이 이상해서 갸우뚱했다.

"나도 내가 뭘 아는지 몰랐는데, 은기 씨는 더 그랬겠죠."

재필이 조금 달랐다. 뭐가 다른지는 아직 잘 모르겠지만, 어쨌든 달랐다. 그래서 부대꼈다. 재필이 달라서 속이 부대꼈다. 은기는 저도 모르게 움츠러들었다. 투지? 전의? 그런 감정들이 녹아 버리면서 저절로 움츠러들었다. 그래선 안 되었다. 은기가 허리를 곧추세웠다. 고춘호의 딸, 이영필의 며느리, 노한이의 아내, 그리고 솜씨 나쁘지 않은 바느질장이. 고은기에게 붙는 수식어는 그것으로 충분했다. 그것만으로 살기에도 버거웠다. 더는 필요 없었다.

"서 선생님."

"예."

재필이 너무도 순순하게 대답해 와서 은기는 잠시 말을 잊었다.

"저, 또 다른 인연 안 내켜요."

"예."

은기는 또 말을 잊었다. 그리고 이번엔 하려던 말을 다시 생각해 내지 못했다. 그래서 다른 말로 나아갔다. 좀 더 쉽고 구체적이면서 좀 더 편하고 노골적인 말로.

"저 혼자 살 생각이에요."

"예."

예, 라는 대답에 은기는 다음 말을 포기했다. 대화란 앞의 말에 꼬리가 있어야 했다. 꼬리 없는 말을 이어 가는 건 정말 힘든 일이었다. 그때였다. 까랑까라랑 까랑까라랑……. 흠칫, 놀란 은기가 몸을 돌려 작업실로 향했다.

"네, 선생님."

이번엔 재필이 흠칫했다. 요란한 전화벨 소리에도 놀라지 않았는데, '선생님' 이란 소리에 놀라 버린 것이다. 은기는 재필에게도 선생님, 영필에게도 선생님, 이라고 부르고 있었다. 같은 호칭으로 불린다는 게 괴로웠다. 자신과 영필을 똑같이 '선생님' 이라고 부르는 은기의 속내가 괴로웠다. 아닌가. 영필에겐 '우리 선생님' 이지만 재필에게는 '서 선생님' 하니까, 다르긴 한 건가? 그래 봐야 무슨 차이라고.

"네? 또 왜요?"

어쨌든 재필은 괴로웠다. 끼어들 수 없어서, 보이지 않는 선 너머의 소리가 궁금해서 괴로웠다. 영필은 지금 무어라 하는 걸까. 은기를 독차지하고 무어라 말하는 걸까.

"우리 선생님 이상하시네. 왜 자꾸 이러시지? 마을에 애인 생기셨어요?"

픽, 하고 웃음이 나옴과 동시에 재필이 주먹을 말아 쥐었다.

"그렇잖아요. 요즘 저 자꾸 따돌리시는 그림인데. 선생님한테나 가야 코에 바람도 넣고 하지요. 저는 밤낮 바느질만 해요?"

아마도 영필이 돌아오는 토요일에는 〈효당마을〉에 오지 말라고 하는 모양이었다. 주먹에 힘을 더 주는 바람에 손등에 힘줄이 도드라졌다. 영필은 지금 나름대로 재필을 돕고 있는 것이었다. 계기는 오리무중이지만 분명히 돕고 있었다. 하지만.

'그러니까 이런 식으로는 안 된다는 거지. 이런 식으로는 절대 못 바꾼다는 거지.'

재필은 깨달았다. 영필도 은기를 다는 알지 못한다고. 은기의 의리를, 은기의 성실함을, 은기의 무지막지한 고집을 영필도 완전히는 모르고 있다고. 영필이 그런 식으로 나선다고 해서 달라질 일이 아니라고. 재필의 주먹에 힘이 들어갔다.

'결국은 내 몫이야. 그 누구도 못 도와.'

같은 맥락에서 허탈하기도 했다. 방금 전에 발견한 댕기가 재필을 그렇게 만들었다. 그러니까 '덤'의 '설렘' 말이다.

'이렇게 예쁜 건 처음 봐. 이런 거 만드는 사람은 어떤 사람이려나. 고은기? 궁금하네.'

그때, 그렇게나 궁금했을 때 알아봤어야 했다. 평소 궁금한 건 그냥 넘겨 본 적이 없던 자신이 왜 그건 그냥 지나갔는지 이해가 되지 않았다. 뭐에 정신이 팔려서 그랬던 건지.

'그것도 내 몫이었어. 그때 내가 움직였으면 이렇게까지 복잡해지지 않았어.'

머리로는 자신에게 잘못이 없다는 걸 알면서도, 가슴으로는 자신에 대한 비난이 말도 못 할 정도로 끓어올랐다.

'서재필. 그래서 이제…… 어떡할래?'

그러는 새 통화를 마친 은기가 핸드폰을 내려놓고 작업실에서 나오다 말고 그 자리에 서 버렸다. 재필의 모습을 보고, 서재필이라는 존재를 두고는 단 한 번도 생각해 본 적 없는 단어 하나가 떠오른 때문이었다.

그 단어는 바로 '처연'이었다. 내려앉은 어깨, 창백한 낯빛, 그러면서도 꼿꼿한 등에 꽉 오므린 주먹. 누가 짐작이나 했겠는가. 마이웨이 스타일의 싹수머리 없는 '박사'에 자뻑 대마왕이었던 재필이 그런 모습을 하고 있으리라고. 그러니 재필이 지금 무슨 결단을 내렸는지는 더욱 모를 수밖에 없었다.

'너를 걸어, 서재필.'

미들로그 2

"내가 서월 통과해서 가면 되니까 정확히 15분 뒤에 보자."

— 오케, 오케. 땅케, 땅케.

재필이 휴대폰을 가방에 쑤셔 넣고는 집을 나섰다. 집에서 〈서정약국〉을 거쳐 서월아파트까지, 15분이면 뒤집어쓰는 거리였다. 최종 목적지는 서점이었다. 물론 재필이 가려는 서점은 동네 서점이 아니라 전철로 몇 정거장 떨어진 곳에 있는 대형 서점이었다.

집 앞 골목을 막 벗어나는데 어머니 미인에게서 전화가 왔다. 갑자기 손님들이 밀려들어서 정신없으니 들르지 말라고.

'시간 애매해지네. 흠…… 가서 조금 기다리지 뭐.'

역사 과목 중간고사 시험 범위 안에 있는 모든 사건 사고를 연도순으로 일목요연하게 정리해 둔 재필의 노트를 보고 현기가 난리를 쳤더랬다. 참고서보다 낫다고, 그러니 제발 빌려 달라고. 고등학교에 입학해 처음으로 치르는 시험이어서, 죽 쒔다가는 정복에 정좌한 아버지한테 맞는다고.

그래서 정확히 주말 한정으로 대여를 결정했는데, 그걸 직접 전해 주겠다고 방금 연락한 터였다. 현기네 집에 들러 가면 조금 돌아가는 셈이 됐지만, 그렇다고 전철역이 한참 멀어지는 건 아니어서 재필은 굳이 현기더러 받으러 오라고 하지 않았다. 세상이 본인 중심으로 돌아간다고 여기는 재필이기는 해도 이럴 땐 합리적으로 행동하는 사람이 또 재필이었다.

서월아파트 D동 5, 6라인 출입문 앞에 도착하니, 역시나 10분이 남아 있었다. 재필은 출입문에서 조금 떨어진 벚나무 그늘 안으로 들어가 이어폰을 귀에 꽂았다. 재필은 시간을 허투루 버리는 사람이 아니었으므로.

재필이 팟캐스트 사이트에서 다운받은 에피소드 하나를 재생시켰다.

— 광고 잘 들으셨나요? 스킵 안 하셨죠? 네, 고맙습니다. 저는 지금 피가 되고 살이 되는 상식의 보고 <공부해서 남 준다>의 서른한 번째 에피소드, 중요 무형 문화재에 대해서 이빨을 털고 있습니다. 잘 들어 두셨다가 썸남썸녀에게 제대로 알은척 잘난 척 하시기를 바라 마지않으면서, 악기상 고형금 명인에 이어 침선장 이영필 선생에 대해 떠들어 보겠습니다. 아까도 말씀드렸지만, 수많은 무형 문화재 어르신들 중 하필 왜 그분들이냐, 그런 질문은 사양하겠습니다. <공부해서 남 준다>는 제 방송입니다. 다 제 맘입니다. 뭔가 끌리는 게 있었겠거니, 그렇게만 아시면 되겠습니다.

재필은 거문고를 만든다는 고형금 악기장 이야기 때, 이미 무형 문화재에 대해 상당한 재미를 느낀 터였다. 사람으로서 문화재가 되기까지 결코 호락호락하지 않았을 것이었다. 재필은 그 과정에 경외를 느꼈다. 그들에게서 '천재성'이 아닌 '노동력'이 느껴진 때문이었다.

그러니까 자신처럼 잘나게 태어난 덕에 큰 어려움 없이 얻어 낸 자리가 아니라, 매일 매순간 치열하게 몸을 움직여 얻어 낸 자리라는 사실 말이다. 재필이 갖지 못한 부분이었다. 호기심이 일었다. 지적 호기심 말이다.

'침선장이라.'

— 다시 본론. 그럼 침선장이 무엇이냐. 한마디로 바느질을 어마어마하게 잘하시는 분이다, 라고 말씀드릴 수 있겠습니다. 그런데요, 여러분께선 혹시 침선이라는 단어가 바늘과 실을 가리킨다는 거 아셨습니까? 저만 몰랐습니까? 하여튼, 바늘에 실을 꿰어 만들 수 있는 모든 것, 그게 침선인데……

그때였다. 출입문에서 인기척이 느껴졌다. 혹시 현기가 조금 일찍 내려왔나 싶어 고개를 돌린 재필이 움찔했다. 자신도 모르게 심장이 내려앉는 기분이 들어 버린 것이다.

'놀래라. 나 땜에 내가 놀랐네.'

작은 소녀였다. 얼굴을 확인할 틈도 없이 너무 순식간에 지나가 버린 탓에 지금 보이는 건 뒷모습뿐이었지만, 소녀라는 건 알 수 있었다. 중학생 정도 되려나. 단발머리에 헐렁한 면 티, 종아리에서 끊어진 바지 그리고 맨발에 삼선 슬리퍼. 딱 봐도 집에서 뭉그적거리다 나온 차림이었다.

'여기 사나?'

사람이, 아니 여자가, 아니 구체적으로 여학생이 궁금해 본 적이 없었다. 여학생들은 그냥 여자 사람일 뿐이었다. 남자 사람과 다를 게 없었다. 재형과 한 몸이면서 한 몸이 아니게 살아오는 동안, 성별이 다르다고 해서 별다를 게 없다는 걸 일찌감치 체득한 때문이었다.

고등학교 들어와 강우연을 처음 봤을 때도 딱히 감흥이 없었다. 꽃집을 지나칠 때의 무심한 심정과 같았다. 예쁜 건 알지만, 그렇다고 가까이 가 향기를 맡거나 한 다발 사거나, 그럴 생각은 전혀 들지 않는.

그런데 지금, 얼굴도 보지 못한 여학생이 궁금했다. 가서 어깨를 잡고, 아닌가? 팔꿈치나 팔목을 잡는 게 나으려나? 암튼 잡고, 자신 쪽으로 돌려서 얼굴을 확인하고 싶었다. 그냥 평범한 뒷모습일 뿐인데 말이다.

'거 기분 되게 이상하네.'

이어폰을 빼고 그늘 밖으로 나와 사라져 가는 소녀의 뒷모습을 물끄러미 보고 있자니 현기가 불쑥 나타났다.

"왜? 뭘 그렇게 뚫어져라 봐?"

지나치게 가까운 친구의 얼굴이 비현실적이어서 재필은 잠시 할 말을 잊었다. 하지만 재필은 재필이었다. 감성보다 이성이 발달한. "아무것도 아니다." 하며 가방에서 노트를 꺼내선 현기에게 건넸다. 그러자 현기가 히죽히죽 웃기 시작했다.

"우리 아버지 부대의 명예를 통째로 걸고 이 은혜는 반드시 갚는다."

"근데……."

"어?"

"너희 동에……."

"우리 동? 우리 동에 뭐?"

재필이 멈칫했다. 그러곤 그만두었다.

"아니다. 너, 오늘 계속 집에서 공부할 거야?"

"아니. 해강이하고 독서실 가기로 했어."

"그래? 설마 내 노트를 우해강하고 공유할 건 아니지?"

"해강이가 네 노트를? 그럴 일 절대 없을 테니까 염려 붙들어 매셔."

어째서 '절대'인지 이유를 물을까 하다가 재필은 또 그만두었다. 어쩐지 마음이 급했다.

"간다."

재필이 움직이기 시작하자 현기가 불러 세웠다.

"야. 너 왜 그쪽으로 가? 이쪽으로 가야 빠르잖아."

현기가 재필이 향한 쪽과 정반대 방향을 손가락으로 짚었다.

"그냥."

"그냥? 너도 그런 말 할 줄 아냐?"

재필이 부지런히 걸었다. 소녀가 갔던 길 쪽으로. 하지만 어디에서도 소녀는 보이지 않았다.

'없네. 그새.'

아쉬웠다. 하지만 어쩌겠는가. 재필은 그저 목적했던 대로 전철역으로 향할 뿐이었다. 그 뒷모습이 자신의 가슴에 깊숙하게 저장돼 버린 것도 모른 채 말이다.

아침부터 퍽이나 정신없어 보이는 현기 때문에 은기도 정신이 없었다. 그런데 춘희가 보탰다.

"송현기. 너 역사 점수 바닥 치면 정복에 정좌한 아버지 또 보게 해 줄 테니 그리 알아. 어려서부터 둘러본 유적지가 몇 군덴데, 그 유적지 주인들한테 안 미안해?"

춘희는 교육열이 넘치는 엄마였다. 초등학교 때도 안 가르치는 게 없더니, 중학교 들어가면서부터는 실제 작가가 주관하는 독서 모임과 역사 전문 강사가 지휘하는 유적지 탐방 팀을 구성해 개근시키기도 했다. 수학, 과학 과목은 그냥 놔둬도 알아서 잘하는 현기가 국어, 사회 영역은 젬병인 때문이었다. 물론 춘희의 눈높이에서 젬병이라는 의미였다. 은기가 보기에 현기는 거의 박사였으니까 말이다. 어려서부터 물어보는 것마다 척척 대답해 주던 만물박사.

"이번엔 그럴 일 없어. 재필이가 도와주기로 했거든."

은기는 자신도 모르게 움찔했다. 재필이라면 새롭게 나타난 '박사'였다. 현기가 박사인 줄 알았는데 현기가 박사라고 부르니, 아마도 진짜 박사인 모양이었다. 그런데 그 박사 재필이 도와준다는 말에 안심할 줄 알았던 춘희가 돌연 소리를 빽, 질렀다.

"자랑이다. 지가 도와줄 능력 갖출 생각은 안 하고 친구 도움이나 받고."

"나도 도와주잖아. 은기 공부 내가 봐주고 있는 건 뭔데."

"고등학생이 중학생 공부 봐주는 게 뭐 대단하다고."

"대단하지. 요즘 중딩이 얼마나 어려운 거 배우는데."

평소 그리 말이 많지 않은 현기였지만, 이번엔 적이 억울했던지 따박따박 말대답을 이어 갔다. 은기는 점점 좌불안석이 되어 갔다. 고모네 집은 다 좋은데, 가끔씩 불을 뿜는다는 게 문제였다. 희한했다. 아빠 춘호와 고모 춘희의 정반대되는 성격이. 어떻게 남매인데 그럴 수가 있는지.

그때였다. 현기의 핸드폰이 울었다. 현기가 잽싸게 집어 들더니 "오케, 오케. 땅케, 땅케." 하고는 끊었다. 춘희가 또 빽, 했다.

"뭐가 오케고 뭐가 또 땅케야."

"재필이가 집 앞으로 온대서 오케, 재필이가 역사 정리한 거 준대서 땅케. 뭐!"

춘희의 목소리가 돌변했다. 한 옥타브 내려가면서 훨씬 부드러워진 것이다.

"지금 온대? 집으로?"

"아니. 집 앞에서."

"오라 그러지. 얼굴 궁금한데."

"아, 몰라."

은기가 몸을 일으켰다. 사흘 전에 지방에 간 춘호가 새벽차를 타고 오는 날이었다. 도착할 때가 돼 가서 집에 가려던 참에, 춘희와 현기 간에 전투가 벌어지는 바람에 붙들렸는데, 이젠 정말 일어나야 할 것 같았다.

"고모. 아빠 올 때 됐어요."

춘희가 내 정신 보게, 하는 표정을 지었다.

"오야, 오야. 이따가 아빠랑 저녁 먹으러 와."

"네."

부리나케 현관으로 향하는 은기를 현기가 제 방으로 들어가다 말고 불러 세웠다.

“조금만 기다려. 같이 내려가. 바지만 갈아입으면 돼.”

헉. 그 ‘박사’ 재필이라는 친구 온다며. 마주치면 어쩌라고. 은기가 고개를 절레절레 흔들며 잽싸게 삼선 슬리퍼에 발을 꿰고는 후다닥 문을 나섰다.

‘오빠 친구는 해강 오빠 하나만으로도 벅차.’

심지어 엘리베이터에 타고 보니 거울에 비친 꼴이 얼마나 가관인지 볼이 다 빨개져 버렸다. 조금 뻗친 단발머리에 물 빠진 면 티, 길이가 애매한 낡은 반바지.

‘이 꼴로 누굴 보래.’

뻗친 머릿결을 손바닥으로 꾹꾹 누르며 동 밖으로 나섰다.

‘와! 날씨 왜 이렇게 좋아? 하룻밤 새 벚꽃 향기도 진해진 거 같고. 이런 날씨에 시험 걱정만 해야 한다니 오빠 안됐다. 난 끝났는데.’

그런데 문득 뒤가 잡아당겨지는 느낌이 강하게 들었다. 기분이 나쁜 건 아니었다. 뭔가 어루만져지는 것 같달까. 아빠 춘호가 등을 쓸어 줄 때처럼. 누가 있나 궁금했지만, 은기는 차마 돌아볼 수 없었다. 그저 정면에 시선을 고정한 채 열심히 걸어갈 뿐이었다. 사람이 아니겠지, 지나가는 바람이겠지, 아니면 갑자기 뚝 떨어진 햇살이거나, 하면서 말이다.

3.1

새들이 떼로 놀다 날아간 자리에 흰 똥이 눈처럼 쌓이듯, 영필이 뒷짐 지고 지나간 자리마다 짙은 한숨이 안개처럼 쌓여 갔다.

"사람이라야 뭐라고 수소문이라도 해 보지."

벌써 몇 번째 똑같은 소리인지 몰랐다. 하지만 옥자는 잠자코 들어 주었다. 영필이 길고양이들을 어찌 챙겨 왔는지 다 아는데, 핀잔 놓을 일이 아니었다.

"어디 흉악한 손모가지에 걸렸으면 어째."

그건 옥자로서도 걱정되는 바였다. 사람이건 짐승이건, 그렇게 죽는 건 비극이니까. 그래선 안 되는 거니까. 그러니 도대체 무슨 일이 벌어진 건지. 아무리 건너뛴다고 해도 이틀에서 이틀 반 정도가 가장 길었는데, 이번엔 일주일이 지나도록 길고양이들이 나타나지 않고 있었던 것이다.

"내 새끼 잘 있는 거 보고 왔더니, 이젠 네 발 달린 것들이 속을 썩이네."

길 잃고 집 없는 것들이 가엾다며 길고양이에게서 실종된 아들을 겹쳐 보던 영필이었다. 그뿐이 아니었다. 잃어버린 가족을 찾는다는 소리만 나오면 철렁해진 얼굴로 주의 깊게 듣고 보던 영필이었다. 그건 어쩔 수 없는 마음이었다. 딸과 아들을 지척에 두고 정기적으로 보고 사는 옥자로서는 감히 참견할 수 없는 마음이었다.

"혹시 그 양반이……."

그 양반이란, 정원을 관리하는 중년의 깡마른 남자를 가리키는 말이었다. 고양이, 특히 길고양이라면 더 질색하는 그 직원 말이다. 내내 듣고만 있던 옥자였지만 이번엔 나서지 않을 수 없었다.

"아니야. 그건 아니야."

"그걸 어떻게 아셔?"

"싫어한다고 해서 그게 해칠 수 있다는 거는 아니잖아. 그 양반 심사가 그 정도로 모진 것도 아니고. 알면서 그러시네."

그렇긴 했다. 길고양이를 엄청 싫어한다는 점 말고는 지적할 게 없는 사람이었으니까 말이다. 그것은 곧, 길고양이를 싫어하는 입주민들 입장에서는 지적할 게 하나도 없는 사람이라는 뜻이기도 했다. 영필은 바로 수긍했다. 아무리 걱정이 뻗쳐도 그렇지, 애먼 사람을 의심했다는 반성이 포함된 수긍이었다.

"옥이 성도 잘 알겠지만, 내가 요즘 좀 그래. 아니지. 좀이 아니라 많이 그래."

"알지. 알고말고."

은기와 재필이 영 지지부진한 눈치에 영필은 애가 닳고 있었다. 자신이 어떻게 먹은 마음인데, 그 마음이 쓸모없어질까 봐 속이 타고 있었다.

"도대체 뭐가 문제인 거야."

"다 문제겠지. 특히 은기한테는."

알면서도 한 질문이었고, 다 알 거란 걸 알면서도 한 대답이었다. 답답하면 그렇게 되는 게 자연스러운 행동이었다. 노인이라면 더 그렇게 되는 게 인지상정이었다. 겪어 본 절망이 너무 많아서, 지켜본 좌절이 너무 많아서, 그런 걸 또 겪고 보게 될까 봐 걱정이 겹겹으로 밀려드는 심정 말이다. 그래서 모르는 게 약이란 말이 생겨난 것인가.

"내 새끼랑 혼인했던 게 죄는 아니잖여."

"당연히 아니지. 그러니 버티는 거겠지."

영필은 속상했다. 속상하고 또 속상했다. 너무 속이 상해서 정말로 속이 아픈 지경이었다. 소화도 안 되고, 명치도 답답하고.

"그러니 그 녀석은 보드인지 뭔지, 그걸 왜 혼자 타러 나가선."

"은기 살리려고 그랬겠지. 둘 다 상했을 수도 있는 일이었잖아."

그런가. 둘 다 사는 일이 아니라 둘 다 죽는 일이 될 수도 있었던 거였나. 그랬겠구나. 신혼여행지가 수상 스포츠로 유명하니, 가면 꼭 웨이크보드부터 타 봐야겠다는 소릴 여러 번 했던 한이였으니까 말이다. 수상스키니 스쿠버다이빙이니 윈드서핑이니, 물에서 하는 스포츠라면 사족을 못 쓰던 아들 아니었던가. 그럼 당연히 둘이 같이 탔겠구나. 하긴 실종 전날에는 둘이 요트도 탔었다고 했지.

'그럼 정말로 둘 다 죽었을 수도 있었다는 거야? 아이고, 그건 안 되지. 절대 안 되지. 은기마저 그랬으면 난들 산목숨이었을라고. 그게 다가 아니잖여. 은기 하나 보고 살아온 사돈 양반은 또 어떻고. 줄초상 날 뻔했지.'

영필이 가슴을 쓸었다. 새삼 실종된 아들이 대단하다는 생각이 들었다. 알고 그랬겠는가만, 그리 길지 않은 인생을 분명 덕으로 마무리했으니 말이다.

'그래. 어차피 나갈 거였으면 혼자 나가길 잘한 거지. 내 새끼 잘했네.'

눈동자가 이리 왔다가 저리 갔다가 하는 영필을 옥자가 물끄러미 바라보았다. 말을 해야 하나, 말아야 하나. 그런데 돌연, 영필이 시선을 맞춰 왔다.

"옥이 성. 내가 은기 붙들고 말해 보는 건 어떨 거 같으셔?"

"뭐라고 하시려고? 시집가라고 하시게?"

"그건 너무 대놓고 하는 말이고."

"엎치나 메치나 자빠뜨리는 건 매한가지지. 결국 결론은 그거잖아."

"그래도 그렇지, 내가 시어미라면 시어민데 시어미란 사람한테서 시집가라는 소리 들으면 은기가 퍽이나 좋다고 예, 하겄네."

옥자가 손가락 끝으로 눈썹을 긁었다.

"그런가?"

"옥이 성 팔자에 며느리 없다고, 나한테까지 그렇게 대강 둘러대면 안 되지."

"미안하게 됐소, 벗님."

"그러지 말고 생각 좀 해 보셔 봐."

"말이야 바른말이지, 지들이 알아서 해야 하는 거잖아. 나하고 벗님이 뒤에서 암만 떠들어 봐야 무슨 소용이 있어."

"아이고, 참말로."

영필이 주먹으로 가슴을 몇 번 치더니 이번엔 고개를 직수그리고 관자놀이를 주무르기 시작했다. 보기에도 갑갑한 듯한 그 모습을 보면서 옥자는 다시 머뭇거렸다. 말을 해야 하나, 말아야 하나. 아무리 생각해도 은기와 얽힌 일 같아 조심스럽기만 한 것이 고민이 되고 있었다. 이번 일은 천하의 장옥자도 손댈 수 없는 문제였던 것이다. 하지만 옥자는 결국 선택했다. 일러두어야겠다고. 만에 하나를 위해서라도 영필은 알고 있어야 한다고.

"헌데……."

영필이 고개를 휙, 들어선 옥자를 쳐다보았다.

"왜. 뭐 생각나셨어?"

"그게 아니고. 벗님, 요즘 모델 선생한테 안 가고 계시지?"

"어. 얼굴 보면 면전에서 한숨만 무너지게 쉴 거 같아서 잠시 쉬는 중이지. 왜?"

"나 아까 점심에 조금 늦게 들어갔잖아?"

"어. 가끔 그러시잖아."

간혹 있는 일이었다. 식당에 옥자가 꼴찌로 등장하는 것 말이다. 책에 빠진 날이었다. 나이 팔순에도 돋보기 하나에 의지해 그 작은 글씨를 여전히 들여다보는 옥자가 영필은 매번 신기했다.

"아까 이상한 소리를 들었거든."

"무슨 이상한 소리?"

"그게……."

평소의 옥자답지 않게 말이 시원시원하게 나오지 않자 영필은 초조해졌다.

"아, 빨리 말해 보셔."

"밥을 안 먹는대."

"밥을 안 먹는다니? 누가? 모델 선생이?"

"어."

"어어? 그게 무슨 소리야? 굶는다는 소리야?"

"오늘 센터 갔다가 화장실이 걸려서 한참 있었거든."

"책 때문에 늦은 게 아니셨어?"

"어. 다리가 저려서 치료 좀 받으려고. 헌데 오늘따라 화장실이 어찌나 힘에 부치던지 응급벨을 눌러야 하나, 그러고 있었거든?"

"그래서?"

"선생들하고 간호사들하고 우르르 몰려나오는 눈치더라고. 점심시간이 된 거지."

영필도 알았다. 별관 의료센터에는 화장실이 엘리베이터와 거의 붙어 있다시피 했다.

"그래서 좀 도와 달래야겠다고 부르려는데 자기들끼리 속닥거리는 소리가 들리더라고. 진료 끝났으니까 아무도 없는 줄 알았겠지."

"뭐라고들 했는데?"

"서 선생님이 단식 어쩌고. 갈수록 눈이 퀭 어쩌고. 지금도 진료실에 혼자 어쩌고."

"어어?"

"며칠 된 거 같더라고."

"뭐어?"

텅 빈 의료센터엔 침묵이 침묵의 허리춤을 잡고 따라다니는 소리 말고는 아무것도 없었다. 침묵이 안개나 연기 같다면, 그러니까 불투명해서 눈에 보이는 것이라면, 아마도 클리닉 안은 자욱할 것이었다. 두 발짝 밖으로는 아무것도 보이지 않을 만큼 앞이 뿌연 그런 날처럼 말이다. 침묵이 짙었다. 대기권까지 뻗칠 만큼이었다.

하지만 침묵은 보이는 물질이 아니었다. 그래서 재필은 침묵을 의식하지 못했다. 아니, 볼 수 있었대도 보지 못했을 것이었다. 힘들어서, 너무 힘들어서 소리가 있고 없고, 빛이 있고 없고, 그런 따위에까지 신경이 닿지 않은 때문이었다.

"후우우……."

한숨에 단내가 묻어 있었다. 뭐랄까, 도넛에서 풍겨 나오는 냄새 비슷하달까. 그랬다. 비슷했다. 그러면서 동시에 완전히 달랐다. 도넛 냄새를 맡고 불쾌한 적은 없었으니까 말이다. 지금 재필은 자신의 코로 들어오는 자신의 냄새가 진심으로 불쾌했다.

'생으로 굶으려니 힘드네.'

꽤 먹는 재필이었다. 체격에 비해 많이 먹는다는 소리도 자주 들어 온 재필이었다. 육신과 정신을 골고루 많이 움직인 때문이었다. 조깅과 복싱을 비롯한 운동이 그랬고, 엘리베이터보다는 계단을 오르내리고 자동차보다는 걷는 것을 선호하는 취향이 그랬으며, 쉬지 않고 굴려 대는 뇌가 그랬다. 열량 소비가 많을 수밖에 없었다. 그래서 규칙적으로 가리는 것 없이 아주 잘 먹었다. 그런 재필이 준비 과정을 생략한 채 바로 단식에 들어간 것이다.

'생각보다 더 괴롭고.'

건강에는 자부심이 있어서 오래 버틸 줄 알았다. 그런데 채 하루도 되지 않아서 어지럽기 시작했다. 그게 뭐든, 먹을 수 있을 것 같았다. 전공의 시절에도 지옥처럼 느꼈던 '허기' 였다. 잠 못 자는 건 생각보다 견딜 만했는데 밥때를 놓치는 건 정말이지 고역이고 고통이었다. 그런데 자발적으로 그 '허기' 의 현장으로 뛰어든 것이다. 왜 하필. 하필 왜. 그럴 수밖에 없었다. 재필이 자신에 대해 고찰하고 내린 결론이었다.

'내가 제일 약한 부분이니까, 그러니까 그걸 넘어야지.'

허기만큼 사람의 자존감을 쉬이 무너뜨리는 게 있을까. 배가 고파서 도둑질도 하고 배가 고파서 동냥질도 하는 걸 보면, 그건 정말 빼도 박도 못하는 진실이겠다.

오죽하면 '공복에 인경을 침도 아니 바르고 그냥 삼키려 한다.' 는 속담이 다 나왔겠는가 말이다. 인경(人定)이 무언가. 대단히 큰 종 아닌가. 보신각에 매달린 3만 3천 근짜리 종, 그러니까 거의 20톤에 달하는 큰 종. 그런데 그 종을 먹겠다고 덤빌 정도라니, 허기라는 게 얼마나 통제하기 어려운 감각이라는 건지. 그러니 무언가를 위해 단식하는 이들이야말로 얼마나 절실하고 절박한 상황에 처해 있다는 건지.

'나도 그만큼 절실해. 절박해. 간절하고 갈급해.'

그랬다. 재필은 지금 자신의 약점을 걸고 아니, 인간으로서의 가장 기본적인 욕구를 걸고 일을 저지르고 있었다. 자신이 어디까지 할 수 있는지 은기에게 보여 줄 작정이었던 것이다. 내심 불안한 구석도 있었다. 은기가 자신의 행동을 '안 받아 주면 나 죽어 버릴 거야.' 같은 협박으로 알아들을까 봐. '네가 받아 줄 때까지 할 거야.' 같은 투쟁으로 받아들일까 봐.

'아니야. 그런 거 아니라고.'

아주 어려서 재형이 약을 거부한 적이 있었다. 아무리 달래도 약을 먹이기만 하면 뱉어 내 버려서 비상도 그런 초비상이 없었다. 하지만 그건 협박도 투쟁도 아니었다. 그런 수를 쓸 나이도 아니었을뿐더러, 그런 수를 쓸 겨를이 없을 정도로 급박한 상황이기도 했다. 그럼 심통이나 심술, 불평이나 투정, 짜증이나 신경질이었던 걸까? 그 또한 아니었다. 그건 죽을 것처럼 아프다는 절규였고, 정말 죽을지도 몰라 무섭다는 비명이었다.

그 당시에는 이해하지 못했었다. 콧물만 흘러도 먹어야 하는 게 약인데, 수술하고 나와 약을 안 먹겠다고 버티는 재형이 원망스럽기만 했었다. 엄마 우는 거 안 보여? 아빠 괴로워하는 거 안 보이냐고? 무엇보다 네가 힘들잖아. 진짜로 죽고 싶어? 우리 쌍둥인데 나 혼자 살아? 그렇게 야단치고 싶었다. 하지만 지금은 알고 있었다. 수많은 환자들을 대해 오며 깨달은 사실, 약이든 죽이든 먹어야 한다는 걸 알면서도 도저히 먹히지 않을 만큼 극한으로 치달은 고통과 공포, 바로 그것 말이다.

'이거 아니면 내가 할 수 있는 게 뭐 있어.'

절체절명이라고 했다. 도저히 살아날 방법을 찾지 못할 정도로 막다른 순간에 몰린 처지 말이다. 그랬다. 그렇게 갑자기 궁지에 몰려 버렸다. 하던 대로 하면 될 줄 알았는데, 제대로 해 본 것도 없이 내쳐졌다. 자신만 의지를 다지면 될 줄 알았는데, 상대의 더 강한 의지에 밀려나 버렸다. 결국 남은 건 하나였다. 맡기는 것. 목숨까지 온전히 맡기는 것.

'은기 씨는 알아줄 거야.'

객기나 치기, 혈기를 부리는 차원이 아니라는 걸 말이다. 공갈이나 위협, 겁박을 하려는 차원도 아니라는 걸 말이다.

재필이 진료실 의자에 몸을 기댔다.

'머리 아프고 어지러워. 식은땀도 나. 체온도 떨어지는 것 같고.'

쓰러지는 순간이 오긴 올 것이었다. 물론 그렇다고 죽는 일은 없을 것이었다. 재필이 죽으려고 한 짓이 아니라는 걸 은기도 알 것이었다. 그것만으로도 실종 아니지, 죽은 게 분명한 노한이를 이길 방법은 없었다. 똑같이 죽지 않는 이상, 죽은 사람을 이길 방법은 없으니까 말이다.

바로 그 점이 핵심이었다. 죽지 않을 걸 알면서도, 결코 이기지 못할 걸 알면서도 스스로 고통을 감수했다는 것. 자칫하면 그 고통이 무의미해질 수도 있다는 걸 알면서도 시도했다는 것. 왜? 절박하고 절실해서.

'이론하고 같으려나? 내 몸도 책에 나온 대로 가는 건가? 근데, 얼마나 남았지? 완전히 넘어가려면 얼마나 더 기다려야 하냐고.'

그랬다. 문제는 그 순간까지 얼마나 걸릴지 가늠이 되지 않는다는 사실이었다.

'그러니까 의사도 별거 아니지. 제 몸 갖고 그런 거 하나 계산 못 하는데.'

빨리 쓰러지고 싶었다. 쓰러지면 은기에게도 연락이 갈 테니까. 마을에 퍼진 소문을 따라 영필이 전해 줄 테니까. 그래서 빨리 쓰러지고 싶었다. 은기가 보고 싶어서, 한시라도 빨리 쓰러지고 싶었다.

'기다리고 있을게요.'

그 말을 할 때, 확정된 건 아무것도 없었다. 자신이 무언가를 저지르긴 할 거란 거, 그것만 분명했지 무엇을 저지를지에 대해서는 결정하지 못한 상태였다. 하지만 그렇게 말했다. 기다리고 있겠다고. 은기는 그 말을 어떻게 이해했을까. 알아듣긴 한 걸까.

은기, 고은기. 그녀에 대한 갈망이 시간마다 배로 불어나고 있었다. 2×2=4, 2×3=6, 2×4=8 그런 식이 아니라, 2×2=4, 4×4=16, 16×16=256 그런 식으로. 그러다 보면 곧 일반 계산기로는 계산이 불가능한 수가 나오게 될 것이었다. 어쩌면 오류를 일으킬지도, 결국엔 고장이 날지도. 그러니 자신도 그렇게 무한정으로 키워 가다가는 고장이 나 버릴 게 명확했다.

'은기 씨. 나 좀 무서워요.'

그게 솔직한 속내였다. 재필은 무서웠다. 그게 뭐든 단계를 밟아 가야 한다는 게 재필의 주관이었다. 초급부터, 기본부터, 기초부터. 그런데 지금 재필이 처해 있는 상황은 고난도의 세계였다. 이제 막 혈관 주사 정도 놓을 줄 아는 수련의를 불러다 심장이식 집도의로 집어넣은 형국이랄까.

'내가 이렇게 못난 사람인 줄 몰랐어.'

재필이 몸을 일으켜 창가에 섰다. 왼쪽 아래 담장은 오늘도 빈 상태였다. 열의 예닐곱 번은 볕바라기 하는 길고양이들을 볼 수 있었는데, 안 보이기 시작한 지 좀 되지 싶었다.

'살아 있어라. 기왕이면 나도 살고 너희들도 살고. 다 살자고.'

아무렇지 않을 수 없었다. 은기는 그 흔한 짝사랑조차도 해 본 적 없는 사람이었다. 게다가 한이와의 관계는 일방적이기까지 했다. 적어도 '사랑'이라는 면에서는 말이다.

호감을 가졌던 대상이 있기는 했었다. 기하고등학교 4대 천왕 중 탑, 전형적인 마이웨이 스타일의 싹수머리 없는 '박사' 서재필. 그렇다 해도 그건 학창 시절을 통과해 간 아지랑이 같은 거였고, 소녀 시절을 꾸며 준 액세서리 같은 거였다. 아지랑이는 흩어지고 액세서리는 낡을 수밖에 없었다. 지금, 현재의 은기는 아지랑이에도 액세서리에도 관심이 없는, 미안함과 책임감으로 무장한 그냥 사람일 따름이었다. 여자가 아니라 사람 말이다.

'후우…… 이러면…….'

그래서 은기는 아무렇지 않을 수 없었다. 사랑하고 사랑받을 수 있는 기회를 제 발로 차 버린 게 분명하다는 확신 때문에. 그것도 그냥 기회가 아니었다. 상대가 다른 누구도 아닌 재필이니까 말이다.

'이러면 안 되는데, 공백이 너무 크게 느껴져.'

옳았다. 공백이었다. 그러니까 빈칸. 재필에게서 연락이 끊어진 이후로 은기는 마음이 잡히지 않고 있었다. 빈칸이 허허로워서 작은 바람에도 날아갈 것 같은 기분이었다.

'도대체 이게 무슨 심보야.'

그랬다. 심보랄밖에. 놀부 심보, 도둑놈 심보, 자린고비 심보, 그럴 때나 쓰는 심보.

'든 자리는 몰라도 난 자리는 표가 난다잖아. 그래서 그런 거야. 곧 괜찮

아질 거야.'

엄마의 빈자리도 겪었고, 한이의 빈자리도 겪었다. 재필의 빈자리쯤이야.

'한심해. 고은기 진짜 한심해. 돌아보지 말란 말이야.'

순간, 은기가 흠칫했다. 바늘에 찔린 것이다. 손가락을 들어 올리니 동그란 핏방울이 선연했다. 은기가 손가락을 입에 넣었다. 그리고 그 상태로 가만히 있었다.

'나 뭐 하니 정말. 나 왜 이러니 진짜.'

까랑까라랑 까랑까라랑…….

'하아, 귀찮아.'

속으론 그러면서도 은기는 바로 일어나 핸드폰을 확인했다. 다행히 영필이었다.

"선생님."

자신도 모르게 목소리에 응석이 실리며 말꼬리가 늘어졌다.

— 오냐. 일하고 있었어?

"네. 우리 선생님, 내 목소리 고프셨구나."

— 아닌데?

은기의 표정이 순식간에 달라졌다.

"무슨 일 있어요? 기침 다시 하세요?"

— 아니, 아니야.

"진짜죠?"

— 그렇다니까.

"그럼 왜요?"

— 요즘 모델 선생하고 연락해?

순식간에 은기는 공황 상태가 돼 버렸다. 질문의 의도를 파악할 수 없었던 것이다.

"아니요."

— 그랬겠지.

그랬겠지, 라니. 무슨 뜻일까.

— 모델 선생 지금 병원에 있어.

병원? 웬 병원? 어느 병원? 무슨 병원? 의사인 재필이 병원에 있다는 말을 도대체 어떻게 받아들여야 하는 것인지.

— 쓰러졌대.

은기는 놀랐다. 너무 놀라서 눈을 동그랗게 뜨고 입을 벌리고 가만히 있었다. 영필이 설명하기 시작했다. 재필의 단식과 혼절에 대하여. 은기는 대꾸하지 못했다.

— 은기야. 살다 보니 말이다. 도대체 진리란 게 있기는 한가, 싶을 때가 있더구나. 세상이 웬만큼 빨리 변해야 말이지.

정신이 들면서 손이 떨리기 시작했다.

— 그래도 변하지 않는 것도 있지 않겠니? 그중의 하나가 이거란다. 산 사람이 먼저라는 거.

은기가 스르르 주저앉았다.

— 죽은 사람 위한다고 고집 피우다 산 사람 망가뜨리는 일은 없어야 하는 거야. 그 산 사람마저 죽어 버리면 어쩔 거야.

핸드폰을 손에 쥔 채로 웅크리면서 은기는 그날의 재필을 떠올렸다. 내려앉은 어깨, 창백한 낯빛, 그러면서도 꼿꼿한 등에 꽉 오므린 주먹. 한마디로 처연했던 재필을. 그리고 돌아가면서 두고 간 한마디를.

'기다리고 있을게요.'

이거였나. 자신의 마음이 얼마만큼 깊은지 보여 주려고 살과 뼈를 걷어 내고 있었던 거였나. 마음이 훤히 보이게 하려고 몸을 없애고 있었던 거였나.

'그래도 그렇지 선배는…… 어쩌려고.'

눈가가 뜨거워졌다. 하지만 눈물은 나오지 않았다. 그렇다고 울지 않는 건 아니었다. 마른눈물이라고나 할까. 마른침처럼 말이다. 마른침도 침이라고 하니까 마른눈물도 눈물은 눈물이겠지.

'나는 또 어쩌라고…….'

그러니 말이다. 어쩌라고. 하지만 은기는 알았다. 재필이 질 게 뻔한 싸움을 했다는 걸. 그걸 알면서도 전장에 나섰다는 걸. 이기는 것밖에 모르던 사람이, 백전백승의 전적을 자랑하는 사람이 무릎을 꿇기 위해 그리했다는 걸.

'내가 뭐 별거라고. 고작 나 같은 거 때문에.'

재필에게 가고 싶었다. 가서 마음 봤으니 몸 챙기라고, 몸이 있어야 마음도 사는 거니까 제발 몸부터 챙기라고, 그렇게 말해 주고 싶었다. 그런데 일어서지지가 않았다. 조금만 힘을 주면 벌떡, 일어나질 거 같은데, 그 조금만이 되지 않았다.

'아…… 나 어떡해. 나 어떡해.'

"우리 딸, 힘들어?"

은기가 고개를 흔들었다.

"그럼 눈에 뭐가 들어갔어?"

푸스스…… 웃음이 새어 나왔다. 어려서 눈물이 나올 적마다 은기가 했던 말이었다.

'은기 왜 울어? 어?'

'우는 거 아냐. 눈에 뭐 들어가서 그래.'

"아빠."

춘호가 대답 없이 은기를 가만히 응시했다. 전화 목소리가 너무 이상해 안 되겠다 싶어 들렀더니 은기의 몰골이 말이 아니었던 것이다. 게다가 춘호를 보자마자 그렁그렁 맺히는 눈물이라니.

"아빠. 있지……."

"응, 그래."

은기의 눈에서 눈물이 주르르 흘러내렸다.

"오빠 얼굴이 생각 안 나. 하나도 안 나."

은기에겐 한이를 기억할 만한 물건이 하나도 없었다. 한이가 실종되고 2년여가 지나던 무렵, 은기가 집을 비운 동안 영필이 모두 치워 버린 때문이었다. 버린 건지, 태운 건지, 아님 감춘 건지 영필은 대답해 주지 않았다.

은기는 감췄을 거라고 짐작했다. 사망 신고조차 하지 못하던 영필이었다. 그런 영필이 아들의 물건을 아예 없애 버렸을 리 없다는 생각에서였다. 처음엔 사진 한 장만이라도 갖게 해 달라고 애원한 적도 있었다. 하지만 영필은 끝내 들어주지 않았다. 그래서 지금 은기에겐 한이에 대한 그 무엇도 남아 있지 않았다.

"당연한 거야. 신이 그렇게 만들어 놨어."

"왜?"

"다른 세상으로 가야 하니까. 옮겨 가는데 뭐 하나 빠뜨리고 갈 수는 없는 노릇이잖아. 그림자까지 몽땅 다 가야지."

"그거 너무 야박해."

"그렇게 느낄 수도 있지. 근데 다행이라고 여기는 사람도 많아."

은기의 입에서 떨리는 한숨이 새어 나왔다.

"왜. 노 서방 보고 싶어?"

그 말에 은기가 통곡을 시작했다. 춘호는 안절부절못했다.

"아이고, 은기야. 우리 딸 왜 이런다냐."

한참을 꺽꺽거리며 울던 은기가 띄엄띄엄 말을 이어 갔다.

"오빠한테 미안해서 그래."

"얼굴 생각 안 나는 것 땜에?"

"아빠."

"어. 말해 봐."

"나, 사랑받으면서 살고 싶어. 나도 사랑하면서 살고 싶어."

춘호는 놀랐다. 그 어떤 기미도 없었는데, 도대체 그새 무슨 일이 있었던 것인지. 내가 눈치가 너무 없나. 엄마들은 좀 다르려나. 그런 생각들이 꼬리에 꼬리를 물고 지나갔다.

"오빠한테 미안해서, 오빠 사랑 못 해 준 거 미안해서, 평생 오빠만 기억하면서 살려고 했어."

듣는 것만으로도 속이 미어지는 소리였다.

"근데 그 사람이 나를 붙들어. 뿌리쳤는데, 아빠. 솔직히 나, 그 사람한테 가고 싶어. 이게 뭐야. 나 너무 나쁘잖아. 너무 못됐잖아."

영필에겐 차마 하지 못했던 하소연들이 쏟아지고 쏟아졌다. 내심 무서웠었다. 지금이야 영필이 살아 있으니 한이를 붙들고 있는 게 가능하다지만, 영필마저 가고 나면 어찌해야 하는 건지 겁이 났었다. 그렇다고 다른 마음을 먹기엔 죄책감이 너무 커서, 가던 길 그냥 갈 생각이었다. 가다 보면 어떻게든 되겠지, 흐르는 거 좋아하는데 어디로든 흘러가겠지, 그런 생각이었다.

그런데 재필이 은기를 불러 세우고 있었다. 손을 내밀고 있었다. 방향을 바꾸라고, 자신에게 흘러오라고. 아주 간절하게.

그래서 그걸 어떻게든 떨쳐 내 보려고 한이를 떠올리는데, 얼굴이 생각나지 않았다. 한이에게 이것저것 넋두리하고 싶은데, 도무지 얼굴이 기억나지 않았다.

"생각이 안 나. 얼굴 보고 말하려고 하는데 정말 하나도 안 나. 나, 선생님 어떻게 봐. 아빠, 나 어떡해."

춘호의 눈에서도 눈물이 떨어지기 시작했다. 눈에 넣어도 안 아픈 내 새끼, 지은 죄 하나 없는 내 새끼, 그런데도 맘고생이란 맘고생은 다 하고 살아온 내 새끼, 그런 내 새끼가 행복해지고 싶은 마음이 미안하다며 곡을 하고 있었다. 그게 왜 미안한 일인데. 다들 그러고 사는데 왜 내 새끼만 미안해해야 하는 건데.

"뭘 어떻게 봐. 죄지었어?"

이게 아닌데. 더 괜찮은 말이 있을 텐데. 나무하고 돌만 보고 살아서 그런가, 왜 쓸 만한 말이 한마디도 안 나와. 이런 것도 애비라고. 급기야 화가 나 버리려던 시점이었다.

"나 잘못하는 거 아니야?"

그걸 말이라고.

"당연히 아니지. 우리 딸이 잘못한 거면 세상 사람 하나도 안 빼고 다 돌 맞아야 해."

"정말이지? 아빠 딸이라서 그런 거 아니지?"

"남의 딸이라도 똑같은 소리 할 거야."

은기가 춘호의 품에 안겨 들었다. 춘호가 등을 토닥여 주었다.

"아빠, 나 무서워."

"어. 그럴 수 있어."

토닥토닥 토닥토닥…….

"근데 어떤 놈이야?"

'근데 그 사람이 나를 붙들어. 뿌리쳤는데, 아빠. 솔직히 나, 그 사람한테 가고 싶어.'

은기는 다 털어놓기로 했다. 아빤데 뭐 어때. 그렇게 긴 이야기가 이어졌다.

"다사다난했구만."

"응. 그랬는데, 그 사람더러 어떻게 한이 오빠까지 품으라 그래."

"왜 안 돼. 충분히 품을 수 있어. 품고도 남아."

춘호는 부러 더 장담했다. 그는 지금 다른 사람의 입장 따위, 전혀 염두에 없었다. 고려하고 싶지도 않았다. 욕을 바가지로 먹는다 해도 딸 은기만 생각할 작정이었다.

"그게 가능해?"

"멀리 볼 거 없이 네 엄마 잘 사는 것만 봐도 가능한 거지. 하물며 네 엄마한테는 너도 있는데, 그거 상관없이 잘 산다는 건 다 품어졌다는 소리겠지."

"엄마 소식 알아?"

"어."

"왜 말 안 해 줘?"

"알아 뭐 해. 찾지도 않는걸."

"안 미워?"

"밉지. 막말로 하면 바람난 거고, 문자 쓰면 외도한 건데 어떻게 안 미워."

이번엔 은기가 춘호의 등을 토닥여 주었다.

"근데 잘 사니까 미워할 수라도 있는 거거든. 지지리 궁상이어 봐. 미워도 못 해."

"그런가?"

"그럼. 아빠가 무슨 천사도 아니고. 한때는 그렇게 맺은 인연 퍽이나 오래가겠다, 갈아 마셔도 시원치 않을 것들 천벌받아라, 그랬는데……."

은기도 그랬었다. 예전엔 그런 마음이었었다.

"지나고 보니 차라리 잘 살아라, 싶어지더라고. 혹시라도 불쌍한 마음 들까 봐. 그게 더 싫어서."

은기도 그랬다. 지금은 그런 마음이었다.

"그 얘긴 그만하고."

춘호가 말을 돌렸다. 없는 사람 얘기 자꾸 하면 뭣 하나 해서였다.

"우리 딸, 기죽을 거 없어. 잘못한 거 하나도 없으니까."

대답 대신 춘호 품에 몸을 더 파묻으며 은기는 생각했다.

'그게 근데 맘대로 안 돼. 그래서 한이 오빠한테도 미안하고 재필 선배한테도 미안해. 힘들어.'

춘호는 춘호대로 생각했다.

'어떻게 기가 안 죽겠어. 잘못한 거 없어도 기는 죽을 수 있지. 가여워 죽겠네. 사람 사는 게 왜 이 모양이야.'

사람 사는 거 맘에 안 드는 게 어디 하루 이틀 일은 아니었지만, 자식 일이고 보니 춘호는 이성이 제대로 작동하지 않았다. 생각이 막 두서없이 앞서가는 게 따라잡기가 버거울 정도였다. 그러니까 벌써부터 이런 생각 말이다.

'혹시라도 지금 다 괜찮다 해 놓고 나중에 맘 바뀌어설랑 내 새끼 눈치만 줘 봐. 산에 묻어 버릴라니까. 아무도 안 찾는 산, 얼마나 많이 아는데.'

어쨌거나 춘호는 은기를 떠밀기로 했다.

"가. 이렇게 목 놓아 울지 말고 가. 당장 같이 살 거 아니잖아. 덮어놓고 밀어내지만 말고 일단은 가서 찬찬히 살펴봐."

"그런 다음엔?"

"제 속을 저렇게 줄줄 흘리고 있으니 귀담아들어 줘야지."

춘호도 같은 생각이었던 것이다. 혹시나 그렇게 겁주는 놈은 못쓴다고, 그러니 상종하지 말라고 화낼 수도 있겠다 싶었는데, 춘호가 느끼기에도 재필은 그게 아닌 거였다.

"지레 겁먹지 말고 성심성의껏 봐 줘. 그게 그 사람에 대한 도리인 거야."

"도리?"

"어. 모른 척하면 안 되는 거야. 네가 맘 없는 것도 아니고. 아빠는 무식해서 더 조리 있는 말은 못 하겠다만, 그냥 버려두면 안 된다는 것쯤은 알아. 그니까 얼른 일어서."

눈이 새빨간 은기를 춘호가 일으켜 세웠다.

"가서 살살 달래 밥부터 먹여. 우리 딸 얼굴 보면 먹지 말래도 먹겠지만서도."

조금만 힘을 주면 벌떡, 일어나질 거 같은데도 그 조금만이 당최 안 돼 미치겠더니 춘호의 채근이 그 '조금만'이었는지 은기는 순순히 일어서졌다.

"아빠가 태워다 줄게."

"아니. 그냥 나 혼자 갈래."

"그게 편하겠어? 그래, 그럼."

춘호를 배웅하고 〈시침 감침〉의 조명을 내린 후 'CLOSED'라고 쓰인 안내문을 걸었다. 그리고 문을 잠갔다. 철컥, 소리가 나는데 문득 그런 생각이 들었다.

'반대 같아. 잠긴 게 아니라 열리는 소리로 들려.'

은기가 몸을 돌려 뛰기 시작했다. 빛 아래, 너르게 퍼진 양달을 향해서.

3.2

세상에! 만질만질해 보이던 얼굴이 푸석푸석했다. 보들보들해 보이던 피부가 꺼끌꺼끌했다. 거기에 한 자는 푹 꺼진 듯한 눈하며, 그 밑으로 어둠처럼 내려앉은 다크서클하며, 코와 턱 아래를 가시처럼 뒤덮은 수염하며, 익히 알아 온 재필이 아니었다.

'정말 나 때문에 이렇게 된 거예요?'

은기는 차마 다가가지 못하고 침대에서 뚝 떨어진 자리에 마냥 서 있을 뿐이었다. 결국 재필이 손을 내밀었다.

"이리 와요. 얼굴 좀 보게."

뱃속에서 무언가가 꿈틀, 했다. 그리고 그 무언가가 서서히 요동하기 시작했다. 그래서 은기는 차마 발을 내딛지 못했다. 움직였다가 그 무언가를 자극하게 될까 봐, 자극받은 그 무언가가 사고를 칠까 봐 반 발짝도 내딛지 못했다.

"은기 씨. 나 팔 아파요."

움찔. 그랬다, 움찔. 아프다는 말이 은기를 흔들었다. 결국 은기는 천천히 발을 옮겨 재필 가까이로 향했고, 은기가 자신의 영역 안에 들어오자 재필이 은기의 손을 끌어 꼬옥 쥐었다. 은기는 그런 재필을 빤히 쳐다볼 뿐이었다.

"은기 씨 오기 전까지 눈 감고 있었어요. 정신 들었는데도 감고 있었어요. 눈 떠서 제일 처음 보고 싶은 얼굴이 은기 씨라서, 은기 씨 오면 눈 뜨려고 계속 버텼어요."

은기가 입을 뗐다.

"왜, 왜 그랬어요?"

"내가 당신한테 내 전부를 걸었다는 거, 그걸 당신이 알아줬으면 했어요."

"그렇다고 굶어요? 서 선생님, 무모한 사람 아니잖아요."

"맞아요. 난 터무니없는 일은 결코 하지 않아요."

"며칠, 며칠 동안 그런 거예요?"

"몰라요. 안 세 봤어요."

재필이 링거 바늘이 꽂힌 손을 들어 은기의 나머지 손도 잡아 쥐었다.

"난 그냥, 당신하고 함께하고 싶을 뿐이에요. 근데 당신이 내 쪽은 쳐다도 안 보니까 나름대로 애써 본 거예요."

꿈틀, 하고 나서 서서히 요동하기 시작한 그 무언가가 드디어 우그르르 끓어오르기 시작했다.

"은기 씨, 나는요. 이렇게밖에는 얘기 못 하겠어요."

"어떻게요?"

"나는 함수식에 사로잡힌 포로예요."

"함수식이요? y=f(x), 그거요?"

"맞아요."

여러 값으로 변할 수 있는 변수 x와 y 사이에 'x의 값이 정해지면 그에 따라 y의 값도 정해진다.'는 관계가 있다 할 때, y를 x의 '함수'라 일컫는다. 비슷한 말로 '따름수'라고도 한다. 그리고 이를 식으로 표시하면

$y=f(x)$가 된다.

"그러니까 난 거기서 y예요. x의 처분만 기다리는 y요."

재필은 너무도 심각했지만 은기는 그만 웃음이 나와 버렸다.

"낭만이라고는 바늘 한 땀만큼도 없는 비유네요."

"아니요. 나한테는 바이런의 시보다도, 이상의 연서보다도 낭만적인 게 함수식이에요. 당신에 따라 내 값이 매번 달라질 수밖에 없다는 거, 내가 어떤 값으로든 존재하려면 당신이 괄호 안을 채워 줘야 한다는 거, 그걸 함수식만큼 명확하게 표현해 주는 건 없어요."

그렇게 들으니 대단한 비유였다. 그래도 은기는 웃음이 가라앉지 않았다. 택시 안에서도 달음박질하는 심정으로 달려왔다. 초췌해진 모습이 눈동자에 맺히고 가슴에 뭉개져 온몸에 끓는 물이 도는 기분이었다. 그런데 x는 어떻고 y는 어떻고 하는 이야기를 듣고 있자니, 웃기는 건 웃기는 거였다. 재필은 처음부터 끝까지 진지한데 자신은 웃고 있다는 사실이 미안했지만, 안 웃을 재간이 없었다.

"그래서 생각해 봤는데요."

"네."

"이거 사랑 같아요."

은기의 얼굴에서 웃음이 사라졌다.

"아니, 사랑 맞아요. 사랑이 아니면 내가 이럴 수는 없어요."

"서 선생님."

"해 본 적 없어도 알 수 있어요. 사랑, 그거예요."

가슴이 끓으면서 김을 내뿜었다. 그리고 그 김이 눈동자에 방울로 맺혔다.

"은기 씨. 나 좀 안아 줄래요?"

결국 터지고야 말았다. 함수식에 정신이 팔려 잠시 소강상태에 있던 열기가 도로 터지고야 말았다.

"안아 달라는 게 울 일이에요? 섭섭해요."

재필이 은기의 손을 놓고 팔을 벌렸다. 은기가 머뭇거렸다. 안는 순간, 모든 것이 달라질 거라는 직감이었다. 그래서 덥석, 안아지지 않았다. 그러자 재필이 용기를 냈다. 여기까지 왔는데 이제 멈출 수는 없었다. 재필이 여전히 울고 있는 은기의 팔을 부드럽게 잡아당겼다.

"내가 안으면 되지, 뭐."

그리고 안았다. 은기의 울음소리가 조금, 아주 조금 높아지는 걸 들으면서 재필이 눈을 감았다. 몸이 떨렸다.

'이거야. 이거였어. 이거면 되는 거였어. 이거 때문에 내가 그랬어.'

하지만 재필은 짐짓 여유를 부렸다.

"아, 다행이다. 혹시라도 협박죄로 신고한다 그럼 어쩌나 잔뜩 졸았었는데."

재필의 팔에 힘이 들어갔다. 이제 정말 중요한 말이 남아서 절로 힘이 들어갔다. 해야 했다. 그 말까지 해야 은기가 마음을 굳힐 테니까.

"은기 씨."

침이 넘어갔다.

"당신하고 결혼했던 그 사람. 버리라고, 잊으라고 안 해요. 나, 그 사람도 끌어안을 수 있을 거 같아요. 같아요, 가 아니지. 품고 갈 수 있어요. 듣기 좋으라고 하는 말 아닌 거, 알 거예요. 난 그런 말 안 하고, 못 하는 사람이니까."

은기가 떨기 시작했다. 그 조심스러운 떨림이 애달파서 재필은 격해졌다.

"그 사람 만나기 전에 못 찾아서 미안해요. 찾을 수 있었어요. 내가 먼저 당신 잡을 수 있었어요. 근데 못 그랬어요. 나만 보고 사느라고 바로 앞에 두고도 못 봤어요. 미안해요. 맘고생시켜서 미안해요."

재필이 하는 말의 뜻을 은기는 다르게 받아들였다. 기하고등학교 시절에 진즉 알아보지 못했음을 안타까워하는 거라고. 자신이 재필에게 훨씬 더 구체적인 존재라는 걸 아직은 알 리 없었으니까 말이다.

"내가 왜 이럴 수밖에 없었는지 알아줘서 고마워요. 오해하지 않아 줘서 고마워요."

그리고 마지막은 엄살로 마무리 지었다.

"은기 씨, 나요. 배고파서 정말 죽는 줄 알았어요. 굶는 거 진짜 못 할 일이에요. 그러니까 또 고생시키지 말아요. 응? 나 좀 살게 해 줘요."

은기가 다시 웃었다. 울다가 웃다가, 웃다가 울다가…… 계속 그랬다.

결국 재필을 잡아 버렸다. '죽은 사람 위한다고 고집 피우다 산 사람 망가뜨리는 일은 없어야 하는 거야. 그 산 사람마저 죽어 버리면 어쩔 거야.' 라던 영필의 말과 '제 속을 저렇게 줄줄 흘리고 있으니 귀담아들어 줘. 성심성의껏 봐 줘. 그게 그 사람에 대한 도리인 거야.' 라던 춘호의 말이 등을 떠민 형국이긴 했지만, 무엇보다도 재필이 놔지지 않아서였다. 그래서 덥석 잡았는데, 막상 잡고 보니 손이 떨렸다. 좋으면서도 무섭고, 행복하면서도 슬펐다.

그 상태에서 한이에게 무슨 말을 전했을 리 만무했다. 무덤도 유골함도 없는, 기억 속에서마저 사라져 버린 투명한 존재를 향해 도무지 입이 떨어지지 않았던 것이다. 잘 있어요? 혹은 선생님 보러 같이 가요! 그런 말은 아무렇지 않게 해 왔는데, 재필 이야기만큼은 달라도 너무 달라서 도저히 할 수 없었다. 그렇다고 살던 집, 머물던 방을 찾아갈 수도 없었다. 영필이 〈효당마을〉로 들어갈 때 처분해서 거기엔 이미 다른 사람이 살고 있었으니 말이다.

당연히 영필의 얼굴을 마주하기가 괴로웠다. 그래서 은기는 영필의 허벅지에 머리를 얹고 누웠다. 가슴께에 커다란 바윗덩이 하나가 매달려 있는 것 같은 게 기운도 없었다. 영필이 은기의 머리카락을 사르륵, 쓸어 넘겨 주었다.

"그새 머리 잘랐어? 아까는 몰랐는데 지금 보니 저번보다 조금 짧네."

"끝이 지저분해서 다듬었어요. 묶었더니 꽁지가 까치집마냥 비쭉비쭉한 게 웃기기도 하고."

"파마해 보지, 왜. 굽실굽실하게."

"관리하기 힘들어요."

"예쁘게 꾸미고 다녀. 짧은 치마도 입고 레이스 달린 블라우스도 입고."

은기가 몸을 일으켰다. 그러곤 영필의 어깨에 머리를 기대곤 비비적거렸다.

"또 응석이다. 언제 크려나 몰라."

"선생님."

"여러 말 말어. 모델 선생이 하자는 대로 하면 돼."

영필의 마른 장작 같은 손을 끌어다 꼭 잡자 영필이 말을 이어 갔다.

"전에 말했지? 네가 잘 살아야 한이가 편하다고."

은기는 차마 대꾸하지 못했다. 그런 말, 속상했다. 머리로는 알겠는데 가슴으로는 여전히 힘들었다.

"네 시아……."

영필이 말을 끊었다. 또 네 시아버지, 할 뻔했던 것이다. 영필은 은기에게 더 이상 '시'에 속한 사람이고 싶지 않은데 말이다.

"한이 아버지 말이다. 너무 일찍 가서 정들 새가 없었다고 했지 않던? 같이 산 세월이 반년도 채 안 되기도 했고, 그 반년조차도 집구석에 잘 들어오지 않기도 했고. 그래서 그랬겠지만, 살면서 별로 생각이 안 나더구나. 한이마저 없었으면 그런 시절이 나한테 있기는 했었나 싶었을 정도로 홀랑 잊어버렸을걸?"

실제로 남편 제사 때마다 영필은 참으로 덤덤했다. 사진 한 장 남지 않아 이젠 얼굴도 모르겠다면서. 이야기 속의 남자 주인공이라도 추모하는 거 같다면서.

"난 그냥 산 거지. 한이가 있었으니까. 헌데 넌 그것도 아니잖여. 남은 게 뭐가 있어?"

은기는 계속해서 영필의 손을 만지작거리며 들을 뿐이었다. 저번에도, 저저번에도, 저저저번에도 들었던 말이었다. 했다는 걸 잊은 것인지, 일부러 반복하는 것인지, 은기는 묻지 않았고 영필도 따로 말하지 않았다.

"네가 붙들고 있으면 한이 맘 편히 못 있어. 네가 놔줘야 어디든 가지. 누가 알아. 네가 붙들고 있어서 환생 못 하고 있을지."

은기가 멈칫했다. 그 말은 '새' 말이었다. 저번과 저저번과 저저저번에 했던 게 아닌 오늘 처음 듣는 새 말.

"옥이 성한테도 했던 말인데, 내가 하고많은 데 다 걸러 내고 이리로 온 거, 한이 뜻이지 싶다. 서울에 이런 동네가 있는 줄도 몰랐지 않니. 네가 맘에 들어 한 데는 다른 데였잖여. 안 그래?"

그랬다. 은기가 영필에게 권했던 실버타운은 다른 곳이었다. 아담하면서 고즈넉한 것이 분위기만으로는 영필에게 더 어울리는 곳이었다. 하지만 영필은 어쩐지 〈효당마을〉을 택했다.

"그러니 얼마나 잘한 일이냐고. 옥이 성 만나, 모델 선생 만나. 다 이러려고 그런 거였다니까? 한이가 다 알고 보낸 거라고. 게다가 모델 선생이 사돈총각 친구라니 말 다 했지. 그런 인연이 어디 있어? 서울역에 나가 하루 종일 서 있어 봐. 아는 사람 만나지나."

재필이 쓰러졌다는 소식에 영필은 굉장히 놀랐었다. 옥자에게 단식 이야기를 듣고 황망해진 지 얼마 안 된 시점에서, 의료센터로부터 비어져 나온 '단식'이란 단어가 온갖 소문을 달고 〈효당마을〉을 태풍처럼 휩쓰는 가운데 심장이 덜컥거려서 죽는 줄 알았다. 재필은 강건한 사람이었다. 지나칠 정도로 자신감이 넘치는 사람이었다. 그런 사내가 스스로를 건 것이다. 구설수를 마다하지 않고 자신을 내던진 것이다. 영필은 한 '사람'으로서 감동을 받았다.

"그러니 마음 편히 가져. 아무것도 걸려 하지 말고. 그게 고은기를 아끼는 사람들을 위해서 고은기가 해야 할 일이야. 기왕 누군가를 위해 살 마음인 거면 죽은 사람보다는 산 사람, 한 사람보다는 여러 사람 위하는 게 낫지."

은기가 영필을 살포시 끌어안는데 영필이 자신의 다리를 탁, 하고 쳤다.

"아 참. 또 잊어버릴 뻔했네."

"뭐를요?"

"한이한테는 따로 보고할 거 없다고."

울컥. 은기는 울컥, 했다. 은기가 뭘 생각하는지 꼭 다 아는 것 같은 영필이 속에 맺혀서 울컥, 했다.

"지가 꾸민 일인데 뭘. 어떻게 돌아가고 있는지 우리보다 더 훤히 꿰고 있을걸?"

은기 눈에서 결국 눈물이 흘렀다. 어깻죽지가 젖어 드는 걸 느끼며 영필이 목소리를 키웠다.

"대신 모델 선생한테 각서 한 장 받아 놔. 지장 꽉 찍어서. 나한테 못 오게 하기 없기. 그랬단 봐. 정완이한테 부적이라도 써 달라고 할 거야, 내가."

정완이 부적 따위 쓰는 사람이 아니라는 것쯤은 영필도 은기도 아는 바였다.

"아니지. 뭘 번거롭게 정완일 시켜. 내가 길쭉한 인형 하나 만들면 되지. 눈 안 봐도 그 정도는 할 수 있으니까. 만들어서, 서재필 명찰 만들어 떡하니 달아 붙이고 삼시 세끼 식전마다 꼬집고 쥐어뜯을 거야."

자신의 몸을 두른 팔에 힘이 들어감을 느낀 영필이 그 팔을 토닥토닥 두드려 주었다.

'한이야, 내 새끼. 엄마 잘했지?'

마음이 그렇게 편안할 수가 없어서, 머리가 그렇게 개운할 수가 없어서 웃음이 스르르 새어 나왔다.

그 시간, 본가로 향하던 재필은 마치 자신이 결사 항전에 임하는 장군같이 느껴졌다.

'떨리네.'

떨어 본 적이 있던가? 누군가에게 약한 모습을 보인 적이 있던가? 겁나서 누군가에게 도움을 요청해 본 적이 있던가? 아니, 그래 본 적 없었다. 그런데 떨었고, 약한 모습을 보였고, 심지어 도와 달라는 부탁까지 했다. 은기의 일이어서, 자신이 가지고 있는 재능이나 재주 같은 걸로는 얻을 수 없는 사람이어서 어쩔 수 없었다. 은기는 재필의 능력치 밖에 있었다. 끌어모을 수 있는 건 다 끌어모아야 했다. 그래서 그랬다.

'아무리 생각해도 이건 내가 마음만 갖고 덤벼선 안 될 일 같아.'

'맞아.'

'재형아. 지식이 아무리 많아도 소용이 없다.'

'그래서 내가 누누이 일렀잖아. 잘난 척하지 말라고.'

'혹시 엄마, 화내실까?'

'엄마가? 너도 헛다리 짚을 때가 있구나.'

'어?'

'일단, 설득한답시고 이 말 저 말 늘어놓지 마. 그런 거 전혀 도움 안 돼. 그냥 정확한 사실, 네 진심, 그것만 얘기해. 그거 너 잘하잖아.'

'그러면 되겠어?'

'응. 그다음은 그다음에 가서.'

'알았어.'

'야, 서재필.'

'어?'

'잘될 거야.'

잘될 거야. 그 말을 듣는 순간, 머리가 어질했다. 그 말은 늘 자신이 재형에게 하던 말이었다. 기 쓰고 애쓰는 재형이 기특해서 해 준 말이었다. 그런데 지금 그 말을 자신이 듣고 있었다. 재형의 눈에 자신이 기 쓰고 애쓰는 걸로 보이는 모양이었다.

'뭔가 좀 아프다. 재형이는 어떤 기분으로 들었던 걸까.'

대문을 열고 들어서니 마당에 만삭의 재형이 나와 있었다. 재형의 몸 안에 자신의 첫 조카가 들어 있다고 생각하니 속이 수런수런했다. 조카도 핏줄이라고 기분이 남달랐다.

"왜 나와 있어?"

"응원차. 격려차."

"고맙다. 너까지 넘어야 할 산이었으면 나, 더 힘들었을 거거든."

"너도 그렇게 막무가내일 때가 있구나 싶어서 정말 놀랐어. 어떻게 단식할 생각을 다 했어? 잘못하면 진상에 협박 되는 거 모르지 않았을 텐데."

"뭐……."

재필은 멋쩍었다. 재형의 입을 통해 들으니 겸연쩍고 쑥스러웠다.

"엄마하고 아버지, 모르시는 거 맞지?"

"어. 해강이가 알아서 차단했어."

재필이 고개를 끄덕였다. 비상 연락망에 부모님이 아닌 재형과 해강의 개인 정보를 적어 놓은 게 얼마나 잘한 일이었는지 모른다는 자각이었다. 쓰러지면 영필이 은기에게 연락해 줄 거란 생각에 몰두해 있느라, 집에도 연락이 갈 거란 생각은 미처 못 한 것이다. 재형을 두고 혼자 병실로 찾아왔던 해강이 한참을 야단쳤었다.

'원숭이도 나무에서 떨어진다더니 완전 그 짝이네. 서재수 네가 어떻게 그 생각을 못 할 수가 있어? 초딩 때 손목 그은 내가 할 소리는 아니다만, 자식 키워 봐야 소용없다는 얘기가 너 같은 자식들 때문에 나오는 거라고. 미리 언질 좀 주면 큰일 나냐? 병원의 '병' 자만 나와도 어머니 기합하시는 거 몰라? 미쳤지 너, 어? 왜, 전처럼 고개 빳빳이 치켜들고 떠들어 봐, 어디.'

"천하의 서재필이 어리버리 미련을 다 떨고."

재필은 잠자코 있었다.

"이해는 해. 지금 넌 중심을 바꾸는 중이니까. 서재필 중심에서 고은기 중심으로. 그거 너한테는 보통 일 아닐 테니까."

"우해강은?"

"엄마 저녁 준비 돕고 있어."

재필은 고개를 한 번 더 끄덕이고 심호흡을 한 후 재형을 따라 집 안으로 들어섰다.

"엄마. 엄마 아들 왔어."

재형의 소리에 미인이 주방에서 나왔다. 그러다 재필의 얼굴을 보고는 눈이 동그래져서 다급히 다가왔다.

"너 왜 그래? 어디 아파?"

살이 빠진 티가 나긴 한 모양이었다. 재필이 당황해 멈칫거리자 재형이 나섰다.

"엄마는 서재필이 언제 아픈 거 봤어? 일이 좀 많았대. 덩달아 입맛까지 뚝 떨어지고. 그럴 때 있잖아."

"그래? 그게 다야?"

그제야 재필이 느물느물 대답했다.

"네에, 네에."

그렇게 어영부영 함께 저녁을 먹고 설거지에 뒷정리까지 다 마친 뒤였다. 재필이 미인과 장군을 안방으로 끌고 들어갔다.

“왜?”

“드릴 말씀이 있어서요.”

미인이 안방 문 너머를 흘깃하고는 불안해진 얼굴로 입을 뗐다. 거실에 있는 재형과 해강이 의식된 때문이었다.

“왜. 너 몸에 진짜 무슨 문제 있어?”

“재형이가 아까 말했잖아요. 내가 언제 아픈 거 보셨어요?”

“그럼 재형이 어디 아프대? 네가 대신 말하는 거야?”

“예? 아니에요.”

“그럼 우리 사위 어디 안 좋아?”

“아니에요. 엄마.”

“그럼 왜 그래?”

미인이 돌연 장군을 향해 고개를 홱, 하고 돌렸다.

“당신 나 모르게 뭐 검사했어?”

장군이 황당한 표정을 짓는 걸 보며 재필이 얼른 나섰다. 아픈 쪽으로만 뻗어 가는 미인의 생각이 애달팠다.

“엄마. 그런 거 아니에요. 아니라니까.”

“그럼 뭔데?”

어서 말해야 하는데 입이 수월하게 떨어지지 않았다. 하지만 마냥 뜸을 들일 수만도 없었다.

“저, 사랑하게 된 사람이 있어요.”

“근데 왜. 시한부야?”

재필은 흠칫했다. 미인이 너무 안쓰러웠다.

“아니요. 건강해요. 그게 아니라 결혼을 했던 사람이에요. 신혼여행 갔다가 사고로 혼자됐구요.”

속사포 날아가듯 쉼표 없는 문장이었다. 일단 미인을 안심시켜야 하는 게 먼저라 자세하게 풀고 말고 할 겨를이 없어서였다. 그런데 말이 끝나기가 무섭게 미인이 빠른 속도로 무릎걸음 해 오더니 재필의 어깨며 등을 마구 패기 시작했다. 펑펑…….

"야, 이 녀석아. 엄마 간 떨어지는 줄 알았잖아. 고작 그깟 일로…… 놀랬잖아. 아오, 심장 벌렁거려. 이 녀석을 그냥."

고작 그깟 일. 재필은 놀랐다. 예상을 벗어나도 한참 벗어난 반응이었다. 그제야 재형이 했던 말이 무슨 뜻이었는지 깨달았다.

'혹시 엄마, 화내실까?'

'엄마가? 너도 헛다리 짚을 때가 있구나.'

동시에 재형이 전화를 끊기 전에 했던 말이 떠올랐다.

— 근데 서재필. 명심, 아니 부탁할 거 있어.

'뭘?'

— 아빠하고 싸우지 말라고.

'뭐?'

— 여유를 가지라고. 당장 내일 결혼할 거 아니잖아.

혹시, 하는데 아니나 다를까 장군이 벌떡 일어서더니 낮게 외쳤다.

"나는 싫다."

성큼성큼 방을 나가 버리는 장군의 뒷모습을 보면서 재필은 머리가 아득해졌다.

'아버지.'

살아오는 동안, 장군은 재필에게 단 한 번도 부정적인 반응을 보인 적이 없었다. 미인은 그래도 등이나 엉덩이도 때리고 잔소리도 퍼붓곤 했지만, 장군은 전혀 아니었다. '나는 내 아들이 자랑스럽기 그지없다.'는 표정을 숨기지 않고, 긍정하고 수긍하고 인정하고 응원해 주곤 했었다. 그런 아버지가 처음으로 화를 내며 등을 돌린 것이다.

'싸워? 아버지하고? 순식간에 넋이 나가겠는데 어떻게 싸워. 아…….'

별관 옥상정원 난간 바로 아래 의자에 다리를 꼬고 앉은 재필의 시선은 아까부터 계속 하늘에 고정돼 있었다. 재형이 늘 그랬듯이 구름이라도 보고 있으면 마음이 좀 진정될까 해서였는데, 구름이 없었다.

'구름도 없고 별도 안 보이고.'

별이 보일 리가. 이렇게나 환한데. 도대체가 밤이 맞기는 한 건지.

'당혹스러워.'

진입 장벽이 낮지 않다는 건 예견한 바였지만, 막상 벽에 부딪쳐 보니 퍽 충격이었다.

'좀…… 아니, 징말 놀랐어.'

가로막힌 적 없었다. 어떤 문이든 열렸고, 어떤 길이든 뚫려 있었다. 자신이 원하는 때, 원하는 시점에 가기만 하면 되었다. 그럼 일사천리로 갈 수 있었다.

'이 감정부터 해결해야 해.'

그럴 거라고, 그렇게 예상했다고 해서 아무렇지 않은 건 아니었다. 그래도 괜찮다고, 그렇게 각오했다고 해서 그 또한 아무렇지 않은 게 아니었다. 당연했다. 복싱할 때, 맞을 거 다 알고 링에 올랐다. 그래서 안 아팠나? 아팠다. 미리 알고 대비한다 해서 고통의 크기까지 덜어지는 건 아니었다.

'서재필, 정신 차려.'

'잘난 네가 뭘 알아.'

재형이 한 번씩 던지던 말이었다. 재형에게 지금껏 충고랍시고 했던 말들이 주르르 딸려 올라왔다. 그랬다. 정말 몰랐다. 막막함, 답답함, 그런 게 뭔지 몰라서 겁 없이 입을 놀렸던 거였다.

'다들 그렇게 살고 있었어.'

은기가 자신의 전화를 무시하고 걸어가던 뒷모습을 보며 느꼈던 것과는 전혀 다른 모양의 충격이었다. 평생 든든한 후원자였던 아버지로부터의 '부정당함' 이었다. 태어나 처음으로 아버지에게서 틀렸다는, 잘못했다는 말을 들은 것이다.

재형은 또 그랬었다.

'서재필. 잘났다고 잘난 척하지 말고 너나 잘하고 살아.'

'난 잘해. 너무 다 잘해서 탈일 정도로.'

'장담하지 마라. 너처럼 예방 접종 건너뛴 사람은 간단하게 앓고 넘어갈 일에도 죽는 수가 있으니까.'

그런 거였다. 자신도 어그러질 수 있는 사람이었다. 자신도 헤맬 수 있는 사람이었다. 자신도 무너질 수 있는 사람이었다. 단지 그럴 기회가 없었을 뿐. 재형은 그걸 시시때때로 겪으면서도 반듯하게 서 있기 위해 '악바리' 가 된 것이었다. 은기의 강단도 바로 거기서 생겨났을 터였다. 원하는 걸 얻기 위해서, 소중한 걸 잃지 않기 위해서, 그리고 그것들을 지켜 내기 위해서 발을 동동 구르고 애면글면, 노심초사, 그렇게 말이다.

'제일 약한 건 나였어.'

재필은 이제야 세상이 무섭다는 게 뭔지 알 것 같았다. 은기가 보고 싶어졌다.

'뭐 하고 있을까.'

망설임 없이 은기의 번호를 눌렀다. 꽤 여러 번 울리고 나서야 받는 기척이 전해져 왔다.

— 네.

"방해했어요?"

— 진동음을 늦게 알아챘어요.

뭐 하고 있었느냐고 묻고 싶었다. 오늘 하루 내 생각은 했는지, 했다면 얼마만큼 했는지 시시콜콜 캐묻고 싶었다. 자신은 내내 생각하고 있었으니까, 자신은 지금도 생각하고 있던 중이었으니까, 아마 이따가는 자면서도 생각할 거 같으니까. 아니, 꿈속에 들어가서도 계속해서 생각할 것 같으니까.

"보러 갈까 하다가……."

거기서 재필은 말을 이어 가지 못했다.

'당신 얼굴 보면 내가 어떻게 굴지 모르겠어. 징징거릴까 봐 겁나.'

어색한 중지 상태였는데도 은기는 되물어 오지 않았다. 언제든 물러설 준비가 된 사람, 언제든 돌아설 준비가 된 사람, 그런 사람이 은기여서 재필은 불안하고 초조했다.

"나 지금 엄청 깨지고 있는 거 알아요?"

— 마을에 무슨 일 있어요?

은기는 재필이 부모님에게 자신의 이야기를 했다는 걸 전혀 모르고 있었다. 혼자 해결할 생각이었다. 울퉁불퉁한 땅을 평평하게 다져 놓고 은기를 데려갈 생각이었다. 그래서 지금 은기는 재필이 자신으로 인해 어떤 상황에 처해 있는지 모를 수밖에 없었다. 그러니 얼마나 다행인지. 은기에겐 아무런 죄도 잘못도 없으니까.

"그렇다기보다는 내가 얼마나 부족한 사람인지 깨닫는 중이랄까요."

— 그런 말 안 어울려요.

"알아요, 나도."

— 서 선생님.

"응?"

— 혹시 나 때문에 기죽어요?

거대한 괴물이 나타나 한 손으로 잡고 휘둘러 메치면 그렇게 될까 싶을 정도의 어마어마한 통증이 재필의 전신을 강타했다. 이거고 저거고 생각할 새도 없이 답이 저절로 튀어 나갔다.

"은기 씨. 제발 그러지 말아요. 그런 말 들으면 나 아파요."

기죽은 건 맞았다. 하지만 은기가 원인은 아니었다. 은기를 계기로 알게 되었을 뿐, 은기가 원인이 될 수는 없었다.

— 아파요?

"정말 아파요. 그런 거 아니니까, 그럴 일 없으니까, 그러지 말아요."

재필은 옥상에서 뛰어 내려가고 싶었다. 차를 빠르게 몰아 은기에게 가고 싶었다. 가서, 안고 싶었다. 안고, 끝까지 가고 싶었다. 하나가 되고 나면 덜 불안해질 것 같아서였다. 그 생각이 너무 강렬했던 것일까. 마음이 입 밖으로 새어 나와 버렸다.

"당신 만지고 싶어. 안고 싶어 미치겠어."

'겠어' 에서 재필은 퍼뜩 정신이 들었다. 이런 미친.

"아, 미안해요. 은기 씨, 미안해요. 나도 모르게……."

— 미안하지 말아요.

"그 말, 진심이에요?"

— 미안하다고 하니까 왠지 섭섭해져서요.

재필의 몸에 오소소 소름이 돋았다.

— 나 숙맥 아니에요. 혹시 그런 거 기대하세요?

"아니요. 그럴 리가요."

— 네. 나라고 가만있는 건 아니에요. 그것만 알아주세요.

"응. 알았어요. 고마워요."

— 서 선생님.

"예."

— 나 잘못하는 거 없는 거죠?

아까 그 괴물이 다시 나타나 심장을 생으로 쥐어 뜯어내 가면 그렇게 될까 싶을 정도의 어마어마한 고통이 재필의 가슴께를 훑고 지나갔다.

"은기 씨가 무슨 잘못을 했다고 그런 말을 해요."

— 그러니까요. 없는 것 같긴 한데, 잘못한 거 없다는 그 생각이 혹시 잘못인가 싶어서요.

"아니에요. 아니에요, 은기 씨. 그런 거 없어요."

— 그럼 나, 당당하게 있을게요.

"바라는 바예요."

잘못이라니. 자신과 만나기 전의 일인데, 설사 아이가 있다 한들 그게 잘못이 될까. 재필은 죄인을 관리하는 교도관이 되고자 하는 게 아니었다. 연인, 정인, 애인, 그리고 최종적으로는 부부가 되고자 하는 거였다. 말해야 했다.

"은기 씨. 나 당신 사랑해요. 천왕에 박사에 자뻑 대마왕 서재필이 당신한테 절절매는 거예요."

— 듣기 좋네요. 역시 서 선생님은 그렇게 할 때가 제일 멋있어요.

"정말이에요?"

— 네. 그럼 이제부턴 내가 잘난 척할 차례인 거네요.

"맞아요. 당신이 그런 서재필의 주인이니까."

은기가 웃었다. 조그맣지만 분명하게. 세상 근심이 다 날아가는 소리였다.

3.3

영필의 얼굴은 그야말로 함박꽃이었다.

"어제까지만 해도 세상 근심 다 지고 계시더니."

"당연하잖여. 멀쩡히 살아 돌아왔는데. 것도 집까지 생겨선."

길고양이들이 다시 나타난 것이다. 반갑기도 했거니와 걱정했던 것과는 다르게 시달린 행색이 아니어서 반색하며 들여다보니, 각자 목에 작은 목걸이를 걸고 있었다.

[두 여자 동물병원 군기반장 콩이]

[두 여자 동물병원 친목반장 보리]

[두 여자 동물병원 급식반장 수수]

"재주도 좋지. 수컷들이 두 여자 동물병원이라니. 잘도 찾았다니까."

내내 영필을 기다린 모양이었다. 영필이 나타나자마자 담에서 뛰어 내려온 길고양이들은 영필의 발목을 비비며 한참을 갸르릉 골골 냐오, 갸르릉 골골 냐오…… 하다가 몇 번이나 뒤돌아보면서 사라져 갔다. 작별 인사를 하러 왔음이 분명했다.

"이젠 길고양이가 아니지. 엄연히 소속도 있고 딱 맞는 이름도 있고."

옥자가 웃었다. 아까운 생명이 험하게 죽지 않아서 기분이 좋은 건 자신도 마찬가지였다.

"옥이 성. 내 솔직히 얼마나 불안했게? 은기 보낸다고 마음먹자마자 그것들이 사라진 게, 무슨 불길한 징조인가 싶어서."

"그러셨어?"

"어. 나 이제 발 뻗고 잘 수 있겠어."

"전에 우리 견호중 소설가께서 그러대?"

"또 서방 자랑 하시려고?"

"그랬으면 좋겠는데, 그건 아니고."

영필이 눈을 흘겼다.

"암튼 견호중 가라사대, 이야기를 지을 때 복선이라는 걸 만드는데……."

"복선은 나도 알아."

"우리 정윤이는 그걸 떡밥이라고 하더라고. 애들은 그렇게 말한다면서. 그거 풀어 주는 걸 떡밥회수라고 한다나?"

"아이고, 말도 잘 지어내지. 헌데?"

"그거 만들 때 신경 쓸 일이 한두 가지가 아니라 그러더라고. 끝에 가서 일일이 아귀 다 맞추려면."

"그렇겠지."

그러면서 영필은 바느질을 떠올렸다. 두 겹 이상의 옷감을 이을 때, 미리 실을 통과해 붙여 두어야 천이 밀리지 않았다. 그게 시침질이었다. 솜씨만 믿고 그냥 했다가 아귀가 안 맞았던 경험이 영필에게도 있었던 것이다.

"헌데 자기는 생각도 안 한 게 복선이 될 때가 있대."

"뭔 소리래? 다 계산하는 거 아닌가?"

"그게 기본인데, 쓰다 보면 지들이 알아서 매듭이 지어질 때가 있더래."

"용하네."

"용치. 괜히 대가 소리 들었겠어?"

영필이 다시 눈을 흘겼다. 암튼 남편 이야기라면 그냥.

"벗님한테 길고양이들이 그런 거 같아서."

"어어?"

"때가 딱 맞잖아. 은기도 이제 새 소속이 생길 거니까."

"듣고 보니 그러네."

하지만 그 새 소속이라는 게 쉬이 될까, 거기에 생각이 이르자 영필은 염려가 되었다. 옥자가 그런 영필의 손을 잡고 도닥였다.

"벗님 지금 무슨 생각 하시는지 다 아는데, 속 끓이지 마셔."

"아무튼 남의 속 읽는 데는 타고나셨어."

"그거는 그거고. 정완이가 그러는데, 모델 선생한테 쌍둥이 여동생이 있다네?"

"어어? 금시초문인데?"

"은기가 그런 얘기까지 미주알고주알 하겠어? 나도 들은 지 얼마 안 되고."

영필은 납득했다. 동시에 조금 서글펐다. 영필이 은기를 아무리 진심으로 품는다 해도 은기 입장에서 '이영필'이라는 존재는 '노한이의 어머니'일 수밖에 없었다. 재필과 관련된 이야기까지 시시콜콜 털어놓을 수 있는 존재는 아니라는 뜻이었다. 그것이 서글펐다. 허나 어쩌랴. 그것이 영필과 은기의 한계인 것을.

"우리 은기한테 득 될 사람인가?"

"정완이 말이, 그 여동생이 사람 여럿 살릴 기운을 타고났대."

"어어? 사람을 살린다고? 어떻게?"

"그게 직접적으로 목숨 구해 주거나 뭐 그런 것도 있지만, 꼭 그것만 뜻하는 건 아니고. 그 뭐랄까. 판을 만들어 준달까? 살 수 있는 판? 하여간 남다른 사람이라 하더라고. 그렇다고 정완이마냥 그거 다 티 내고 사는 건 아니지마는."

영필은 놀랐다. 직접적이든 간접적이든, 사람 여럿 살릴 기운이라는 게 무언지에 대한 순수한 경탄이었다.

"그럼 우리 모델 선생은? 쌍둥이면 똑같지 않나?"

"아쉽게도 그건 아니야."

"아니 왜?"

"단 몇 초만으로도 달라지는 게 사람 인생이니까. 정완이 말이, 지구가 한 시간에 1,600킬로미터를 움직인다더라고. 그렇게 따지니까 1초에 거의 450미터를 가더란 거지. 그러니 몇 초 차이 쌍둥이래도 다를 수밖에. 몇 분은 더하고. 그거 말고도 염두에 둘 게 한두 가지가 아니긴 하지만."

"신기허네. 헌데 쌍둥이 있는 걸 어떻게 알아? 이젠 정완이 눈에 그런 것도 보인대?"

"무슨. 귀신도 아니고. 정완이가 전에 실물을 본 적이 있다더라고."

"어어?"

영필은 또 놀랐다. 촘촘하게 얽히고설킨 그들의 관계가 놀라워서 놀라지 않을 수 없었다. 그러려고 자신이 〈효당마을〉로 왔나 보다는 생각이 다시금 들었다.

"그런 딸 낳았으니 그 부모라고 어련하겠는가, 이 말이지 내 말은."

"그렇기만 하다면야."

"물론 똑같은 핏줄이면서도 말도 안 되는 개차반이 섞여 들기도 하긴 하지만……."

영필이 말을 잘랐다.

"부정 타. 그런 말 마셔."

"기껏 맘 놓으라고 떠들어 놨더니, 이 할망구가."

“그러니 끝까지 좋은 말만 해야지. 거기서 재수 없게 개차반 얘기를 왜 꺼내, 이 할망구야.”

“이 배은망덕한 할망구 좀 보게.”

옥자가 눈을 흘기는데도 영필은 기분이 좋아졌다.

‘내 지금까지 안 죽고 살기를 잘했지. 정말 잘했지.’

은기의 두 손을 꼭 잡은 채로 재필이 주저앉았다.

“서 선생님.”

“잠깐만요. 잠깐만…….”

다리가 후들거렸다. 일어서려면 시간이 조금 걸릴 것 같았다.

“제 말이 이상했어요?”

재필이 고개를 저었다.

“그럼 그 표현이 그렇게나 감동적이었어요?”

재필이 고개를 끄덕였다.

“서 선생님, 약점 잡히셨네요.”

픽, 하고 재필이 웃었다. 이제야 마음에 여유가 들기 시작했다.

‘쏟아져 들어오고 있어요.’

‘응?’

‘서재필이 고은기 안으로 쏟아져 들어오고 있다고요.’

정말이었다. 문을 닫고 있을 땐 그 정도인 줄 몰랐는데, 문이 열리니 이건 의지로 감당할 수준이 아니었다. ‘서재필’이라는 남자가 물밀듯이 쏟아져 들어와서 은기는 터지기 직전이었다. 그래서 그 상태를 짐짓 담담하게 흘렸는데, 재필의 반응이 예상했던 것보다 뜨거웠다. 눈을 동그랗게 뜨고 잠시 어버어버…… 하더니 그대로 주저앉아 버린 것이다.

“그렇게 약점 다 드러내 버리면 저한테 잡아먹혀요.”

그 말에 재필이 은기를 잡아당겼다. 은기가 재필 앞에 마주 쪼그려 앉았다.

“어떻게 잡아먹을 건데요?”

“방법이야 많죠.”

“하나만 얘기해 봐요.”

“음…….”

은기가 잠시 궁리하더니 다른 이야기를 시작했다.

“옛날에요.”

“응, 옛날에요.”

“현기 오빠하고 딱 한 번 싸운 적이 있어요. 초등학교 들어가서였나, 들어가기 전이었나. 아무튼 유일무이한 싸움이어서 기억해요. 나름 충격이었거든요.”

재필이 이마를 찌푸렸다.

‘은기 씨 괴롭힌 거면 송현기, 너 죽었어.’

“근데요, 나 다리 저리…….”

‘저리’까지밖에 안 했는데 재필이 아예 바닥에 엉덩이를 내리더니 은기를 끌어다 자신의 허벅지 위에 앉히곤 은기의 다리를 쭈욱 펴게 해 주었다. 그러곤 한 팔을 은기의 허리에 두르고 다른 쪽 손으로는 은기의 종아리를 주무르기 시작했다.

“바닥 찰 텐데. 소파에…….”

작업실 바닥은 일반 시멘트가 아닌 마루로 되어 있어서 냉골일 정도는 아니었지만, 그래도 은기는 재필이 걱정됐다. 하지만 재필은 “안 차요.” 하면서 은기를 잡아당겨선 더 밀착시켰다.

“그래서요?”

은기는 조금 쑥스러웠다. 안 그래도 재필의 스킨십은 농도가 퍽 짙은 편이어서 적응하는 데 애를 먹고 있었다. 예고 없이 훅 들어오고, 쑥 들어오는 게 기절초풍할 때가 한두 번이 아니었던 것이다.

예를 들자면, 점잖게 길 가다 말고 난데없이 은기를 번쩍 들어선 한두 바퀴 돌리고 내려놓는다든가, 카페 의자에 앉아 있으면 갑자기 뒤에서 어깨를 잡고 목덜미에 키스를 한다든가, 자리 없는 전철 안에선 은기를 제일 구석에 세워 두고 체온이 살갗을 뚫고 들어올 만큼 몸을 붙인 후 귀에 대고 나지막이 이야기를 한다든가, 초콜릿을 우물거리고 있으면 돌연 키스하듯 입술을 대고 혀로 빼 가 맛나게 먹곤 한다든가, 나란히 걸어갈 때 은기의 엉덩이를 거의 움켜쥐듯 토닥토닥 한다든가, 아무튼 남들 시선 따위는 가볍게 무시하는 것이 대담하기가 이루 말할 수 없었다.

그야말로 언제 무슨 행동을 해 올지 몰라서 은기는 재필이 손을 조금만 크게 움직여도 움찔, 하는 형편이었다. 특히 재필은 뒤에서 안는 걸 대단히 좋아했는데, 키 차이 때문에 저절로 그렇게 되는 건지, 아니면 작정하고 그러는 건지 몰라도 꼭 자신의 팔이 은기의 가슴 정중앙, 그러니까 유두를 가로지르게끔 자세를 잡고는 했다. 브래지어가 있으니 적나라하지는 않겠지만, 은기로서는 퍽 두근거리는 일이 아닐 수 없었다. 지금도 그랬다. 허리를 두른 손이 셔츠 아래 은기의 배꼽에 정확히 닿아 있어서 은기는 배에 바짝 힘을 주고 말았다.

"서 선생님."

"응?"

"저기……."

잠시 우물쭈물하던 은기는 그냥 포기해 버렸다. 재필은 아무 생각 없는데 괜히 혼자서만 예민하게 구는 걸까 봐, 그건 정말이지 민망한 일이어서 '에이, 나도 모르겠다. 선배가 설마.' 해 버린 것이다. 아, 설마. 아빠 춘호가 그렇게 타지 말라고 신신당부했거늘 '설마'를 또 타 버리다니.

그러니까 은기에게 재필은 여전히 '이상향', 다시 말해서 거룩한 존재였던 것이다. 하지만 은기의 눈에나 그렇지, 실재하는 재필은 처음부터 속세의 사람이었다는 게 본질을 이루는 핵심이었다. 아무 생각이 없기는. 하나하나 다 계산해서 움직이는 건데. 자신이 어떤 식으로 다가가도 은기가 자연스럽게 받아들일 수 있도록 철저하게 길들이고 있는 건데.

손바닥에 선연하게 느껴지는 은기의 배꼽을 말할 수 없이 즐거워하며 재필이 다시 물었다.

"현기랑 싸웠는데, 그래서요?"

"아."

은기가 이야기로 돌아갔다.

"좀 긴데……."

"길수록 좋아요."

그래야 당신을 더 오래 만지지, 그 말은 생략이었다.

"어려서 집에 옷감이 굉장히 많았어요. 실도 많았고. 엄마가 퀼트 했대요. 근데 그 많은 것들을 다 두고 간 거예요. 아빠 말에 의하면 딱 몸만 나갔대요. 그래서 아빠가 그거 다 모아서 버리려고 했는데, 내가 워낙 좋아하니까 차마 버리지를 못하겠더래요. 어린 게 무슨 죈가 싶어서."

재필의 속이 아렸다. 그런 이야기를 아무렇지 않게 이야기할 수 있을 만큼 굳은살이 박이기까지 얼마나 여러 번 딱지가 생기고 떨어져 나가고를 반복했을 것인가.

"그리고 병원에서도 내버려 두라고 했대요."

"병원요?"

"스트레스로 여기저기 탈 나서 한동안 다녔다네요."

속이 더 아려 와서 은기의 배를 덮은 손바닥에 힘이 들어갔다.

"옷감 붙들고 하도 조몰락거리니까 아빠가 가위로 적당하게 잘라선 펀치로 작게 구멍을 내 줬어요. 스프링노트처럼. 그럼 거기에 실을 꿰면서 노는 거예요."

"그 나이에 바늘을 만졌다는 얘기예요?"

"아니요. 일반 바늘 말고 고무줄 끼우는 바늘이 있어요. 일반 바늘하고 똑같이 생겼는데 굵고 뭉툭하고 그래요."

"아. 본 거 같아요."

"대부분은 꿰었다 풀었다 했지만 신줏단지처럼 모셔 뒀던 게 한 개 있었어요. 옷감 두 장을 겹쳐서 꿰맨 거였는데, 천이 쭈글쭈글 울 정도로 어찌나 꽁꽁 홀쳐매 놓았던지, 지금 되짚어 보면 무슨 마음에서 그랬는지는 몰라도 풀 생각이 전혀 없었던 거죠. 근데 그걸 현기 오빠가 본 거예요. 한창 개구쟁이였을 때니까 괜히 막 놀리고 그랬는데, 특히 거기 그려진 그림을 계속 물고 늘어졌어요."

"그림요?"

"한쪽에 사람 하나를 그려 놓고 머리 위에 삐뚤빼뚤 '오빠'라고 써 놨었거든요. 쌍비읍의 위가 다 막혀 있긴 했지만."

"오빠요? 현기 그린 거예요?"

"몰라요, 누구 그린 건지. 그것까진 기억에 없어요. 가족 그릴 때 고모하고 오빠도 그린 적이 있긴 한데 너무 어렸을 적 일이니까."

"안 돼요. 현기를 그렸을 리 없어요. 혹시 유치원에 누구 있었던 거 아니에요? 아, 그것도 기분 좋은 건 아니다."

"아이고……."

재필이 큭큭…… 하고는 "그래서 어떻게 됐는데요?"

"오빠가 자기 하나도 안 닮았다고 들고 난리 치고. 아니, 어린아이가 그려 봐야 다 거기서 거기지. 닮고 안 닮고가 어디 있다고. 암튼 그 와중에 찢어져 버린 거죠. 근데 지금도 생생한 게, 눈이 돌아간다고 해야 하나? 한 번도 그런 식으로 떼쓰거나 화낸 적 없었는데, 오빠한테 달려들어선 손가락을 깨물어 버린 거예요."

"오. 잘했어요. 아주 그냥 얼굴도 할퀴어 주지."

"서 선생님."

"미안, 미안. 계속해요."

"오빠도 난리가 났죠. 엉엉 울면서 고모한테 가서는 은기가 자기 잡아먹으려고 했다고 일렀는데. 푸흐흐…… 고모한테 엉덩이 흠씬 두들겨 맞았어요. 동생 보살펴 주지는 못할망정 괴롭혔다고."

재필이 웃기 시작했다. 결론적으로는 현기가 은기에게 손가락을 깨물린 다음 어머니한테 맞았다는 스토리여서 기분이 몹시 좋아진 것이다. 그때였다. 은기가 갑자기 자신의 종아리에 가 있던 재필의 손을 잡아 들더니 검지만 세워선 입에 쏘옥 집어넣었다. 재필이 얼어붙었다.

"은……."

빠른 속도로 열이 차오르는 재필의 시선을 있는 그대로 받아 내며 은기가 입 속에 들어 있는 재필의 손가락을 조심스럽게 세 번 빨고는 스르르 뱉어 냈다.

"이런 식으로 잡아먹는다고 말하려다 보니 얘기가 길어졌어요. 그때 오빠가 했던 말이 떠올라서요."

은기의 침으로 살짝 젖은 손가락을 들여다보던 재필이 은기의 얼굴을 와락 감싸고는 입술로 돌진했다.

'지금 당신이 한 거 얼마나 야한 표현인지 다 알고 이러는 거지. 설마 모르고도 그런 행동이 나온 거면 당신은 그냥 처음부터 내 머리 꼭대기에 있었던 거고. 뭐, 상관없어. 난 둘 다 좋으니까.'

움…… 흐움…… 은기의 입 안을 정열적으로 종횡무진 휘저으며 재필은 뭉근한 마취 상태로 접어들었다. 자신이 지금껏 해 온 백 번의 스킨십이 은기가 방금 한 단 한 번의 스킨십에 초토화되었음이 황홀했다. 동시에 기대감으로 가슴이 부풀었다. 자신이 은기에게 온전히 잡아먹히는 날, 자신을 집어삼킬 완벽한 쾌락에 대한 기대감 말이다.

재형이 낮잠 자는 동안은 무조건 조용히 해야 한다는 게 불문율이었다. 덕분에 소리가 사라져 버린 집 안에서 덩달아 까무룩 졸던 재필이 몸이 아래로 툭 떨어지는 느낌에 소스라치게 놀라 정신을 차렸을 때도 집 안은 여전히 고즈넉한 상태였다. 재필이 목덜미를 어루만지며 일어나 안방 쪽으로 향했다. 반쯤 열린 문 사이로 가계부인지 일기인지, 무언가를 열심히 적고 있는 미인이 보였다. 하지만 어디에도 장군과 해강은 보이지 않았다.

'피난 가셨구나.'

일단은 장군 앞에 꾸준히 얼굴을 비치며 분위기를 살필 계획이었다. 하지만 장군은 가타부타 언급 없이 침묵을 지키고 있었고, 재필은 그 침묵이 주는 긴장감에 신경이 바짝바짝 말라 죽을 것만 같은 심정이었다. 뭐라도 하고 싶었지만, 무얼 시도하기에는 때가 좋지 않았다. 재형의 출산 예정일이 코앞에 다가온 때문이었다. 장군과 미인이 겉으로 드러내지 않아 그렇지, 굉장히 예민해져 있다는 걸 피부로 느낄 수 있었다. 왜 아니 그렇겠는가. 출산이라고 해도 재형으로서는 또 입원인 건데. 모든 걸 떠나서 지금은 재형의 순산이 우선이었다.

'재형이도 여유, 나도 여유. 여유…….'

조심조심, 발소리를 죽여 가며 마당으로 나갔다. 역시나 옥상 쪽에서 두런두런하는 두 사람의 목소리가 들려왔다.

"저거?"

"네. 그리고 그 뒤에 코딱지만 하게 보이는 거 있잖아요. 거기가 B동이에요."

"그러니까 B동에선 여기 단지만 보이는데, 저기 D동에서는 텐트까지 보였다는 소리잖아."

물론 지금 옥상에는 텐트가 없었다. 재형이 〈가향천문관〉의 일을 맡아

가향으로 내려가던 날 장군이 철거한 것이다. 주인 없는 집이나 마찬가지라면서, 사람 없는 집은 금세 낡는다면서.

“다는 아니고 귀퉁이만 조금요.”

“근데 그 귀퉁이라도 조금 보겠다고 D동에 있는 현기네 집에를 갔다는 얘기냐? 중고등학교 내내?”

“고등학교 때는 학교에서 재형이 얼굴 볼 수 있으니까 덜했는데요, 중학교 때는 진짜 자주 들락거렸어요.”

“아이고. 현기가 고생이 많았구나.”

해강이 키득키득 한참을 웃었다. 재필도 웃음이 나왔다. 들은 바가 있었던 것이다.

“재형이가 그렇게 좋디?”

“네. 저한테 재형이는 우주예요.”

“사내자식이 낯간지럽게…….”

말은 그래도 장군의 목소리에는 따뜻한 웃음기가 잔뜩 묻어 있었다.

“남들 보기엔 제가 잘난 사람이었는지 몰라도 전 결핍도 크고 단점도 많고 그래요.”

“결핍은 몰라도 단점은 나도 알겠다. 아무튼 천둥벌거숭이.”

해강이 또 키득키득 웃었다.

“근데 그걸 재형이가 다 해 줘요. 결핍은 메워 주고 단점은 덮어 주고. 그래서 제가 어디 가서 대접받는 거구요. 제가 어떤 사람인지 속속들이 알게 되면, 사람들 등 돌리기 십상이거든요. 그러니까 제가 재형이 덕을 아주 제대로 누리고 있는 셈이에요. 재형이가 시키는 대로만 하면 다 잘 굴러가니까요.”

“내 새끼 칭찬이니 달게 받는다.”

“저도 아버지 새끼잖아요.”

“싫다. 내 마누라가 너를 너무 좋아해. 그래서 새끼 삼기 싫어.”

해강의 웃음소리가 조금 커졌다가 잦아들었다.

"아버지."

재필은 뭉클했다. 해강이 미인더러 '어머니' 하는 건 아무렇지 않은데, 해강이 장군더러 '아버지' 하는 건 어쩐지 들을 적마다 뭉클했다.

"아버지한테는 서재필이 완벽하겠지만요. 아니에요. 나름 문제 많아요. 일단은 천상천하 유아독존이 기본 콘셉트니까요. 지금이야 요령이 먹혀서 크게 안 드러나는 거지, 혼자면 몰라도 다른 사람하고 합 맞춰서 함께 일하고 그런 거, 절대 못 해요. '효당'에도 그래서 갔을걸요? 다 지 맘대로 해도 되니까."

재필은 인정했다. 혼자 하는 건 아무 문제 없었다. 하지만 둘 이상이 되면 적잖이 스트레스를 받았다. 눈에 차지 않았으니까.

"근데 그거요. 나중에 힘들어질 수 있어요. 위로 올라갈수록 진지하게 상대해야 하는 사람 수가 늘어날 테니까요. 아저씨, 현준건 이사장님이요. 그분만 해도 사람 만나는 게 일이거든요. 근데 서재필이 계속 저런 식이면 주변 사람들 못 배겨 내요. 다 떨어져 나갈 거예요. 서재필은 이미 본인이 너무 높아요. 눈높이 맞춰 줄 수 있는 사람 정말 드물어요. 그래서 서재필은 넓은 사람 만나야 해요."

그 또한 재필은 인정했다. 이젠 인정할 수 있었다.

"그러니까 해강이 네 눈엔 그 아이가 넓은 사람이다, 이거냐?"

"솔직히 제가 개인적으로 아는 거야 있을 게 없지요. 근데 현기 집 드나드는 동안 주워들은 것도 그렇고, 특히 현기 외삼촌이 일단 굉장히 넓으신 분인 건 맞거든요. 그러니까 기본적으로 가지고 있는 넓이가 다른 사람보다는 클 거예요. 무엇보다 중요한 건, 서재필이죠. 서재필은 자기가 손해 볼 거 같거나 망할 거 같거나 하는 쪽은 귀신같이 알아보는 재주가 있거든요. 그런데 매달리고 있잖아요. 제 살길이란 걸 본능적으로 안 거죠."

살길. 그런 거였나.

"아버지가 그려 오신 그림, 뭔지 알아요. 전 어려서 워낙 사고를 크게 쳐놔서 포기 받은 부분이 있지만, 서재필은 더할 나위 없이 잘해 왔을 테니까요. 문제는 그 부분으로 인해서 아버지 눈이 가려졌다는 거예요. 눈이 멀어 계시다는 뜻이에요. 그래서 그 그림, 틀릴 가능성이 커요."

이상했다. 그 정도면 엄청난 직설이고 아플 정도의 직구인데도 장군에게서는 부정적인 반응이 전혀 나오지 않고 있었다. 수년간 쌓아 온 해강의 힘일 것이었다. 장군의 생인손 재형, 장군이 목숨처럼 아끼는 재형, 그 재형을 해강이 지금까지 어떻게 대해 왔는지가 극명하게 드러나는 증거였다. 그러니까 해강에 대한 장군의 신뢰는 생각보다 깊었던 것이다. 유치찬란하다고 놀리기만 했는데, 그게 아니었던 것이다.

"아버지도 아시다시피 저 서재필 별로 안 좋아하거든요. 방송국 PD 중에도 서재필 같은 사람이 있는데, 극혐이에요. 지만 옳아서 믿고 맡기는 게 하나도 없어요."

재필도 그랬다. 클리닉에서도 하나하나 다 체크하고 넘어가는 통에 간호사들이 부담스러워하고 있었다.

"그래도 서재필이 안 되기를 바라지는 않아요. 우리 재형이 오빠니까. 아버지랑 어머니 아들이니까. 또 구름이 외삼촌이니까. 전 진심으로 서재필이 잘 살았으면 좋겠어요. 그래야 놀려 먹기도 편하고. 사는 게 지옥인 사람을 놀릴 수는 없는 노릇이니까요. 게다가 요즘 저러는 거, 꽤 마음에 들어요. 사람이라면 좀 허술한 데가 있어야 그 틈에서 정이 자라는 건데, 요즘 그 틈이 보여서 좋아요."

"협박 공갈로 들린다. 어째 내가 재필이 소원 안 들어주면 앞으로도 둘이 맨날 으르렁거릴 거라고 시위하는 거 같은 게."

"들켰네요."

재필은 어린아이 입에서 계산 없이 나오는 말이 순수한 파괴력이 있듯이, 해강도 마찬가지라는 생각이 들었다. 다른 사람은 몰라도 해강보다는 우위라고 여기고 살았는데, 그래서 항상 위에서 아래를 내려다보는 식이었는데, 어쩌면 가장 낮은 자리에 있는 사람은 자신일지도 모른다는 자각이었다.

'그래. 난 잘났지. 못하는 게 없지. 하지만 내 세상은 너무 좁지. 좁은 땅에 계속 쌓기만 하면 언젠가는 무너지겠지. 하지만 은기 씨라면…….'

그때였다. 긴장한 얼굴의 미인이 마당과 통한 유리문을 열고 고개를 내밀었다.

"해강이랑 아버지, 어디 갔어?"

"옥상에요. 왜요?"

"재형이 진통 와."

재필이 옥상을 향해 바로 소리 질렀다.

"우해강. 구름이 나오려나 보다."

다급한 발소리가 아래로 내려오는 동안 재필이 서둘러 안으로 들어가 해강의 SUV 키를 챙겨 나왔다. 단독 단지 공용 주차장에서 차를 빼 놓아야 했다. 얼마 전에 타고 다니던 중고차를 처분하고 새로 장만한 건데, 그 안에 짐 몇 가지를 미리 챙겨 뒀다는 걸 들어 알고 있어서였다. 그나저나 구름이 녀석, 참 대단하기도 하지. 가족들이 죄다 집에 있는 날을 저 세상 나오는 날로 잡다니.

미들로그 3

날씨가 끝내주는 날이었다. 명랑해 보이는 연파랑색 하늘에 짧은 바람이 발랄하게 날아다녔다. 나무들도 푸르디푸르렀다. 묶으면 그냥 '녹색'인데 그 농도가 어찌나 다양한지 그러데이션이 따로 없었다.

'풀 쪼가리들 주제에 제법이네. 미술 하는 사람들은 저런 거도 일일이 다 구별하나?'

왜 있잖은가. 초록, 청록, 연록, 백록, 유록, 황록, 회록, 담록, 기타 등등. 거기에 연두색, 쑥색, 올리브색, 옥색, 수박색, 멜론색, 기타 등등. 이름은 들어 알지만 막상 눈으로 보면 구별하기 쉽지 않은 색깔들.

'그 댕기 만들었던…….'

거기서 재필은 멈췄다. 이름이 떠오르지 않았다. 하다열은 알겠는데, 그 옆에 있던 이름은 생각이 안 났다.

'어쨌거나, 그 후배도 다 알려나?'

그때였다. 요란한 사이렌 소리에 이어 응급실 앞에 구급차가 섰다. 조금 떨어진 자리에 혼자 서 있던 재필을 비롯해 응급실 근처 나무 그늘에서 한숨 돌리던 전공의들의 시선이 일제히 구급차에 집중되었다.

곧이어 문이 열리고 옥색 한복 차림의 은발 노인을 실은 스트레쳐카가 구급대원들에 의해 조심스러우면서도 신속하게 내려졌다. 그리고 살구색 두루마기를 입은 젊은 여인이 그 뒤를 따라 내렸다. 고무신을 신은 젊은 여인이 은발 노인을 향해 하는 말소리가 선명하게 들렸다.

"선생님. 병원 왔어요. 이제 괜찮아요."

누가 봐도 노인에겐 의식이 없었다. 그럼에도 노인이 들을 것이라고 믿어 의심치 않는 듯, 여인의 목소리에는 확신에 차 있었다.

"선생님. 저 있어요. 걱정 마세요."

구급대원과 노인, 여인이 사라지자마자 전공의들의 입에서 탄식이 쏟아져 나왔다.

"아이고……."

"결혼식 같은 데서 쓰러지신 모양이네. 잠깐, 오늘 목요일이잖아."

"결혼식 아니어도 차려입을 일은 많지."

"우리 할머니 생각나요. 별일 아니었음 좋겠어요."

"선생님이라고 부르네? 무슨 사이지?"

그렇게 여러 말이 나오던 가운데 '아이고…….' 했던 그 목소리가 재필을 불렀다.

"서재필. 너 왜 그래? 아는 사람이야?"

재필의 얼굴이 달랐던 것이다. 왜 안 그렇겠는가. 철렁, 했으니 말이다. 익숙지 않은 철렁. 재필이 대답 대신 미간에 주름을 세우자 그 목소리가 다시 말을 이었다.

"할머님? 아니면……."

그때였다. 호출기가 울렸다. 제각각 주머니를 뒤지는데 재필의 호출기였다. 휴식의 끝을 알리는 신호였다. 재필이 황급히 자리를 뜬 걸 시작으로 모여 있던 전공의들도 알아서 뿔뿔이 흩어져 갔다. 각자의 자리로. 각자가 맡은 태산 같은 일 더미를 향해.

하지만 재필은 과장에게 불려 가서도 내내 신경을 놓지 못했다.

'하아, 거참. 신경 쓰이네.'

결국 재필은 한 시간 반쯤 지난 뒤 부러 시간을 내 응급실에 들렀다. 그리고 자리에서 막 일어서는 간호사를 붙들고 물었다.

"아까 한복 입은 할머님, 어떻게 되셨어요?"

"지금 검사 중이세요. 뇌졸중인데 다행히 바로 오신 거라……."

거기까지만 말하고 간호사는 쏜살같이 사라졌다.

'뇌졸중.'

안타까웠다. 선연한 은발이었다. 70에서 80 사이쯤 될까. 나이가 그 정도면 완전 회복은 어려울 거라는 생각에 마음이 가라앉았다.

'근데 그 살구색 한복…… 살구색, 살구색…….'

재필이 안을 기웃거렸다. 하지만 살구색은 눈에 띄지 않았다.

'아까 눈 마주친 거 맞나?'

너무 찰나였다. 그래서 정말 마주친 건지, 그냥 착각인 건지 확신할 수 없었다.

'호출만 아니었으면 따라 들어가 보는 거였는데.'

서운함을 품고 응급실을 빠져나오면서 재필은 배를 문질렀다. 속이 울렁거렸다. 물리적인 울렁거림이 아니었다. 뭐랄까, 정신적으로 복잡다단하달까, 심리적으로 의미심장하달까, 그런 울렁거림이었다. 재형의 말마따나 '이과도 아니고 문과도 아닌 어정쩡한 비유' 였지만, 이과답거나 문과다운 적절한 비유가 찾아지지 않으니 어쩔 수 없었다.

그런데 도대체 왜? 도대체 무엇이 자신을 이것도 저것도 아닌 상태로 밀어 넣는 것일까. 그래서 재필은 자신도 모르게 자꾸만 문질렀다. 그러면 가라앉을 거라고 믿기라도 하듯이.

'뭐라도 마시면 좀 가라앉으려나?'

몸을 돌려 자판기로 향하던 재필이 우뚝, 멈추어 섰다. 문득 떠오른 생각

하나 때문이었다.

'근데 내가 언제부터 살구색이라는 표현을 썼지?'

일주일 일정의 전시회 중 여섯째 날이었다. 서울의 한 문화 재단에서 주관한 〈이영필 침선장 복식 전시회〉였는데, 무미건조하게 들리는 전시회 이름과는 다르게 전시된 작품들은 지극히 감성적으로 아름다웠다. 영필이 생애 마지막이라고 여기고 준비한 전시회였다. 어머니가 침선장인 걸 자랑스러워했던 아들 한이에게 주는 선물이기도 했다.

수많은 사람들이 들고 나는 가운데 은기가 가장 바빴다. 명실상부 이영필 침선장의 유일한 제자였으니까 말이다. 물론 아는 사람들은 다 알고 있듯이 영필에게는 하나 남은 가족, 며느리이기도 했다. 법적으로는 아무 상관 없는 남이기는 했지만 말이다.

은기는 조금 상기된 터였다. 전시회를 마치면 영필이 은기를 전수조교로 등록해 주는 일에 본격적으로 나설 계획인 때문이었다.

하지만 인생은 뜻대로 흘러가 주지 않았다. 구장면복(冕服) 앞에서 인터뷰를 하던 영필이 쓰러져 버린 것이다. '구장면복'이라 함은 임금이 의례 때 입던, 검은 바탕에 아홉 가지 수를 놓은 옷을 일렀다. 구장면복의 짙은 검은색과 영필이 입은 한복의 옥색이 조화롭게 어울릴 것 같아 은기가 선택한 자리였다. 사진 촬영도 동시에 진행되고 있었으니까 말이다.

쓰러진 영필을 실은 구급차는 근처의 겨레대학병원 응급실로 달렸다. 차 안에서 은기는 영필의 손을 붙잡고 내내 "선생님, 괜찮아요."를 반복했다. 누가 알랴. 남 보기엔 의식이 없어도 다 듣고 있을지. 간혹 깨어난 사람들이 증언하는 바가 아니던가. 다 듣고 있었노라고. 하지만 영필이 아무것도 듣지 못하는 상태라는 걸 알고 있었대도 은기는 그 말을 멈추지 못했을 것이었다. '선생님, 괜찮아요.'는 곧 '고은기, 괜찮아.'이기도 한 때문이었다.

구급차가 서고 스트레쳐카가 내려졌다. 은기도 따라 내렸다. 행여 고무신이 벗겨질까 봐, 그러다 뒤쳐질까 봐 발에 힘을 주었다. 구급대원에게 방해가 되지 않는 위치 쪽으로 빠르게 움직여 가던 은기의 눈에 기다란 인영이 화살처럼 날아와 맺혔다. 하지만 은기는 지나쳤다. 맺혔다는 것도, 지나쳤다는 것도 의식하지 못했을 정도로 찰나였다. 은기는 여전히 같은 말만 계속할 뿐이었다.

"선생님. 저 있어요. 걱정 마세요."

간호사가 달려옴과 동시에 영필이 침대에 눕혀졌다. 잠시 후 응급실 담당의가 다가와 영필을 살피며 물었다.

"어떻게 된 건가요?"

"전시회장에서 갑자기 쓰러지셨어요. 얼마 전부터 무리하시긴 했어요. 전시회 준비하신다고. 고단하셨을 거예요."

"평소에 뭐 앓고 계신 게 있으신가요?"

"혈압이 높으신 것 말고는 대체로 괜찮으셨어요."

"환자분하고는 어떻게 되시죠?"

"제자, 아니 며느리예요."

의료진이 영필을 둘러싸면서 은기는 뒤로 물러섰다. 그런 은기를 간호사가 불러 이것저것을 알려 주었다. 은기는 먼저 접수창구로 가서 받은 종이에 영필과 자신에 대해 꼼꼼하게 적었다. 그리고 돌아서다가 우뚝, 멈추어 섰다. 자신이 무얼 마주쳤는지, 무얼 지나쳤는지 순식간에 자각해 버린 때문이었다.

'박사…… 재필 선배…….'

은기가 고개를 돌려 응급실 주변을 두리번거렸다. 하지만 재필은 보이지 않았다. 은기가 처한 급박한 상황과는 전혀 어울리지 않는 하늘과 나무만 있을 뿐이었다. 깨끗하고 조용하며 푸르른. 그랬다. 둘 다 깨끗하고 조용했으며, 엄연히 다른 색임에도 불구하고 '푸르다' 였다.

'이러고 있을 때가 아니지.'

은기가 돌아섰다. 그리고 빠르게 걸었다. 아직은 헤어질 준비가 되지 않은 은발의 노인, 영필을 향해.

4.1

천국, 그러니까 〈시침 감침〉 작업실 안쪽에 마련된 작은 소파에 기대앉아서 재필은 은기가 자신 곁에 다가올 순간을 얌전히 기다렸다. 그 순간이 재필을 살게 하고 있다고까지 할 정도로 재필은 문 닫은 〈시침 감침〉 안에서 나누는 은기와의 시간이 소중했다. 기다리는 동안 들을 수밖에 없는 일상의 소리들마저 평범하게 느껴지지 않았다.

은기가 걸어 다니는 소리는 연잎에 빗방울 떨어지는 소리 같았고, 은기가 천을 펄럭이는 소리는 아기 새의 서툰 날갯짓 소리 같았고, 은기가 볼펜으로 종이에 무언가를 적는 소리는 언덕을 흘러내리는 가는 모래알 소리 같았다.

'내가 이런 생각을 할 줄이야.'

그랬다. 서재필이 머리를 써서 그런 생각을 할 줄이야. 아니었다. 그건 머리에서 나오는 생각이 아니었다. 가슴이 만들어 준 생각이었다.

'하루하루가 다 다른 세상이야.'

스르르…… 눈이 감겼다. 감수성이라고는 돋보기에 현미경을 동원해도 찾아지지 않던 자신의 변화가 그저 놀라울 뿐이었다.

'술렁여서 미칠 거 같아.'

한참을 그러고 있자니 은기의 기척이 들렸다. 눈을 뜨지 않은 채로 재필이 손을 내밀었다. 은기가 마주 잡으며 바로 앞에 앉는 게 느껴졌다. 재필이 눈을 떴다.

"옆에 앉지……."

"아직 쑥스러워요."

"내 생각엔 마주 보는 게 더 쑥스러울 거 같은데."

사르르 웃음 짓는 은기의 손을 재필이 더 세게 쥐었다. 다시 사르르…….

"구름이 황달은 괜찮아요?"

"응. 이젠 말짱해요."

"다행이네요. 그 작은 몸에 아플 데가 어디 있다고."

"그러게요."

재필이 은기의 손을 가슴에 품었다.

"구름이 보면서 생각한 게 있어요."

"뭐를 생각했을까요?"

"내가 곧 구름이다."

"네?"

재필이 웃었다. 너무 직설적이었나?

"내가 은기 씨 만날 즈음에 구름이가 생겼거든요."

"그런가요?"

정확했다. 재필이 〈효당마을〉에 출근해 은기를 만난 시점과 해강의 드라마 종영에 이은 재형의 임신 시점은 거의 맞물려 있었다.

"근데 구름이가 세상에 나왔어요. 그 녀석의 세상이 달라진 것처럼 나도 세상이 달라진 거예요."

은기의 표정이 부드러워서 재필은 마음 놓고 말하는 중이었다. 그랬다.

구름이가 재형의 배 속에 생기고 몸을 갖춰 밖으로 나오기까지 약 280여 일 동안의 과정이, 꼭 자신의 일처럼 느껴졌다. 가슴에 은기를 품으면서 또 다른 세상을 알게 되었으니 말이다.

"좋겠네요."

은기가 웃었다. 재필이 말하는 것들을 다 알아들을 수 있어서 웃었다. 수학 공식이나 과학 용어가 아닌 것이 얼마나 다행인지.

"볼래요?"

재필이 은기의 손을 놓고 핸드폰을 열더니 눈만 간신히 뜬 갓난아기의 모습을 보여 주었다.

"깜짝 놀랐어요, 까매서. 구름이 증조할머님 얼마나 웃겼는지 알아요? 간호사가 구름이 데리고 나와 보여 주자마자 대뜸, 시커멓고 못생긴 게 우리 자손 맞네, 그러시더라구요. 그 집안 남자들 대대로 그랬다고. 나중에 저승 가면 까만 씨 퍼뜨린 원흉 찾아내서 다리몽둥이를 분질러 버릴 거라고. 아들 낳아 놓고 맘고생 한 거 생각하면 사지를 묶어 놓고 간지럼 태워도 성에 안 찬다고. 하하. 구름이 할아버님 어려서 혼혈로 오해받았던 이야기를 얼마나 실감 나게 푸시던지, 다들 넘어갔어요."

은기가 재필의 옆얼굴을 물끄러미 바라보았다.

'선배는 분명히 좋은 아빠가 될 것 같아요. 내가 정말…… 그 복을 누려도 될까요?'

"그래도 그 할아버지보다는 우해강이 덜 까맣고, 우해강보다는 구름이가 덜 까만 거 보면, 언젠가는 희멀건 애도 나올 거라고 하시는 바람에 또 다들 왁자하게 웃고. 희한한 건요. 까만 데다 사내 아기고 해서 뭐가 예쁠까 했거든요? 근데 아니더라구요. 보면 볼수록 몸이 녹아요. 아, 내가 너무 구름이 얘기만 했어요?"

"듣기 좋아요. 재미있어요. 더 하세요."

진심이었다. 재필의 입에서 나오는 가족 이야기가 따뜻해서, 그 따뜻함이 가슴께를 데워 주어서 더 듣고 싶었다. 재필이 엄지손가락으로 액정을 쓸었다. 그러곤 핸드폰을 끄고 내려놓았다.

“근데요. 구름이 안됐어요.”

“네? 왜요?”

“고생문이 활짝 열렸거든요. 조금만 더 커 봐요. 우해강 그거, 재형이 사이에 두고 구름이랑 싸울 게 분명하거든요. 우리 조카님. 젖이나 맘 편히 드실 수 있으려나 모르겠어요.”

재필이 그 말을 하면서 다시 은기의 손을 잡아 감쌌다.

“우해강이요. 재형이 진통하는 동안 눈물에 콧물에 침에, 난리도 아니었어요. 간호사가 그러는데 아기 나올 때 산모 붙들고 그렇게 우는 아빠 처음 봤대요. 그만하면 순산이었다는데도 눈꼴시어서 못 보겠더라구요. 은기 씨. 나요, 난 나중에 더 눈꼴시게 굴 작정이에요.”

“네?”

“내가 훨씬 더 요란하게 울어서 은기 씨 유명 인사 만들어 줄게요.”

픕, 은기가 웃음을 터뜨렸다.

“결론이 이상해요.”

재필이 은기의 손등에 입을 맞추었다. 아주 살며시 쪽, 하고.

“우리, 잘될 거예요. 은기 씨. 다 잘될 거예요.”

“그런데요.”

“응? 왜요?”

“나한테 말 안 놔요? 놓을 때 안 됐어요?”

“안 놓을래요.”

“왜요?”

“서재형, 우해강은 서로 너니 내니 하거든요. 본데없이. 그러니까 우린 존대해요. 품위 있게.”

“네에?”

"그것들이랑 똑같이 할 수는 없어요."

이번엔 '푭'이 아니었다. '푸하하하'였다. 한 손으로 입을 막고 눈물까지 글썽이며 웃고 있는 은기를 재필이 가만히 잡아당겨 안았다.

'웃게 해 줄게. 더 크게, 더 자주 웃게 해 줄게.'

자신의 품에 안겨서도 좀처럼 웃음을 멈추지 못하는 은기의 등을 어루만지면서 재필은 스스로를 다잡았다.

'당신 울리지 않고 할 수 있어.'

아버지 장군으로부터 호출이 있었다. 하던 얘기 마저 하자는 내용이었다. 그러니까 은기 얘기. 재형이 퇴원하던 날, 몇 마디가 오고 갔었다. 은기가 어떻게 살아왔는지에 대해 장군이 질문하면 재필이 간략하게 대답을 하는 식이었다. 재필은 그 어떤 군더더기도 붙이지 않고 있는 그대로의 사실만을 전달했는데, 장군이 원하는 것이 그것이라는 걸 잘 알고 있어서였다.

'우리 아버지, 이해해 주실 거야.'

장군은 재필과 재형이 한 줄로 요약해 온 사실이나 감정 하나를 두고도 수많은 배경과 속내를 미루어 찾아내던 사람이었다. 재형의 조언도 그 점을 상기시킨 거였다.

'설득한답시고 이 말 저 말 늘어놓지 마. 그런 거 전혀 도움 안 돼. 그냥 정확한 사실, 네 진심, 그것만 얘기해. 그거 너 잘하잖아.'

돌이켜 보니 정말이었다. 성인이 되면서 잊고 있었는데, 어린 시절에 겪은 장군과 미인은 재필이 그렇게만 해도 충분히 이해해 주곤 했었다. 이번에도 다르지 않을 것이었다. 장군은 분명, 재필이 전한 단순한 사실들을 통해 은기가 어떤 사람인지 충분히 알아내고도 남을 것이었다.

'우리 아버지, 결국엔 당신 사랑해 주실 거야.'

아픈 딸의 손을 붙들고 가감 없이 울던 아버지였다. 삼 형제 중의 둘째로 고시 공부 중이던 형을 위해 흔쾌히 의대 대신 약대에 진학했다던 아버지였다. 아내를 위해 새벽같이 일어나 세탁기를 돌리고 식사 후마다 설거지를 도맡는 걸 지극히 당연하게 여기는 아버지였다.

그 모든 일에 꿍꿍이가 없는 아버지였다. 가족이 앓을 적마다 '통증을 10으로 나눈다 치면 어느 정도쯤이야?' 하고 물으면서도, 사람 사이에서는 그 어떤 계산도 하지 않는 아버지였다. 그런 아버지가 은기를 싫어할 리 없었다.

아버지 장군의 '한번 보자.' 한마디가 재필을 날뛰게 했다. 반승낙이나 마찬가지라는 걸 알아서였다. 장군의 결정적인 심경 변화가 어디에서 비롯되었는지는 몰라도 희소식 중 희소식이어서 재필은 날뛸 수밖에 없었다. 물론 정말로 날뛰었다는 건 아니었다. 하지만 재필은 누가 봐도 움찔움찔 움찔거렸고, 부들부들 부들거리는 상태였다.

재필도 자신의 격렬한 반응에 당황했을 정도였다. 하지만 몸이 말을 듣지 않았다. 겪어 보지 않으면 모른다는 말이 만고의 진리인 셈이었다. 해강이 재형을 따라 가향에 내려가겠다고 짐을 싸 들고 나타났을 때, 재형이 끝내 저를 두고 갈까 봐 두려워 벌벌 떨던 모습을 보고 속으로 무척이나 한심해했었다. 그런데 자신은 무어가 다른가 말이다. 해강이 드라마에서 '서필재' 라는 찌질이 캐릭터를 상대로 했던 대사가 떠올랐다.

[여보세요, 장담하지 말지니. 너님께선 더할 수 있어요.]

밥 먹다 몇 번이나 사레가 걸려 캐객캑캑…… 하는 재필을 한심한 듯 쳐다보던 장군이 안방으로 들어갔다. 재필이 해강을 쳐다볼 때 했던 것과 똑같은 눈빛이었지만, 자신의 눈빛을 본 적 없는 재필로서는 알 수 없는 부분이었다.

캐객캑캑…… 캐액캑캑…….

해강이 본격적으로 이기죽거리기 시작했다.

"기도로 들어간 밥풀도 나중에 똥으로 나와?"

벌게진 얼굴의 재필이 획, 하고 고개를 돌려선 해강을 노려보았다. 반응을 할 것이냐, 말 것이냐.

"식도로 들어간 것만 똥으로 나오는 거 아닌가?"

"식탁에서 할 소리냐?"

"뭐 어때? 난 구름이 똥 기저귀 보고도 밥 잘만 넘어가는데?"

재형이 피식, 하는 것과 동시에 재필이 끄응, 했다. 재필이 입을 앙다물었다. 가만있는 게 신상에 이로웠다. 이제 집은 적진이나 마찬가지였다. 식구들 모두가 해강과 똘똘 뭉쳐 있는데 괜히 나섰다가는 '국물도 없는' 수순을 넘어 '뼈도 못 추리는' 수가 있었다. '재형이만 내 편 되면 니 같은 거 하나도 안 무서워.' 라면서 게거품을 물더니, 정말이었다. 해강은 재필을 깔아뭉개는 데 거침이 없었다.

그때였다.

"서재필."

깨끗하게 비운 미역국 대접을 내려놓으며 재형이 재필을 불렀다. 재필이 쳐다보자 재형이 눈을 똑바로 맞춰 오며 한 자 한 자 또렷하게 말했다.

"너, 앞으론 우리 구름이 아빠 건들지 마라."

"뭐?"

"시누 시집살이로 네 허니 달링 눈물바람 시킬 생각 아니면 알아서 기라고."

재필의 눈이 휘둥그레졌다. 이게 무슨 소리란 말인가.

"네가 우리 구름이 아빠한테 어떻게 하느냐에 따라서, 네 허니 달링에 대한 내 태도가 달라진다는 거 명심하라는 소리야."

재필의 턱이 수직 낙하했다. 떨어지고 또 떨어져서 바닥을 칠 정도였다.

'헐!'

그랬다. 그야말로 '헐' 이었다. '헉' 도 아니고 '억' 도 아니고 '헐' 이었다. 게다가 재형 바로 옆에 앉아 보란 듯이 고개를 쳐든 해강이 너무나도 의기양양해 보여서 재필은 약이 바짝 올랐다. 그런데, 그것만으로도 열이 뻗쳐 죽을 지경인데, 거기에 어머니 미인이 보태도 너무 크게 보탰다.

"어머어머, 호호호…… 재밌다, 호호호…… 우리 아들 큰일 났네, 호호호…… 어쩜 좋대, 호호호…… 서열은 니들이 알아서 정해, 호호호…… 난 몰라, 호호호…… 그래도 순위를 예상해 보자면, 호호호…… 우리 아들이 꼴찌, 호호호……."

재필은 진심으로 울컥했다. 여태껏 지고는 살지 못했건만, 이제는 꼼짝없이 지면서 살아야 할 판인 모양이었다. 하지만 어쩌랴. 자신의 자존심보다 은기의 평온이 더 중요한 것을.

'은기 씨. 나 지금 당신 너무 보고 싶어요. 보고 싶어서 미칠 거 같아요.'

급격하게 서러워져 가는 재필의 속일랑 아랑곳없다는 듯, 해강이 구름이 트림시킬 때 하던 것처럼 재형의 등을 살살 문지르며 다정하게 물었다.

"구름이 엄마야. 미역국 더 안 먹어도 되겠어? 몸에 물기라곤 없잖아. 젖으로 다 나가서."

"이따가. 두 시간쯤 후에 먹을래."

"그럴래? 그래, 그래. 아유, 내 마누라 가여워 못 보겠어. 안 아픈 데가 없어서 어떡해. 국이나마 잘 먹어 이만하지. 남들은 붓는다고 난리더구만 우리 구름이 엄마는 어째 더 마른 거 같아."

솔직히 그렇기는 했다. 산후조리 중인 산모라고 하기엔 붓기라곤 전혀 없이 핼쑥해진 재형이 재필의 눈에도 안쓰러워 보였던 것이다. 그래도 그렇지, 뻔히 엄마가 보고 있는 밥상머리에서 반은 끌어안은 자세로 재형의 코에 제 코를 문지르면서 중간중간 입술 쪽, 볼 쪽, 하는 해강이 정말로 마뜩지 않았다.

그런데 더 압권은 두 사람을 지켜보는 미인의 표정이었다. 흐뭇해 마지않는, 흡족해 마지않는 얼굴이었던 것이다. 너희 둘이 그러고 있는 모습을 보며 살 수만 있다면 내 뭐든지 다 해 주마, 그런 얼굴이었던 것이다. 재필은 순간, 속이 마구잡이로 패어 나가는 기분이 들었다. 아니, 갈가리 찢겨 나가는 기분이 들었다.

'나도 있어. 나도 사랑하는 사람 있다고. 나한테도 은기 씨 있다고.'

'나도 있어. 나도 사랑하는 사람 있다고. 나한테도 은기 씨 있다고.'

그게 촉발한 걸까. 확실하게, 이제는 너무도 분명하게 자신을 통제할 괄호이자 자신의 값을 책임질 x로 거듭난 은기를 내려다보며 재필은 계속해서 전율했다. 온몸이 전도체가 되기라도 한 듯, 찌릿찌릿 찌릿찌릿…….

"힘들어요?"

첫 정사라 하기엔 꽤 강력했다. 좀처럼 흥분이 다스려지지 않아서 스스로도 놀랐을 정도였다. 다행인 건 은기도 금세 긴장을 풀었다는 점이었다. 아주 작은 우물인데도 은기의 그곳엔 물이 계속해서 넉넉하게 고여 들었고, 재필은 그 물에서 마음껏 첨벙거렸다.

"아니요."

재필은 자신을 포로라고 일렀다. 함수식보다 그 '포로'라는 말이 더 와 닿았다. 그 말이 의미하는 바가 '서재필은 고은기에게 매인 몸, 이제 꼼짝 못 하리라.'여서 마음이 벅찼다.

재필은 자신이 좀 메마른 편이라고 했다. 그럼 내가 물로 흘러 적셔 줘야지, 무어든 자랄 수 있게. 재필은 또 자신이 퍽 날카로운 편이라고 했다. 그럼 내가 두터운 옷감으로 덧대 줘야지, 아무도 다치지 않게. 재필은 또 자신이 늘 거만한 편이라고 했다. 그럼 내가 낮은 꽃이 돼 줘야지, 아래쪽으로도 시선을 둘 수 있게.

“있잖아요.”

은기가 천천히 손 하나를 뻗어선 재필의 뺨을 어루만졌다.

“기하 다닐 때요.”

“무슨 말을 하려고.”

“서 선생님이…….”

“은기 씨.”

“네?”

“이젠 다르게 불러 줘요. 선생님 소리, 듣기 힘들어요.”

“아.”

은기가 고개를 끄덕였다. 선생님이라니. 자신이 생각해도 멋없기는 했다. 함수식 가지고 뭐라 할 처지가 아니었다.

“그럼 뭐라고 부를까요?”

“결혼 전까지는 재필 씨. 결혼하면 여보.”

대답이 득달같이 나오는 걸 보니 벌써부터 생각해 두었던 모양이었다.

‘이럴 땐 귀여워.’

은기가 나머지 손까지 들어 재필의 양쪽 뺨을 쓰다듬었다.

“알았어요. 재필 씨.”

“아, 좋다. 진짜 좋네요.”

재필이 고개를 움직여 은기의 손바닥에 얼굴을 비볐다. 방금 전까지 자신의 가슴, 등, 팔다리, 엉덩이, 그리고 분신을 지나간 그 손바닥이었다.

“기하 다닐 때요.”

“응. 말해 봐요.”

“난 서 선, 재필 씨 편이었거든요.”

“정말이에요?”

"네. 이상향이랄까."

"이상향?"

'이상형' 이 아니라 '이상향' 이라는 표현이 재필에게 아프게 다가왔다. '이상형' 에는 적어도 '싶다' 가 포함되어 있었다. 그런 사람이 있다면 만나고 싶다거나 닮고 싶다거나 같은. 하지만 '이상향' 에는 '싶다' 가 들어 있지 않았다. 그건 그야말로 온전히 상상 속에만 존재하는, 죽어서나 갈 수 있을 것 같은, 그런 세계니까 말이다. 자신이 은기에게 그런 세계 사람이라는 게 속상했다.

"현실감이 너무 없었으니까요."

그러니 말이다. 현실감이 없다니, 이 얼마나 불안한 표현인가 말이다. 재필이 은기의 두 손을 잡아 쥐었다.

"좋다 말았네요. 난 또 그때부터 날 남편감으로 여겼던 건가 했네."

"재필 씨는 양달이었다니까요. 내가 있던 응달에선 굉장히 잘 보였어요. 그땐 그게 다였어요."

자신이 살던 곳은 정말 양달이었을까? 은기는 정말 응달 속 사람이었을까?

"양달이니 응달이니, 그게 다 무슨 상관이에요. 우린 지금 같이 있는데."

생긋, 웃음 짓는 은기의 얼굴에서 눈을 떼지 않고, 재필이 한 손을 천천히 내려 은기의 가랑이 사이를 덮었다. 끈적끈적했다. 그것이 자신이 만든 흔적이라는 생각에 재필의 하반신으로 다시금 열이 쏠려 왔다. 재필이 무릎을 움직여 은기의 다리를 벌렸다. 그러곤 은기의 눈을 똑바로 쳐다보며 새 콘돔을 끼웠다.

"넣을 거예요. 넣고 싶어요."

은기가 끄덕끄덕했다.

"꽉 잡아 줘야 해요. 안 빠지게 꽉. 응?"

"그거 내 맘대로 되는 거 아닌데."

"아니요. 은기 씨가 마음만 먹으면 단단하게 잡고 있을 수 있어요."

"그래요? 그게 느껴져요?"

재필이 은기의 입술에 쪽, 했다.

"느껴지고말구요. 얼마만큼 힘이 들어가 있는지 다 느껴져요. 은기 씨 다른 생각 하면, 그것도 전부 알 수 있어요."

"진짜예요? 어떤 건지 궁금하다."

픽, 재필이 웃었다. 귀여워서, 사랑스러워서.

"정말이에요. 나 놓으면 절대 안 돼요."

"알았어요."

재필이 은기의 귀에 입술을 가져다 댔다.

"은기야."

그저 이름 하나 불렀을 뿐인데, '은기 씨'가 아니라 '은기야' 여서인지 은기의 몸이 즉각적으로 반응했다. 꿈틀 그리고 바르르. 재필이 한 번 더 불렀다.

"은기야."

아까보다 더 축축하고 더 뜨뜻한 입김이 은기의 귓속으로 흘러 들어가는 동시에 재필의 분신이 은기의 몸속을 파고들었다. 입구에서부터 빨리고 붙들리는 느낌이 너무도 적나라해서 재필은 아직 허리를 움직이기 전인데도 다리를 여기저기로 요동해 버렸다.

"하아, 은기야."

은기는 대답하지 않았다. 대신 자신의 왼다리를 재필의 오른다리에, 자신의 오른다리는 재필의 왼다리에 걸었다. 해 본 적 없는 자세였지만, 재필과 얽혀 있고 싶다는 강한 욕망이 그렇게 만들었다. 그리고 팔로 재필의 등을 감싸 안았다.

"하아아……."

쾌감이라는 건 사실 불안정한 상태라 할 수 있었다. 지속됐다가는 큰일 나는 거니까 말이다. 그런데 지금 재필은 극도의 안정감을 느끼고 있었다. 신경이 날뛰는데 안정이라니. 그러니 사랑이라는 건, 사랑이라는 감정이라는 건, 사랑으로 행하는 행동이라는 건, 그리고 사랑하는 사람과의 정사라는 건, 그 어떤 이론으로도 설명할 수 없는 경지라는 깨달음이었다.

'이건 당신하고 나, 둘만 아는 비밀 이야기인 거지. 아무도 모르는.'

재필이 조금 허리를 움직이다 말고 금방 또 멈추었다.

'당신이 그렇게 휘감고 있으니까 미칠 거 같아. 금세 나올 거 같다고.'

치이…… 하며 막 끓기 시작한 순간의 포트처럼 숨소리만 거친 재필을 어떻게든 해 보고 싶은 마음에 은기가 허리를 좌우로 살살 움직였다. 합쳐진 부분이 잔뜩 찐득거리면서 거웃이 비벼지는 게 느껴졌다.

'날것, 그 표현밖에 안 떠올라. 날것. 생날것. 기분 정말 이상해.'

어떻게든 해 보고 싶었던 의지가 통했다. 재필이 정말로 어떻게 돼 버린 것이다.

"은기야."

재필이 상체를 들고 은기의 팔을 위로 들어 올리며 깍지를 끼었다. 그리고 입술을 제외한 은기의 얼굴 전체를 빨고 핥아 갔다. 입술만 그대로 둔 건 은기의 숨소리와 신음을 듣고 싶어서였다. 그러면서 허리에 힘을 주었다. 빠르게 느리게, 빠르게 느리게. 재필의 다리를 걸고 있던 은기의 다리가 스르르 풀어졌다. 흘러나오는 물, 부드러운 경련, 밭아진 호흡.

'이번엔 살살 하려고 했는데.'

그랬다. 처음이 너무 세서 이번엔 그럴 생각이었다. 하지만 불가능했다. 재필은 자신이 짐승이 된 기분이었다. 사람 남자가 아니라 짐승 수컷. 앞으로도 그럴 거라는 예감이었다. 그럼 남은 건 하나였다. 은기를 사람 여자에서 짐승 암컷으로 만드는 것.

재필이 몸을 일으켰다. 정신없어 보이는 은기의 몸을 뒤집고 뒤에서부터 결합을 시도했다. 완벽하게 끼워 맞춰지자마자 재필이 은기를 일으켜 가슴에 기대게 했다. 이어서 한 손으로 은기의 가슴을 움켜잡고, 다른 손으로는 이어진 부분을 덮었다. 그 상태로 질주를 시작했다. 은기가 흔들리지 않도록 아니, 흔들리되 오로지 자신 안에서만 흔들리도록 두 팔에 힘을 주고 전력으로 질주했다.

"흐으으……."

은기의 높아진 신음을 기점으로 재필이 뒤로 누웠다. 은기를 안은 채로. 그러곤 쉬지 않고 치받았다. 아래에서 위로. 볼 수만 있다면 보고 싶었다. 벌어진 네 다리 사이에서 은기의 안을 들고 나는 자신의 분신을. 다 보고 싶었다. 은기의 몸에 있는 거라면 작은 땀구멍까지도 다. 전부 맛보고 싶었다. 은기의 몸에서 나오는 거라면 침이고 땀이고 오줌이고 가리지 않고 다.

"하으…… 은기야."

늘 가리고 따지던 재필이었다. 언제나 반듯하고 꼿꼿하던 재필이었다. 그런 재필이 완전히 풀어지고 흐트러진 거였다. 은기 때문에, 은기로 인해서, 오직 은기에게만.

"은기야. 은기야."

텅텅, 강한 튕김이 몇 번 있은 후 재필이 은기의 고개를 잡아 돌려선 입술을 찾아 물었다. 심장이 터질 것 같았다. 사지 육신이 뒤바뀌는 것 같았다. 재필이 은기를 숨도 쉬지 못할 정도로 부둥켜안았다. 이어진 분출.

'하아…… 당신 몸 안에 내 살 비비고 싶어.'

아직 부부가 아닌 것이, 그래서 콘돔 같은 걸 이용해야 한다는 것이 아쉬웠다. 아니, 속상했다. 살과 살의 마찰, 거기서 발생될 온도, 거기서 생성될 물질, 그런 걸 적나라하게 느끼고 싶었다. 하지만 혹여 그랬다가 아기가 생기기라도 하면 은기에게 부담이 될 게 분명했다. 그래서 재필은 참고 있었다.

"은기 씨. 괜찮아요? 아픈 데 없어요?"

자신을 안은 재필의 손에 제 손을 겹치며 은기가 한숨처럼 말했다.

"재필 씨 다른 사람 같아요."

재필이 큭큭큭…… 웃으며 은기를 자신의 몸 위에 완전히 눕혔다. 힘들긴 했는지 은기가 축 늘어졌다. 그런 은기의 몸을 골고루 부드럽게 쓸면서 조심스럽게 분신을 빼냈다. 손을 내려 콘돔을 벗겨 내는데 분신은 줄어들 기미가 전혀 보이지 않았다. 역시나 두 번으로는 부족했다.

'그래 한 번, 한 번만 더 하자. 바로 또 하면 은기 씨 도망갈 것 같으니까 조금 쉬었다가.'

오늘이야 처음이니까 어쩔 수 없이 세 번에서 그치지만, 다음엔 양보 없이 가 봐야겠다고 마음먹고 있는데 은기가 재필을 불렀다.

"근데요."

"응?"

"우리……."

"우리 뭐요?"

"꼭 짐승 같아요."

풉, 웃음이 튀어나왔다.

'그렇긴 하지만 당신이 벌써부터 그런 말을 하면 곤란한데. 앞으론 더한 것도 하게 될 텐데, 그럼 그때는 대체 뭐라 그러려고.'

재필은 '박사' 였다. 달리 '박사' 가 아니었다. 아는 게 많아서 얻은 별명이었고, 그 별명은 의대 시절에도 유효했었다. 그러나 은기는 알 턱이 없었다. '박사' 재필이 확보해 저장해 둔 정보를, 난이도별로 일목요연하게 정리되어 있는 정보를, 주제에 따라 이미지 체크까지 완료된 고품질의 정보를, 무엇보다 다양성 면에서 어마어마하기 그지없는 대용량의 정보를, 그러니까 재필의 머릿속에 형성돼 있는 '직박구리' 폴더 안의 그 정보를 말이다.

4.2

'교제를 허락한다.' 라든가, '날 잡지 뭐.' 라든가, '어른끼리 인사해야지.' 라든가, 그런 말은 나오지 않았다. 하지만 장군이 은기를 코앞에 두고 말한 그리 짧지 않은 문장은, 은기를 받아들였음을 만천하, 아니 온 집안에 대고 선포함에 다름없었다.

"해강이하고 재필이하고……."

이 부분에서 재필은 울컥했다. 자신의 이름이 두 번째로 불린 때문이었다.

'어우…… 우해강, 저걸 진짜. 어우…….'

당신이 자랑스러워하는 아들이 지금 어떤 생각으로 얼마만큼 열받고 있는지 전혀 알 리 없는 장군은 계속해서 말을 이어 갔다.

"각자 제 안사람 소중히 여기는 거, 다 좋다. 당연히 그래야지. 그런데 너희들이 간과하고 있는 사실이 하나 있다. 나한테 정미인이라는 여자가 얼마나 귀한 사람인지, 바로 그거다. 혹여 너희들 넷이 이 집안을 소말리아 무정부 상태 꼴로 만들었다가는, 그래서 내 정미인을 속 끓게 한다거나 눈물 나게 한다거나 그랬다가는……."

장군이 오른 손바닥으로 거실 테이블을 내리쳤다. 탁.

"내가 가만두지 않을 거다. 알겠냐?"

하지만 네 사람의 대답보다 구름이의 울음이 더 빨랐다. 미인이 장군의 팔을 쳤다.

"말로 하지 왜 치고 그래. 우리 손자 놀랐잖아."

벌써 일어나 후다닥 뛰어간 해강의 뒤를 미인이 따라 좇아갔다. 장군이 머쓱해하자 재형이 장군에게 다가가 옆에 앉아선 장군의 어깨를 감싸 안았다.

"아빠, 괜찮아. 사내 녀석은 좀 울어도 돼. 나중에 포병 보낼 건데, 지금부터 익숙해지면 좋지."

장군이 자신의 어깨에 놓인 재형의 손을 잡아 내려선 꼭 쥐었다. 재형이 장군에게 눈웃음을 지어 보이곤 재필에게 향했다.

"야, 서재필."

자신을 부를 줄 몰랐던 재필은 진심으로 화들짝 놀랐다.

"어?"

"소말리아 무정부 상태 말인데, 너만 잘하면 그럴 일 없어."

"뭐?"

"나하고 언니는 잘 지내게 돼 있거든. 네가 우리 구름이 아빠한테만 잘하면 된다고. 알았어?"

재필은 또 울컥했다. 아까의 '울컥'과는 다른 '울컥'이었다. 자신에게는 꿋꿋하게 '서재필' 하면서도 두 살이나 어린 은기에게 '언니'라고 해 준 재형이 감동스러워서 울컥했다.

은기도 은기대로 울컥했다. 재형과 장군의 모습에 자신과 아빠 춘호가 겹쳐 보여서, 그 춘호가 지금 여기를 너무나도 궁금해하고 있을 거라서, 그리고 이런 엄마가 내 엄마라면 하고 그려 봤던 상상 속의 존재가 재필의 엄마여서 울컥했다.

그러는 동안 해강이 딸꾹질하는 구름이를 안고 어르며 미인과 함께 거실로 다시 나왔다.

"아버지가 책임지세요. 구름이 끼꾹거려요."

"내가 뭘."

"아버지가 탁 하셔서 그런 거잖아요."

"재형이가 괜찮댔어."

"재형이 뒤에 숨지 마시구요. 정정당당히."

"그러니 나더러 어쩌라고."

"안고 다정하게 토닥토닥해 주세요."

"진즉 그렇게 말하든가."

구름이가 해강의 품에서 장군의 품으로 넘어갔다. 그 모습을 은기가 바라보고, 그런 은기를 재필이 바라보고, 그런 재필을 재형이 바라보았다. 그렇게 한참이나 재필을 물끄러미 바라보던 재형이 은기를 불렀다.

"이따가 먹는 밥, 코로 들어갈 거예요."

은기가 웃으며 답했다.

"괜찮아요."

"그렇긴 해요. 코로 들어가서 안 나오면 서재필한테 입으로 빨아 당겨 달라 그러면 되니까. 서재필은 원체 입이 발달해 있어서 그런 것도 잘할 거예요. 게다가 남도 아니고 허니 달링 건데 더럽게 느껴질 리도 없고."

"풉!" 하고 은기가 웃자 덩달아 재필도 "풉!" 했다.

"야, 서재필."

"어?"

"별거를 다 전염당하고 그런다?"

재필은 말문이 막혔다. 평소 재형이 하는 것마다 죄다 따라 하던 해강에게 자신이 하던 말이었으니까. 재형이 이어 갔다.

"그나저나 두고 보자는 우씨 하나도 안 무섭다고 그랬던가?"

"그 말이 지금 여기서 왜 나와."

"지금 여기서 나올 때니까. 네 말이 맞아. 우씨 안 무서워해도 돼. 같은 서씨끼리 붙으면 되거든. 청 코너 1번 서씨, 나. 홍 코너 2번 서씨, 너."

"너 왜 그래. 우해강 닮고 그러지 마."

"그 말도 고대로 돌려줄 테니까 조신하게 기다려."

"아, 재형아."

"멀었어. 네가 우리 부부한테 쌓아 놓은 게 거의 재크네 콩나무야. 아, 너는 '재크와 콩나무' 모르려나? 맨날 글로브 끼고 헉헉대지만 말고 세계동화선집 그런 것도 좀 사서 읽고 그래. 그런 메마른 정서로 언니하고 대화나 되겠어? 솔직히 말해 봐. 너 프러포즈도 수학 공식이나 원소 기호 같은 거 들먹이면서 했지?"

'허. 너, 내 머릿속에 들어왔다가 갔어?'

재필은 진실로 경악했다. 함수식 생각할 때 원소 기호도 떠올려 봤던 것이다. 대문자와 소문자가 적절하게 조합돼 이루어진 것이 원소 기호니까 말이다. 하지만 원소 기호는 함수식보다 힘, 즉 임팩트가 떨어지는 감이 있어서 함수식으로 결정을 지은 바였다.

은기의 표정이 어떤지 궁금해 슬쩍 곁눈질하려는데 해강의 목소리가 들렸다.

"어머니."

"우리 사위, 왜?"

웃음을 참느라고 힘을 주는 바람에 목소리가 가늘게 떨리고 있었다.

"공기 청정기 바꾸셨어요?"

"어? 무슨 소리야?"

"공기에서 사이다 맛이 나서요."

미인이 결국 웃기 시작했다. 그러자 장군도 웃기 시작했다. 그렇게 모두가 웃기 시작했다. 웃지 않은 건, 못 한 건가? 아무튼 거기에서 예외인 건 재필 혼자였다. 졸지에 왕따 신세라니. 평생 교육이라는 말이 그냥 나온 말이 아니었던 것이다. 나이 서른하나에 그런 걸 다 새로 배우게 되었으니 말이다.

그리고 밤이 되어서였다. 재필이 은기를 집에 데려다주고 돌아오는데 재형이 마당에 나와 있었다. 할 말이 있다는 뜻이었다. 하지만 이번엔 재필이 먼저 입을 열었다.

"우해강, 고맙다."

'아버지가 그려 오신 그림, 뭔지 알아요. 전 어려서 워낙 사고를 크게 쳐 놔서 포기 받은 부분이 있지만, 재필인 더할 나위 없이 잘해 왔을 테니까요. 문제는 그 부분으로 인해서 아버지 눈이 가려졌다는 거예요. 눈이 멀어 계시다는 뜻이에요. 그래서 그 그림, 틀릴 가능성이 커요.'

그날 그 대화에 대한 인사였다.

"아!"

'뭐가' 가 아니고 '아' 였다. 알겠지. 둘 사이엔 비밀이 없으니까. 더군다나 해강은 재형에게 하나에서 열까지를 죄다 고해바치는 사람이니까. 새삼 부럽다는 생각이 들었다. 그래도 되는 관계란 것이. 그럴 수 있는 관계란 것이. 이젠 자신도 그렇게 살 테지만, 여전히 부러웠다.

"그보다, 엄마 울었어."

"뭐? 엄마가 왜? 엄마도 사실은 은기 씨 맘에 안 드시는 거래?"

"맞는다. 상황 파악 제대로 끝나기 전까진 함부로 입 열지 마라."

오랜만에 듣는 '맞는다.' 였다. 문득 그리워졌다. 그 소리를 들으면서 살던 시절이. 진짜로 맞아 주기도 하고 그럴 걸 그랬나, 이기고 싶어 안달 낼 때 그냥 져 주고 그랬으면 더 가깝게 지낼 수 있지 않았을까, 뭐 그런 생각도 들었다.

"나중엔 아빠도 울었어."

'서장군 씨. 당신, 재형이 생각해서라도 그럼 안 되는 거야. 재형이 목숨 오락가락할 때 우리 뭐라고 기도했어? 애만 살려 주면 좋은 일, 착한 일 많이 하면서 산다고 안 했어? 베풀고 나누고 도우면서 산다고 안 했냐고? 지금까지 한 봉사랑 후원이랑 다 그래서 한 거잖아.'

그랬다. 그게 〈서정약국〉 집안이 늘 검소하게 사는 이유였다.

'그래 놓고 이제 와 남의 새끼 가슴에 대못 박으면 그게 다 무슨 소용이야? 재형이랑 해강이 봐. 당신 형제들, 거기다 형수에 제수에 조카에, 다 뭐라 그랬어? 재형이 기운다고. 기울어도 너무 기운다고. 그 소리 들었을 때 우리 어땠어? 피눈물 났잖아.'

특히 장군의 동생 부부는 그런 결혼 오래 못 간다는 소리까지 했었다. 해강의 외모가 남달라서 여자들이 많이 들러붙을 테니, 결국 한눈팔게 될 거라는 말도 함께였다. 장군의 제수, 그러니까 미인의 아랫동서가 남이 잘 되는 걸 유난히 못 보는 사람이기는 했지만, 그땐 두 사람 다 분명 지나친 감이 없잖아 있었다.

'근데 둘이 사는 거 봐. 재형이 처져? 하나도 안 처져. 얼마나 예쁘게 잘 살아? 근데, 사위가 그러는 건 좋다고 헤벌레하면서 아들 일엔 입 씻어? 그 아이가 재형이 같을지 어떻게 알아? 해강이 살린 재형이 같을지 어떻게 아냐고?'

그건 꼭 목숨을 구하고 말고를 의미하는 것만은 아니었다. 재필이 지금 무슨 위험에 처해 있거나 사경을 헤매거나, 그런 건 아니었으니까 말이다. 살린다는 건 살게 한다는 말이기도 하다는 게 미인의 생각이었다. 살게 하는 것 말이다.

'당신 눈엔 재필이가 대단해 보이겠지만 내 눈엔 안 그래. 세상 혼자 사는 거 아닌데, 너무 저만 최고라 걱정이라고. 거기다 대고 똑같은 거 갖다 붙일 거야? 당신 욕심에 맞추려면 보나 마나 재필이랑 똑같을 텐데, 난 생각만 해도 꼴 보기 싫어. 쌍으로 잘난 척하는 꼴을 어떻게 보고 살아.'

"엄마가 그렇게 숨도 안 쉬고 길게 말하는 거 처음 봤어."

재필의 가슴으로 묵지근한 통증이 지나갔다. 결국 덕을 보는 건 자신이구나. 서재필 덕을 서재형이 보면서 살 줄 알았는데, 서재필이 서재형 덕을 보는구나. 그러니까 서재형은 우해강뿐만 아니라 서재필도 살리는 사람이구나.

"그 일이 언제 있었는데?"

"저번에 아빠가 언니 데려오라고 하던 날 있지? 그 전날."

언니. 은기가 없는 데서도 언니. 재형다웠다.

"왜 말 안 했어?"

"미리 얘기했으면 아까 너 분명히 이상하게 굴었을 거거든. 분위기 이상해지게. 그래서 지금 얘기하는 거야."

'그랬구나. 그런 일이 있었어.'

"근데, 서재필. 우리 어려서 했던 약속 기억하지? 물론 손가락 걸고 그런 건 아니었지만."

"어떤 약속?"

"엄마랑 아빠, 울 일 만들지 말자고 했던 거."

"아. 어."

"근데 너 어겼거든?"

"뭐?" 하자마자 재필이 푹 거꾸러졌다. '윽!' 하는 소리와 함께. 나래차기였다. 재형이 제일 잘하는 태권도 기술.

"아빠가 언니 데려오라고 한 날이 왜 오늘인 줄 알아?"

이건 또 무슨 소린가. 구름이 백일은 지나야 식구들 한숨 돌린대서 그런 거 아니었나? 백일 모임 때 함께 가면 어떻겠느냐 물었을 때, 재형이 시어른까지 계신 자리에서 은기 체하게 만들 일 있느냐면서 일주일 더 미룬 거 아니었나?

"솔직히 한두 달 정도만 지나도 손님 맞는 데는 별지장 없지. 근데 내가 백일 지나야 한다고 우겼어. 나 몸 좀 만들려고."

'뭐라고?'

"언니 보기 전까지는 할까 말까 고민도 했어. 근데 너 하는 꼴 보니까 도저히 그냥은 못 지나가겠다. 그래도 전에 비하면 힘이 반도 안 실린 거거든? 그러니까 때맞춰 이 시점에 태어나 준 구름이한테 고마워해."

뭐라고 한마디 하고 싶은데 입이 떨어지지 않았다. 한 치의 오차도 없는 급소 가격에 온몸이 뻣뻣해진 때문이었다. 정말이지 진심으로 너무 아팠다.

"그리고 분명히 경고했다. 내 남편, 구름이 아빠 우해강 건들면…… 맞는다. 너 말고 언니가. 자그마해서는 살짝 휘두르기만 해도 포물선 아주 예쁘게 그리면서 날아가겠더라. 알았어?"

재형이 안으로 들어갔다. 혼자 남아 한참을 이리 꿈틀, 저리 꿈틀거리던 재필이 천천히 몸을 굴려선 마당 흙바닥에 털썩, 앉았다.

"하, 이런 씨……."

그랬다. 누가 쌍둥이 아니랄까 봐서 둘 다 휘두르는 거 무지하게 좋아해요, 라는 의미의 '이런 씨' 였다. 그리고 이럴 줄 알았으면 미인에게 맞아 죽는 한이 있더라도 진즉 우해강 한번 날려 보는 건데, 하는 뒤늦은 후회의 '이런 씨' 이기도 했다.

재필의 본가에 다녀온 이후로 마무리해야 할 일이 많다며 〈시침 감침〉으로는 오지 못하게 하던 은기가 드디어 재필을 불렀다. 바깥에서 조금씩 본 것만으로는 성에 안 차 몸이 달던 재필은 열 일 제쳐 두고 달려갔다. 그런데 은기가 재필에게 옷 하나를 보여 주었다.

"이게, 허…… 뭐가 이래요?"

재필이 입을 다물지 못했다. 뭐라고 한마디 하고 싶건만 적당한 단어가 떠오르지 않았다.

"중치막이에요."

"중치막?"

"사극에서 선비들이 입는 도포 같은 거예요. 겨드랑이 아래가 터져 있어서 바람에 날리면 그림이 예쁘게 나와요."

"아. 하지만 그건 연출된 화면이잖아요. 실제로도 이렇게 아름다울 거라고는 미처…… 남자가 입는 건데 무슨……."

은기는 웃었다. 말을 마무리 짓지 못하는 걸 보니 놀라긴 한 모양이었다. 예상했던 것보다 재필의 반응이 뜨거워서 은기는 기분이 좋았다.

"문화재 중에 광해군이 입었다는 구름무늬 중치막이 있어요."

"광해군이요?"

"네. 오래전 거라 색이 다 바래기는 했어도 무늬며 색깔이며, 당시엔 정말 공들여서 지었을 거란 걸 한눈에 알 수 있어요."

"궁금하네요."

"사진 있어요. 보여 줄게요."

"그러니까 이 옷이 그걸 본뜬 거란 거죠?"

"네."

재필은 연신 들여다보느라 정신이 없었다. 여자 옷이 가진 아름다움과는 차원이 달랐다.

"이거 하느라고 바빴던 거예요?"

"네."

"그럴 만하네요. 공이 이만저만 들어간 게 아니에요. 누가 입을 건지 몰라도 진짜 좋겠다."

"재필 씨 거예요."

재필이 은기를 향해 고개를 홱, 돌렸다.

"응?"

"서재필 씨한테 주는 선물이에요. 나 보쌈해 줘서 고맙다고."

"흐읍." 하고 재필이 숨을 삼켰다. 은기가 전통 옷을 짓는 사람이기는 했어도, 은기가 자신의 옷을 지을 거라는 데까지는 생각이 닿아 본 적이 없었다. 그건 은기의 일이었으니까. 그런데 그 아름다운 옷을 자신에게 주려고 쭈그려 앉아 바느질을 했다니, 재필은 이루 말할 수 없을 정도로 감격에 겨웠다. 그런데 자신도 모르게 튀어 나간 말은 영 다른 소리였다.

"다음엔 만들지 마요."

은기가 눈을 동그랗게 떴다.

"힘들잖아요. 맘 아파요."

은기가 재필의 손을 잡았다. 고마운 말을 들었더니 저절로 그렇게 되었다.

"재필 씨는 내 건강 안 챙겨 줄 거예요?"

"무슨 소리예요? 애인이 의사씩이나 되는데, 그런 거라도 확실하게 누려야지."

"똑같아요. 애인이 바느질씩이나 하는 사람인데 옷을 만들지 말라니."

"나는 안 힘들잖아요. 은기 씨는 힘든 거고."

"알았어요. 안 힘들 정도로만 할게요. 그러면 됐죠?"

재필이 은기를 끌어안았다.

"알았어요. 근데요."

"네."

"나 저 중치막, 결혼식 때 입어도 돼요?"

결혼식이라. 정말 그날이 오기는 올까. 허락받은 지 얼마나 됐다고, 벌써 그날을 기대해도 되는 걸까. 하지만 정말로 그날이 온다면.

"그럼요."

"저거 빨리 입으려면 날 서둘러 잡아야겠다."

부모님께 보채지 말라고, 서로 얼굴부터 익히자고, 그럴까 하다가 은기는 그만두었다. 재필이 알아서 하겠지 싶었던 것이다.

까랑까라랑 까랑까라랑…….

은기가 놀라선 재필에게서 떨어졌다. 그러곤 핸드폰 액정을 확인하더니 조금 멋쩍은 표정을 지으며 통화 버튼을 눌렀다.

"아빠."

이후로 은기는 '응'만 예닐곱 번 하고는 핸드폰을 조용히 내려놓았다.

"아버님 무슨 일이세요?"

"사과차 사다 주랴고 물어보신 거예요."

"사과차요?"

"재필 씨는 모르겠구나."

"응? 뭐를요?"

"민주한 선배, 알죠?"

"민주한? 알죠. 그 친구가 왜요?"

"'프롤로그' 라고 북카페 하거든요."

재필은 진심으로 놀랐다. 배구하던 친구가 북카페라니. 물론 기하 시절엔 배구를 그만둔 상태이긴 했지만, 그래도 전형적인 체육계 인물이었던 주한이 책을 주제로 한 카페를 하고 있다니 의외였던 것이다.

"그걸 어떻게 알아요?"

"오래전에 아빠 지방 가셨을 때, 여행 중이던 주한 선배하고 인연이 닿았었더라고요. 그래서 알아요."

"그런 일이 있었어요?"

은기가 끄덕끄덕했다.

"거기 간판도 아빠가 만들어 줬는데?"

"그랬어요? 신기한 인연이네."

"나도 처음부터 안 건 아니에요."

그랬다. 춘호가 주한과 승욱이 나눈 대화를 듣지 못했다면 학교 이야기까지는 영영 몰랐을 것이었다. 어느 고등학교 나왔느냐는 질문을 굳이 할 필요가 없었으니까 말이다.

"혹시 민정금 선배도 기억해요?"

"민정금? 그 YY염색체?"

어찌 잊으랴. 그 요란했던 체육 대회를. 게다가 겨레대학교 기하동문회에서 마주친 적도 있었다. 우연은 단 한 번도 얼굴을 내비친 적이 없었지만, 정금은 선배들한테 끌려온 적이 서너 번 있었던 것이다.

"허. 무슨 그런 말을. 정금 선배가 우리 여자애들한테 인기가 얼마나 많았는데 YY염색체래."

"그랬어요?"

은기가 정말 심각한 표정으로 끄덕끄덕했다. 정금이 남자였다면 적잖이 질투가 날 뻔한 상황이었다.

"그런데 그 후배는 왜요?"

"둘이 결혼했거든요. 작년에."

"하. 역시."

재필이 픽, 하며 웃음을 지었다.

"역시요? 뭐 아는 거 있어요?"

"나중에 얘기해 줄게요. 그런데요?"

"결혼하고 나서 메뉴에 사과차가 새로 생겼는데 그게 진짜 맛있거든요. 거기 카페 뒷마당에 있는 나무들을 아빠가 해 준 거라서, 그거 살피러 가는 김에 사과차 사다 준다고."

이번엔 재필이 끄덕끄덕했다. 그러다 생각 하나가 떠올랐다. 재필이 은기의 얼굴을 두 손으로 감싸며 씨익, 웃었다.

"왜 그렇게 웃어요?"

"모든 길은 로마로 통한다, 알죠?"

"네."

"지금 보니까 모든 천왕은 고은기로 통한다, 그걸로 바꿔도 되겠어서요."

"네?"

"천왕이라고 불리던 네 사람이 죄다 은기 씨하고 엮여 있잖아요."

"아." 하는 짧은 감탄에 이어 은기가 웃음을 터뜨렸다.

"진짜네. 재밌다."

은기의 웃음을 빤히 쳐다보던 재필이 은기의 입술에 자신의 입술을 겹쳤다. 굉장히 부드러우면서도 아주 힘 있게.

'당신 웃는 거, 정말 좋아. 양달은 내가 아니야. 당신이지.'

은기는 절정에 쉽게 오르는 스타일이 아니었다. 그러니까 오르가슴 말이다. 다섯 번에서 한 번 정도랄까. 물론 재필은 여성에게 있어 오르가슴이라는 상태가 의외로 흔하지 않을 수도 있다는 것 정도는 알고 있었다. 특히 은기의 오르가슴은 그럴 수 있었다. 그녀의 오르가슴은 퍽 격렬했으므로.

처음 은기와 하나가 되었을 때 은기에게서 느껴졌던 물기와 경련, 그걸 오르가슴으로 착각하기도 했었다. 떨어진 나뭇잎에 물이 흔들리듯 정말 부드러운 반응이었는데, 그러는 동안 은기의 속살도 함께 꿈틀거렸기 때문에 당연히 그런 걸로 알았다. 하지만 아니었다. 오르가슴이 10의 단계라면 그 경련은 7에서 8정도에 해당하는 단계였다.

그렇다고 해서 7에서 8에 이르는 그 단계가 아쉽다는 건 아니었다. 오르가슴이 다섯 번에 한 번 정도라고 해서, 나머지 네 번이 그저 그렇다는 것 또한 결코 아니었다. 은기를 안으면 알 수 있었다. 몸의 합이 최고라는 것을. 신체와 신체가 가장 안정적으로 맞물리는 각도가 두 사람에게 있었다. 어떻게 꺾어도, 어떻게 벌려도, 어떻게 굽혀도, 본디 하나였던 것처럼 꼭 들어맞았다.

그리고 재필 몸의 튀어나온 부분과 은기 몸의 들어간 부분의 경우, 폭과 깊이가 완벽하게 일치했다. 이젠 콘돔의 얇은 막 정도는 전혀 문제 되지 않는 수준에까지 다다라 있었다. 재필의 입장에서는 넣으면 넣는 대로, 찌르면 찌르는 대로, 비비면 비비는 대로 은기의 살이 제 살처럼 느껴졌고, 은기의 입장에서도 담으면 담는 대로, 물면 무는 대로, 빨면 빠는 대로 재필의 살이 온전히 제 살로 느껴졌다. 그래서 그것만으로도 두 사람은 이미 충분했다.

게다가 두 사람이 정사할 적마다 은기가 매번 10의 단계에 이른다 치면, 그걸 마냥 좋게만 받아들일 수만은 없는 사정도 있었다. 말했다시피 은기의 오르가슴은 퍽 격렬했으므로. 첫 오르가슴 때는 재필이 염려를 다 했을 정도로 그러했으므로. 태어나 처음으로 도달한 극치와 동물적일 정도로 솔직했던 몸의 반응에 은기가 얼마나 당황했던지, 울먹이기까지 하는 바람에 달래느라 진땀도 뺐었다.

물론 지금은 두 사람 다 적응이 완료된 터였다. 매 단계에 따라, 모양이 다르게 나타나는 충만함과 희열감을 마음껏 즐기고 있었다.

그래서 지금 재필은 다시금 찾아온 은기의 오르가슴 앞에서 침착하기 위해 애썼다. 함께 폭발하는 것보다 조금 늦게 따라갈 때 쾌감의 강도가 훨씬 더 높았기에, 치솟으려는 흥분을 꾹꾹 눌러 가라앉혔다.

"은기, 은기야."

재필이 은기의 귀에 대고 계속해서 이름을 불러 주었다. 중간중간 귓불을 핥기도 하고, 또 중간중간 귓속으로 혀를 밀어 넣어 휘젓기도 하면서.

"은기야. 은기야. 은기야."

은기의 턱이 바르르바르르 떨렸다. 재필이 손바닥으로 은기의 왼쪽 가슴을 덮어 둥글게 문질렀다. 살갗에 뚜렷하게 느껴지는 볼록한 젖꼭지의 감촉이 재필의 분신을 더 부풀렸다. 은기의 안도 딱 그만큼 넓어졌다.

"은, 하아…… 은기야."

이번엔 은기의 허벅지가 부르르부르르 떨기 시작했다. 재필이 다른 손으로 은기의 몸을 쓸어내려 가 엉덩이를 움켜쥐었다. 손가락으로 확인이 가능한 엉덩이 골의 입체감이 재필의 분신을 더 부풀렸다. 역시나 이번에도 은기의 안이 따라서 넓어졌다.

"은기야. 은기야. 은기야."

재필이 허리를 들었다가 강하게 내리쳤다. 퍽, 하는 소리에 이어 은기가 두 손으로 방수시트를 움켜쥐면서 허리를 좌우로 비틀었다.

"허윽!"

물이 밖으로 새어 나왔다. 재필이 틈을 주지 않고 허리 짓을 연달아 하자 찌걱 뿌욱 쿨쩍, 하는 소리가 나면서 더 많은 양의 물이 밖으로 흘러나왔다. 동시에 은기가 "허윽, 하으응……." 하며 재필의 허리에 다리를 걸어 교차하고는 힘을 주기 시작했다. 재필도 화답했다. 은기의 허리 아래로 두 손을 넣어 엉덩이를 바짝 잡아당기며 자신의 엉덩이를 튕긴 것이다. 그리고 입으로는 은기의 가슴을 힘껏 물고 혀로 젖꼭지를 긁었다.

"하윽, 흐으응……."

이제 은기에게 이성이란 없었다. 방수시트를 잡고 있던 손을 뻗어 재필의 엉덩이를 꽉 잡고는 자신의 허리를 위아래로 흔들었다. 뜨겁고 간지럽고 저려서 마구 흔들었다. 재필은 은기가 마음껏 흔들 수 있도록 자신의 분신을 은기의 안에 뿌리처럼 박고 엉덩이에 힘을 주었다.

"하으윽 흐으윽……."

은기가 허리를 치켜들었다. 이젠 재필의 차례였다. 문이라면 부수기라도 할 것처럼, 바위라면 깨기라도 할 것처럼, 어마어마한 기세로 쿵 쿵 찍어 눌렀다. 그렇게 서로의 엉덩이를 움켜쥔 채로 두 사람은 끝을 향해 달려갔다. 은기의 젖꼭지는 이제 벌겋다 못해 꺼멀 지경이었다. 재필이 어금니 사이에 넣고 잘근잘근 씹은 때문이었다.

순간, 은기의 속살이 찐득하게 달라붙으며 재필의 분신을 야무지게 조이기 시작했다. 재필이 가슴에서 입을 떼고 은기의 귀에 나지막이 외쳤다.

"은기야. 흘려."

그 말을 신호로 은기의 몸에서 뜨거운 액체가 가느다랗게 졸졸 흘러나왔다.

"더 흘려. 응? 다 비워. 은기야. 어서."

은기가 재필을 끌어안고 마구 경련했다. 소름이 돋아나는 게 적나라하게 느껴졌다.

"은기야. 터뜨려."

은기에게서 터져 나오는 비명 같은 신음을 자신의 입으로 덮어 삼키며 재필이 있는 힘껏 허리를 내리눌렀다. 재필의 분신이 불을 뿜었고, 얇은 막 안은 금세 빵빵해졌다. 재필이 몸을 일으켜 분신을 빼내고는 콘돔을 벗겼다.

그러곤 은기의 배꼽 아래 매끄러운 살갗에 귀두를 문지르기 시작했다. 사정 직후라 한껏 예민해진 터여서 강한 자극이 즉각적으로 뇌신경까지 치달았다.

"허윽 허윽……."

손놀림이 빨라지면서 재필의 이마에 송글송글 땀방울이 맺혔다. 은기가 숨을 몰아쉬면서 떨리는 손을 내려선 재필의 고환을 감싸 쥐었다. 그리고 조금씩 압박을 가했다. 그 힘에 서서히 경직되어 가던 재필이 어느 순간, 은기의 이름을 짧게 외쳤다.

"은기야."

재필의 분신에서 실처럼 가느다란 물줄기가 빠져나와 은기의 배꼽에 고였다가 흘러내렸다. 사정과는 다른 분출. 사정을 넘어서는 분출. 재필이 몸을 요동하며 은기 위로 엎어졌다.

"은기야. 허윽 허윽…… 나도 흘렸어. 허윽 허윽……."

은기가 재필을 부둥켜안았다. 은기가 오르가슴을 통해 밖으로 넘칠 정도로 물을 흘린 날이면 재필도 번번이 그렇게 하고 있었다. 재필이 은기를 마주 안았다.

"아, 은기야. 뇌가 녹는 거 같아."

축축하다 못해 척척해진 방수시트 위에서 두 사람은 그렇게 한데 엉킨 자세로 나란히 숨을 골랐다. 그 상태에서 한 20여 초쯤 지났을까.

"재필 씨."

"응?"

"우리 이러다 진짜 머리 녹아서 바보 되는 거 아니에요?"

"그럴 일 없어요."

"그래도…… 우리 툭하면 이래도 되는 거예요?"

"할 때는 사람이라고 생각하지 말라니까 또 그러네."

"그래도……."

"뭐가 자꾸 그래도래. 따라 해 봐요. 고은기와 서재필은 짐승입니다."

은기가 입을 비쭉 내밀었다.

"함수 어쩌고 해서 낭만 없다 그랬더니, 이젠 더하네."

재필이 웃음을 터뜨렸다. 그리고 은기의 귀에 속삭였다.

"그럼 우리, 낭만적으로 바로 한 번 더 해요."

은기가 고개를 돌려선 재필의 가슴에 파묻으며 한숨을 내쉬었다.

"섭섭하게 한숨 쉬네."

"그게 아니고."

"응? 그게 아니면?"

"하아…… 빈말로라도 싫다 소리가 안 나와."

또다시 웃음이 터져 나온 재필이 은기를 꼬옥 안았다.

'역시 내 암컷이야.'

살면서 이런 자유로움을 느껴 본 적이 있던가. 없었다. 살면서 이런 평화로움을 느껴 본 적이 있던가. 없었다. 바로 고은기의 품 안에서만 느낄 수 있는 자유와 평화였다. 어쨌거나 방수시트를 고작 두 장만 산 게 후회스러웠다. 자신과 은기를 너무 과소평가했다는 자책도 이어졌다. 몇 장을 더 주문할까 잠시 궁리하며 재필이 몸을 일으켜선 은기를 안아 들었다.

"왜요?"

"욕실이 낫겠어요. 우리 너무 젖었거든."

"욕실은 소리 울릴 텐데."

"입 뒀다 뭐에 쓰려고. 서로 막아 주면 되지."

"그래도……."

"또 그래도. 거절을 거절한다."

재필이 성큼성큼 욕실로 향했다. 거의 줄어들지 않은 채 리드미컬하게 흔들리는 분신의 무게감이 짜릿해서, 재필은 욕조 안에 물이 다 찰 때까지 기다리지 못하고 바로 4라운드로 돌입했다.

43

재필과 은기의 관계는 <효당마을>을 퍽 오랫동안 들썩이게 했다. 덩달아 영필도 여러 다양한 반응과 맞닥뜨려야 했다. 물론 크게 분류하자면 축복과 위로, 두 가지로 나눌 수 있었다. 축복이라 하면 '아기 며느님' 으로 신성시하던 은기의 새로운 출발에 대한 덕담이었고, 위로라 하면 마찬가지로 보기만 해도 부러운 존재였던 '아기 며느님' 을 잃은 영필에 대한 염려였다. 표현 방법과 사용된 어휘에 따라 영필은 기분이 좋아졌다 나빠졌다 했다.

"망할 할아방탱이 같으니."

영필이 노여워하자 옥자가 '이번엔 또 누가 건드린 거야.' 하는 표정을 지었다.

"지가 잘났으면 얼마나 잘났다고 족보를 들먹여."

'족보' 라는 단어에 옥자는 단박에 상황을 파악했다. 엄밀히 따지면 은기가 영필의 며느리인데, 그럼 재필은 영필에게 무어가 되느냐는 소리가 더러 있었던 것이다.

뭐긴 뭐야, 그냥 서재필이지. 서 선생도 아니고 모델 선생도 아닌, 그냥 서재필.

옥자가 영필을 다독였다.

"부러워서들 그러는 거지, 뭐. 늘그막에 잘난 의사 아들 생긴 벗님이 배 아플 정도로 부러워서."

"부러우면 침이나 질질 흘리면서 갈비탕 먹을 날만 기다리면 되지, 무슨 말이 그렇게 많아. 한창때 같았으면 그 주둥이 박음질하고도 남았어."

옥자가 몸을 흔들기까지 하며 웃었다. 박음질이라니. 하긴 말 막하는 것들 보면 '주둥이 꿰매 버리고 싶다' 하는 생각이 들기도 했고, 실제로 '주둥이를 재봉틀로 드르르 박아 버린다' 느니 '주둥이를 오버로크 해 버린다' 느니 '주둥이에 지퍼 달아 잠가 버린다' 느니, 하는 표현을 듣기도 했었다. 하지만 '박음질' 은 처음 들어서, 그게 또 상상이 되어서 옥자는 웃었다. 끔찍해야 하는데 웃기다니, 하면서도 웃었다. 웃긴 걸 어쩌랴.

"옥이 성은 웃음이 나오셔?"

"그러게. 막 나오시네."

영필이 눈을 흘겼다.

"그 눈 좀 고만 흘기셔. 그러다 눈알 옆으로 쭉 밀려 나가선 바닥으로 굴러떨어지겠어."

그 말에 영필도 못 이기는 척 웃고 말았다.

"벗님. 곧 조용해질 거니까 조금만 기다리셔 봐."

"알지. 조용해질 거. 그래도 부아는 나."

"좋은 말이 더 많잖아. 그럼 됐지 뭐."

"그것도 알지. 그래도 노엽다니까."

옥자가 영필의 등을 쓰다듬었다.

"아무리 말이 많아도 여기 '효당' 에서 자식 덕 제일 크게 누리는 건 벗님이시잖아. 솔직히 배 아파 낳은 자식도 아닌데 말이야. 모델 선생은 말할 것도 없고."

영필이 동의의 뜻으로 고개를 끄덕였다. 은기는 둘째 치고라도, 재필이 영필을 잘 챙기는 건 모두가 아는 사실이었으니까 말이다. 그건 분명 부러움 받아 마땅한 일이었다.

더군다나 재필은 영필과 은기의 관계에 대해 전혀 거리끼는 구석이 없었다. 재필이 은기에게 '그 사람도 품고 갈 수 있다.' 고 한 말은 그냥 폼 잡기 위해서 한 말이 아니었던 것이다. 재필조차도 은기를 일러 '아기 며느님' 이라고 부르던 때가 있었으니, 그건 이제 와 지운다고 될 일도 아니었고 지울 필요도 없는 일이었다.

재필이 그렇다는 걸 영필도 알았다. 그래서 영필이 옥자에게 하는 말이 있었다.

'영필, 재필, 똑같은 필 돌림끼리 마음 그릇이 얼마나 넓냐고.'

들을 적마다 옥자가 아낌없이 비웃었지만 말이다.

"죽기 전에 우리 은기 아기 낳는 건 꼭 봐야 하는데."

"날만 잡으면 혼인이야 금방이고, 혼인만 하면 애도 금방 들어설 텐데, 뭘."

"그날이 아직 안 잡히니 그렇지. 내 요즘은 옥이 성이 부러워 죽겠다니까."

정윤의 결혼을 이르는 거였다. 옥자가 재필과 정윤의 생년월일시를 맞춰 보고 백 날 천 날 싸울 팔자라며 안타까워했던 게 엊그제 일 같은데, 알고 보니 정윤에게 오랜 임자가 있었다고 했다. 옥자는 전혀 몰랐던 일이라기에 영필은 무척이나 신기했었다. 그런 게 숨겨지다니 해서 말이다.

"잡히겠지. 모델 선생 하는 거 보면 곧 잡혀."

"그럴까? 미적거리다 일 생길까 봐 걱정돼서."

"내 전에 말했잖아. 둘이 타고났다고. 걱정 마시라니까 그러네."

영필의 시선이 창문 밖을 향했다.

'그래. 타고났댔지. 내 새끼하고 그랬으면 얼마나 좋았을꼬.'

허나 그 또한 어쩌랴. 삶이 그런 것을.

'인연이란 게 순서 맞춰 오면 얼마나 좋아.'

영필이 일어서서 창문을 열고 하늘을 올려다보았다.

'한이야. 좋으냐?'

선명하게 느껴지는 바람 한 줄기.

'좋겠지. 그럼 된 거지.'

이제 영필이 해야 할 일은 하나였다. 세상 뜨기 전에, 스스로 걸을 수 있을 때, 자신의 손으로 직접 한이의 사망 신고를 하는 것. 이젠 완전히 죽은 사람으로 만들어 주는 것. 그럼으로써 다시 태어날 길을 열어 주는 것. 환생이 있다면 말이다.

'환생이 있어야지. 아무렴 있어야지. 한이야. 내 아들, 내 새끼. 다음 세상에서도 만나자꾸나. 그땐 함께 오래오래 살자꾸나.'

그런 영필의 뒷모습을 옥자가 물끄러미 바라보았다.

테이블 위에 턱을 괴고 엎드린 자세로, 바느질하는 은기를 유심히 바라보던 재필이 시계를 흘깃했다.

"은기 씨."

"미안해요. 옷고름만 마무리하면 돼요."

"빨리하라고 재촉하는 거 아니에요. 그러다 찔려요."

"재필 씨하고 노느라 일이 밀려서 그런 거니까 조금만 더 참아요."

"응. 천천히 하고, 그냥 하면서 들어요."

은기가 고개를 들어 재필에게 웃어 주고는 다시 바느질로 돌아갔다.

"은기 씨하고 있을 땐, 급행열차 탄 기분이에요. 시간이 너무 급하게 지나가 버리거든. 시간마저 우리를 질투하는 것 같은 느낌적인 느낌?"

"재필 씨 요즘 비유가 날로 발전하네요."

"나 원래 비유 잘해요. 재형이하고 우해강 보고 풀, 꽃, 그거 생각한 사람이 바로 나라니까요."

'좋다, 그래. 풀 따로 꽃 따로 그랬을 땐, 싱그러워도 그냥 풀이고 아름다워도 그냥 꽃이고 그렇기만 하더니, 풀하고 꽃하고 한데 섞이니까 엄청 예쁘네. 꽃다발에 풀 쪼가리를 괜히 끼워 넣는 게 아니란 걸 새삼 알겠다니까. 안정감도 있고 보기도 좋고.'

"네. 알아요."

은기는 그 말 한 번만 더 하면 열 번이라는 소리도, 그거 혹시 소 뒷걸음질 치다가 쥐 잡은 형국 아니냐는 소리도, 그러니까 아무 소리도 하지 않고 가만히 웃어 주었다.

"은기 씨."

"네?"

"당신이 옆에 있으면 난 아름다운 생각, 기가 막힌 비유, 더 많이 하게 될 거예요."

"그래요?"

"당신은 내 영감이거든요."

영감.

"의학 쪽에서 '뇌파'를 '브레인 웨이브'라고 하는데, '브레인 웨이브'에는 영감이란 뜻도 들어 있어요. 이거 잘난 척하는 거 아니에요. 아는 게 그거라 그래요. 신경과에서 뇌파 검사를 자주 하기도 하고."

"나 아무 말도 안 했어요."

재필이 웃었다.

"재미있는 건 뇌파를 뇌의 목소리라고도 한다는 거예요. 과학자들이 말을 제법 잘 짓지 않아요?"

"그러네요."

"은기 씨가 나한테 그런 존재라는 걸 말하고 싶었어요. 당신은 나를 움직이게 하는 목소리니까."

은기가 그 말을 가만히 곱씹는데 재필이 은기를 손가락 끝으로 톡, 쳤다.

"함수식보다는 표현이 낫지 않아요?"

은기가 웃음을 터뜨렸다.

"그게 그렇게나 마음에 걸렸어요? 그래서 다른 거 생각하느라고 고민했어요?"

"저번에 재형이가 뭐라고 해서."

"이젠 그런 거 일부러 생각 안 해도 돼요. 말 안 해도 다 아니까."

"그래도 뭔가 말하고 싶었어요."

은기가 실의 매듭을 짓고 바늘을 놓았다.

"끝났다."

그 소리에 재필이 일어나선 은기 바로 옆으로 다가와 앉았다. 은기가 자리를 정돈하고는 재필을 마주 보았다.

"근데, 정작 본론은 말 안 하고 비유만 하는 거 알아요?"

"본론이요?"

은기가 재필의 눈을 응시해 왔다. 진하고 짙게. 홀린 듯 그 눈빛을 마주하던 재필이 "아." 하며 고개를 숙였다. 그 상태로 잠시 침묵을 유지하던 재필이 고개를 들고 은기의 볼에 손을 얹었다. 그리고 한 자 한 자 아주 정성껏 말하기 시작했다.

"사랑한다, 고은기."

은기의 가슴이 요동치기 시작했다.

"결혼하자, 고은기. 같이 살자, 고은기. 함께 늙자, 고은기."

눈물이 핑 돌았다. 그 어떤 말보다 '함께 늙자.' 는 말이 뭉클해서 은기는 곧 떨어질 것만 같은 눈물방울을 참으며 재필의 손 위에 제 손을 겹쳤다. 재필이 덧붙였다.

"그리고 제일 중요한 거."

'제일 중요한 거?'

"나 서재필은 무슨 일이 있어도 고은기만 남겨 두고 먼저 죽지 않겠다고 맹세합니다."

"흐흑……."

순식간에 손을 적셔 오는 물줄기를 엄지로 살살 지우며 재필이 은기에게 물었다.

"결혼하자, 같이 살자, 함께 늙자 중에 어떤 말이 제일 좋았어요?"

"함께 늙자요."

"그럴 줄 알았어요."

재필이 은기의 얼굴에서 손을 떼고 은기를 품에 안았다.

"그러려면 결혼해서 같이 살아야 해요."

"알아요."

재필의 품 안에서 은기는 조금씩 안정을 찾아갔다. 은기가 울음을 멈추자 재필이 입을 열었다.

"동화책 보면요. 공주들이 왕자 만나 결혼하는 걸로 끝나는 경우가 많잖아요."

"네."

"근데 결혼은 엔딩이 될 수가 없잖아요. 그 뒤가 더 기니까."

"네."

"은기 씨 제대로 만난 건 1년밖에 안 되지만 우리 앞으로 정말 오랫동안 같이 있어야 해요."

"네."

"근데, 나 봐주면서 살려면 그 긴 시간이 더 길게 느껴질 수도 있어요."

"어?"

재필이 더 힘주어 은기를 안았다.

"아무리 생각해도 자뻑이 없어질 거 같지 않아서요. 그래서 조금 겁나요. 질린다 할까 봐."

은기가 재필의 몸에 팔을 둘렀다.

"있잖아요."

"응. 말해요."

"내가 기하 입학했을 때요. 3학년에 어떤 선배가 있었어요. 천왕에다가 박사라는 별명을 가진. 얼마나 혼자 잘났는지 천상천하 유아독존이었어요."

재필이 픽, 웃었다.

"다른 남자 천왕들은 여학생 팬이 대부분이었는데, 그 선배만 남학생 팬이 훨씬 더 많았어요. 여자애들은 거의 다 무서워하고 어려워하고 그랬거든요."

사실이었다. 학교와 학생들에게 미치는 영향력이 제일 큰 반면, 공식 팬클럽은 존재하지 않았던 유일한 천왕이 바로 재필이었다. 재필을 우러르던 남자아이들의 지지란 모두 개별적이었다.

"근데 난 아니었어요. 무섭지도 어렵지도 않았고, 보면 참 좋았어요."

재필은 고개를 끄덕였다. 자신이 은기의 이상향이었다고 했으니까.

"근데 그 선배요. 그때에 비하면 엄청 순해졌거든요. 대단했을 때도 그 선배 편이었던 내가 이제 와 새삼 편을 그만둘 리가 없잖아요."

"응. 고마워요. 정말 고마워요."

"나요. 생긴 대로, 흘러가는 대로, 그렇게 사는 사람이라고 했던 거 기억해요?"

"기억해요."

"내가 그런 사람이라서 난 재필 씨한테도 바꾸라고, 달라지라고, 그러고 싶지 않아요. 둘이서 부대끼다 보면 자연스럽게 바뀌고 달라지는 게 생길 거예요. 난 그게 좋아요."

"응. 무슨 말인지 알았어요. 나도 은기 씨한테 그런 말 안 할게요."

토닥토닥. 재필이 은기의 등을 토닥였다. 그렇게 두 호흡 정도 지났을까? 재필이 은기의 귀에 속삭였다.

"은기야."

은기가 움찔했다. 신호였다.

"나 생긴 대로 하고 싶은데."

"말이 끝나기가 무섭다, 진짜."

"어? 생긴 대로."

"여기 집 아니잖아요."

"그걸 모를까 봐? 은기야. 풍기 문란 타임 갖자, 응?"

"풍기 문란?"

"응. 밖에서 어지럽게 놀아 보자는 뜻."

"아무튼 이럴 때만 반말하고."

"일부러 그러는 건데. 내가 말 놓으면 그런 줄 알고 바로바로 반응하라고."

"그게 뭐예요. 서커스단 코끼리 훈련도 아니고."

그 말에 재필이 입꼬리를 말아 올리며 은기의 손을 끌어다 자신의 바지 앞섶에 대고 눌렀다.

"코끼리는 여기 있으니까 당신은 코씨 중에서 코알라 하면 되겠네."

은기의 귓불이 새빨개지자 재필이 은기의 손을 더 힘주어 눌렀다. 코끼리, 그러니까 옷 속에 숨은 자신의 분신이 얼마나 단단해졌는지, 얼마나 부풀었는지, 얼마나 꿈틀거리는지 느끼라고. 왜? 은기가 그렇게 만든 거니까.

"코알라 씨. 코끼리한테 매달려 봐요. 응?"

"하, 난 진짜 재필 씨 이런 사람인 줄 꿈에도 몰랐어요."

"나 사람 아닌데? 짐승인데?"

재필이 "아웅……." 하며 잡아먹는 시늉을 하자 은기가 웃었다.

"그만 좀 해요."

"듣기 싫으면 내 입 막아 보든가. 응?"

이제 은기의 정신은 난간에 매달린 상태에 다름없었다. 대롱대롱 간당간당. 정말이지 재필은 한번 밀어붙이기 시작하면 봐주는 법이 없었다. 특히나 야한 말을 얼마나 잘하는지, 은기는 번번이 귓속에서 폭탄이 터지는 기분이었다.

"기왕이면 여기로 막아 줬음 좋겠네."

그러면서 재필이 은기의 바지 속으로 손을 쑥 집어넣었다.

"하읏……."

"응? 여기로 막아 주라. 순식간에 조용해질걸?"

몸 안을 간질이기 시작하는 재필의 손가락에 은기가 허리를 비틀며 더듬더듬 말했다.

"나, 나 완전히 넘…… 흐으…… 넘어가게 안 한다고 약속하면."

그 말이 나올 만했다. 최근 들어 은기의 오르가슴 빈도가 부쩍 높아진 때문이었다. 전에는 다섯 번에서 한 번 정도였다면, 요즘은 세 번 중에 한 번 정도랄까. 재필이 은기를 안기 시작하면 기본이 세 번이니, 그건 곧 일단 시작한 날은 반드시 은기를 넘겨 버리고야 만다는 결론이었다.

"싫은데? 왜? 당신이 다 놔 버리는 순간이 얼마나 좋은데, 왜? 은기야. 몸이 변하는 걸 두려워하지 마. 그냥 넘어가면 돼. 응?"

"집도 아니고……."

"그럼 반만 넘어가게 살살 할게."

"맨날 그래 놓고 결국엔 철인 경기 하니까 그렇지."

푸하하하…… 재필이 웃음을 터뜨렸다.

"우리 은기, 복싱클럽에 데리고 가야겠네. 힘 좀 세지게."

"아아아……."

은기가 진저리를 내자 재필이 은기를 더 꽉 끌어안았다. 그러곤 손가락 개수를 하나 더 늘리며 은기를 조심스럽게 쓰러뜨렸다. 은기가 손을 움직여 딱딱하게 팽창한 재필의 분신을 자유롭게 풀어 주었다. 그러곤 재필의 등에 팔을 둘렀다.

"은기야. 하아아……."

기다란 신음. 아주 기다랗고 기다란 신음. 은기의 팔 안 세상이 안식이자 안온이어서, 평온이자 평화여서, 희열이자 환희여서 재필은 자신도 모르게 아주 기다랗게 신음을 토했다. 그러다 문득 웃음이 지어졌다.

'이렇게 살다 보면, 그러니까 당신 옆에서 당신 기운 받으며 살다 보면, 나 마음 일도 잘할 수 있을 거 같아. 높으면서 넓기도 한 사람 될 수 있을 거 같아. 내가 좋아하는 최고, 그거 될 수 있을 거 같아.'

재필이 은기의 바지와 속옷을 완전히 벗기고는 자신도 벗어 던졌다. 그런 뒤 은기의 셔츠를 걷어 올리곤 가슴을 머금었다. 은기가 재필의 뒤통수를 부드럽게 쓸었다. 펄떡거리는 분신을 은기의 다리 사이에 문지르며 재필이 생각했다.

'무엇보다도 중요한 건, 짐승. 난 짐승으로서도 최고가 될 거 같거든.'

재필이 손을 뻗어 은기의 머리맡에 있는 무릎 덮개를 끌어 내리려다 그만두었다. 불현듯 아무것도 깔지 말아야겠다는 생각이 들어서였다. 그대로 소파에 얼룩을 남겨야겠다는 욕구가 솟아서였다. 은기가 그 얼룩을 볼 적마다 몸이 뜨거워졌으면 좋겠다는 욕망이 치밀어서였다. 그러니 아무래도 '반만 넘어가게 살살' 하겠다는 약속은 지키지 못할 것 같았다.

'은기야. 나…… 당신 앞에선 내가 통제가 안 돼. 그냥 딸려 가. 가서 쩔꺽, 하고 붙어.'

은기의 다리 사이가 미끈거리기 시작하자 재필이 천천히 은기의 다리를 잡아끌어선 자신의 어깨에 하나씩 걸치게 한 다음 엉덩이를 받쳐 위로 올렸다. 은기의 중심이 눈앞에 훤히 보였다.

'이 문 안에 뭐가 있는지 이젠 알아. 열고 들어가면 뭐가 나올지 다 알아. 하지만 이 문 안의 끝이 어디인지는 몰라. 아마 평생 모를 거야.'

은기의 야릇한 한숨 소리가 재필의 귀를 파고들었다. 재필이 눈을 들자 은기의 가슴이 빠르게 오르락내리락하고 있었다.

"은기야."

재필의 부름에 두 사람의 시선이 부딪쳤다.

"나 봐. 고개 돌리지 말고 계속 봐."

그러곤 은기의 시선을 단단히 붙든 채로 고개를 숙여 은기의 중심에 입술을 댔다. 그리고 혀를 밀어 넣었다. 그러자 분신이 자기가 들어가게 해달라고 몸부림치기 시작했다. 그 분주한 움직임을 느낀 은기가 허리 아래로 주춤주춤 손을 뻗어 재필의 분신을 부드럽게 움켜쥐었다. 달래 주고 싶어서였다. 순간, 재필에게 전율이 일었다. 정수리를 통해 내리꽂히는 듯한 전율. 이런, 아직 제대로 된 시작은 하지도 않았는데 벌써 말이다.

아무튼, 누가 알 것인가. 번화가 큰길가에 자리 잡은 고풍스러운 한복집, 'CLOSED'가 걸린 채 굳게 닫힌 문 안 환한 조명 아래, 밖에선 보이지 않는 작업실의 오래된 소파에서, 한 남자와 한 여자가 수위 높은 사랑의 행위에 몰두해 있을 줄을.

밤이라기엔 아직 일러서 구르고 멈추는 바퀴 소리, 걷고 뛰는 발짝 소리, 말하고 웃는 목소리들이 푸짐하게 넘쳐 났지만, 두 사람은 아무것도 듣지 못했다. 서로의 몸에서 나는 소리와 서로의 마음에서 나는 소리가 워낙 커서 하나도 들을 수 없었다.

에필로그

이야기 속의 이야기 — 도킹(docking)

재형의 퇴원이 이틀 미뤄졌다. 정확히 뭐가 문제인지 재필이 알 도리는 없었다. 그런 걸 일곱 살 아이가 알아듣도록 일일이 설명해 줄 사람은 없었으니까 말이다. 다만 엄마의 눈이 벌겋게 퉁퉁 부어오른 것으로 보아 좋지 않은 상황이라는 것만 미루어 짐작할 뿐이었다.

'저번에 약 안 먹는다고 고집부려서 그런 걸 거야. 서재형 진짜 속 썩여.'

감염 위험 때문에 병실 출입이 불가능했기에, 재필은 소아과 외래 휴게실에 오도카니 앉아 아버지가 자신을 데리러 오길 기다리면서 걱정과 원망이 뒤범벅된 심사를 다스리고 있었다.

'괜찮을 거야. 재형이 괜찮을 거야. 두 밤만 자면 돼. 두 밤만 자면 재형이 집에 올 거야.'

그때였다. 한눈에도 착하게 생긴 커다란 아저씨가 꼬맹이 여자아이를 데리고 휴게실 안으로 들어왔다. 딸기 모양의 방울을 양쪽에 하나씩 달고 이름을 알 수 없는 꽃 색깔의 원피스를 입은 꼬맹이는 그러니까, 뭐랄까, 음…… 굉장히 귀여웠다. 무엇보다 두 볼이 뽀얀 크림빵 같은 것이 한번 만져 보고 싶을 정도였다.

'지금까지 본 것 중에 최고로 귀엽다.'

꼬맹이에게서 눈을 떼지 못하고 있자니, 착하게 생긴 커다란 아저씨가 재필을 힐긋하고는 미소를 지었다. 그러곤 꼬맹이를 재필의 옆의 옆자리에 앉히고는 오른손에 빨대 꽂힌 초코우유를 쥐여 주었다.

"저기 고모 보이지?"

"응."

순간적으로 재필은 오싹했다. '응.' 하고 대답하는 목소리가 귀엽고, 귀엽고, 귀여워서 오소소 소름이 돋아 버린 것이다.

"아빠 저기서 고모랑 얘기하고 있을 테니까 천천히 마시고 있어. 밥알 씹듯이 꼭꼭 아주 천천히. 알았지?"

"응."

또 오싹오싹.

아저씨가 꼬맹이의 머리통을 손바닥으로 가볍게 두드리고 휴게실을 나가자, 꼬맹이가 눈을 반쯤 내려 우유갑에 시선을 붙이고는 쪼록 쪼로로…… 하면서 빨대를 빨기 시작했다.

'우아…… 우아…….'

빨대를 빨기 위해 한껏 내민 입술과, 힘을 줄 적마다 부풀었다 꺼졌다 하는 볼은 '응.' 보다 한 차원 높은 귀여움이었다. 정말이지 눈을 뗄 수가 없었다.

'얘 뭐야?'

참다 참다 한계에 이른 재필이 결국 꼬맹이에게 말을 걸었다.

"몇 살이야?"

꼬맹이가 자세는 그대로 유지한 채 왼팔을 뻗더니 손을 활짝 폈다.

"다섯 살이라고?"

"응."

'한참 아가네.'

그랬다. 친척들 말마따나 '웬만한 어른은 찜 쪄 먹게 생긴' 재필에게 있어 다섯 살이란, 아가 중 아가였던 것이다. 게다가 재필은 그 나이치고는 키가 큰 편이어서 위로 한두 살 정도는 너끈히 상대하고도 남았으니 더 그렇게 느껴질 수밖에 없었다.

'몸도 이렇게나 작아서 언제 커.'

재필은 자신도 모르게 한 칸 다가가 꼬맹이 바로 옆에 앉았다.

"아파서 왔어?"

"응."

"어디가 아픈데?"

"마음."

재필은 철렁했다. 무슨 저런 쪼그만 아이 입에서 마음이 아프단 말이 다 나오나.

"마음이 왜 아파?"

"엄마가 없어져서."

거기서 재필은 할 말을 잃었다. 그건 생각해 본 적 없는 아니, 상상조차 해 본 적 없는 일이어서 할 말이 생각나지 않았던 것이다. 그래서 조심스럽게 손을 뻗어선 무릎에 놓인 꼬맹이의 왼손을 잡았다. 그리고 생각난 걸 말했다.

"무서웠겠다."

꼬맹이가 고개를 들더니 재필을 빤히 쳐다보았다.

"난 동생이 없어질까 봐 무서운데."

꼬맹이가 입에서 빨대를 놓더니 재필 쪽으로 몸을 비틀어 돌렸다.

"동생이?"

재필이 고개를 끄덕이자 잠시 후 꼬맹이가 손을 뒤집어선 재필의 손을 맞잡아 왔다. 재필의 가슴속이 순식간에 따뜻해졌다.

'쪼그만 게.'

꼬맹이가 우유갑을 옆에 내려놓고는 오른손 검지로 아랫입술을 문질렀다. 그러곤 조심조심 단어들을 뱉어 냈다.

"우리 집에 실하고 바늘 있어."

"실하고 바늘?"

"응. 구멍 뽕뽕 뚫린 옷감도 있어. 아빠가 팡, 팡, 했어."

재필은 팡, 팡, 해서 구멍이 뽕뽕 뚫린 옷감이라는 게 뭔지 도통 이해가 가지 않았지만 성의껏 대꾸했다.

"그래?"

"엄마가 쓰던 거야. 엄청 많아."

"그런 거 좋아해?"

"응. 바늘이 그 구멍 지나가. 그럼 실도 지나가. 그거 좋아."

"너 그런 거 갖고 놀면 안 돼. 찔리면 피나. 주사 맞을 때처럼 아파."

"아야 하는 거 말고 다른 거 있어. 큰 거."

큰 거라. 재필은 바늘이 크다는 게 어떤 건지를 상상해 보려고 했지만, 본 적이 없으니 그림이 제대로 그려질 리 없었다. 아무튼 작은 바늘이 있다면 큰 바늘도 있기는 하겠지.

"그래? 근데?"

"내가 붙여 줄게."

"뭐라고?"

"동생 없어지지 않게 붙여 줄게. 꽁꽁."

재필은 울컥했다. 그렇게 해서 붙여지는 게 아니란 걸 알지만, 그 말이 위로가 되어서 울컥했다.

"고마워."

"응. 꽁꽁. 내가 할게."

재필은 궁금해졌다. 꼬맹이의 이름은 뭔지, 꼬맹이가 사는 곳은 어디인지, 그런 것들이. 그래서 막 물으려는데 꼬맹이의 아빠가 휴게실 입구에 나타나 손짓했다.

"은기야."

그러다 꼭 잡고 있는 두 손을 흘깃하고는 가까이 오며 허허허…… 웃는데 그 웃음이 꼬맹이의 손만큼이나 따뜻했다.

"우리 딸, 뭐 하고 있었어?"

"비밀."

재필은 웃음이 나왔다. 비밀일 것까지야.

"그래?"

"응."

"그래, 그래. 비밀도 있어야지. 그나저나 우리 딸. 다 마신 거야?"

"응."

"그럼 가자. 고모랑 다 같이 맛있는 거 먹으러 가자."

"오빠는?"

그 소리에 재필이 움찔했다. 오빠라니, 혹시 나?

"유치원 끝날 때 됐으니까 현기도 같이 가야지."

"응."

재필이 픽, 했다.

'그러면 그렇지. 오빠래서 깜짝 놀랐네.'

꼬맹이가 재필의 손을 놓았다. 재필은 놓고 싶지 않았지만 어쩔 수 없었다. 꼬맹이가 의자에서 폴짝, 뛰어내리더니 몸을 돌려 재필의 앞에 섰다. 그러곤 재필의 눈 바로 앞에 손을 흔들었다.

"오빠, 안녕."

'우아…… 나더러도 오빠래.'

재필은 감격했다. 아닌 줄 알았는데 자신에게도 그렇게나 귀엽게 '오빠'라고 불러 주다니. 재형은 절대로 불러 주지 않을 호칭이기도 했거니와, 유치원에서 듣던 그저 그런 '오빠' 같은 건 갖다 댈 게 아니었다. 가슴이 마구 콩닥거렸다.

"그래, 안녕. 잘 가."

재필이 활짝 웃으며 손을 흔들어 주었다. 그것 말고는 할 수 있는 게 없어서 아주 열심히 말이다. 방금 전까지 자신이 잡고 있던 꼬맹이의 손을 아저씨가 잡았다. 그렇게 꼬맹이는 시야 밖으로 사라져 갔다.

'아까 이름 뭐랬지?'

아저씨가 꼬맹이를 부를 때 분명히 들어 두었는데 '오빠' 소리에 놀라 거기에 신경 쓰느라 그만 잊어버린 것이다. 이제는 어쩔 수 없음에 아쉬워하며 다시금 오도카니 앉아 있던 재필은 꼬맹이가 앉았던 자리로 스리슬쩍 몸을 옮겼다. 그리고 생각했다. 소원 같은 생각을.

'또 만났으면 좋겠다.'

재필이 알 리 없었다. 방금 아저씨에게 아쉬움으로 넘겨줄 수밖에 없었던 꼬맹이의 손을 먼 훗날, 구체적으로 정확히 24년 뒤에 자신이 도로 찾아와 잡으리란 걸.

(그나저나 24라. 아주 괜찮은 수였다. 하루도 24시간으로 이루어져 있고, 한 해는 24절기로 이루어져 있으니까 말이다. 물론 더 기가 막힌 수도 있었다. 바로 12. 오전 오후 12시간씩에 한 해가 12개월인 건 기본이고, 12간지니 황도 12궁이니 기타 등등 기타 등등. 오죽하면 우주의 질서를 상징한다고까지 할까.

재필에게도 12는 의미 있는 숫자였다. 꼬맹이의 손을 놓고 12년 후에 해당했던 19살 때, 재필은 분명 꼬맹이 지근거리에 있었으니까 말이다. 한 고등학교의 3학년과 1학년으로. 그러니까 그 1년이 기회였던 것이다. 하지만 재필은 스스로에게 집중해 있느라, 자신에게 향해 있던 꼬맹이의 시선을 전혀 눈치채지 못했다. 그래서 그 이후로 12년을 또 보내야만 했던 거고. 너무 거창한가? 아님 말고. 결국 잡았으면 됐지, 뭐.)

이야기 밖의 이야기 — 커팅(cutting)

정완은 재필을 보자마자 알아보았다. 자신과 거의 비슷한 부류라는 것을. 그러니까 세상의 중심은 나, 그런 인간형 말이다. 영역은 달랐다. 재필이 지적인 부분에서 그러하다면, 정완은 영적인 부분에서 그러하달까.

스스로에 대한 굳건한 확신은 어려서부터 있었다. 무당이었던 친할머니의 내력에, 사람을 꿰뚫는 안목이 높았던 아버지의 유전자가 보태진 덕인지 몰라도, 보면 보였던 것이다. 그러니까 숨겨진 속이, 바탕에 깔린 배경이 말이다.

그래서 정완은 자신을 '정완계의 정완' 이라고 여겼다. '태양계의 태양'에 빗댄 표현이었다. 그러다 보니 자연스럽게 늘 혼자였는데, 혼자라는 사실이 힘들거나 불편했던 적은 단 한 번도 없었다. 오히려 정완은 혼자라서, 혼자이기 때문에 강한 사람이었다.

그만큼이나 강했던 그의 영력이 바닥까지 떨어진 적이 있었다. 진단주, 그녀 때문이었다. 전역 후 복학해 첫 출석한 전공 강의에서 만난 3년 후배, 진단주. 청기와 운기가 남달랐던 여자, 진단주. 맹랑하고 당돌하면서도 어리숙한 구석 또한 만만치 않았던 여자, 진단주.

20대 중반이었던 당시의 정완은 '불가촉' 형 인간이었다. '불가촉' 이 인도의 최하층 신분인 '불가촉천민' 에서 나온 부정적인 명칭이기는 했지만, 단어 자체가 가진 뜻으로만 보면 '불가촉' 이라고밖에는 설명할 수 없어서였다. 아닐 불(不), 옳을 가(可), 닿을 촉(觸). 말 그대로 닿았다가는 큰일 날 것 같은, 엮였다가는 낭패 볼 것 같은, 그런 사람 말이다.

서늘하다 못해 한기가 느껴지는 인상, 상대방이 무슨 생각을 하고 있는지 다 들여다보고 있는 것 같은 눈, 짧고 굵게 토막 내 발음하는 단어와 문장들, 게다가 머리끝부터 발끝까지 온통 검은 옷. 정완이 혼자이고자 하지 않아도 사람들은 가까이 오지 않았고, 그를 철저히 혼자이도록 내버려 두었다.

그런데 단주는 아니었다. 처음부터 정완에 대한 호의를 숨기지 않았다. 거리낌 없이 다가왔고, 지치지 않고 말을 걸어왔으며, 집요하다 싶을 정도로 주변을 맴돌았다. 신(神)의 일에 본격적으로 몰두해 가고 있었던 정완에겐 퍽 거추장스러운 일이 아닐 수 없었다.

하지만 시간이 흐를수록 단주가 차지하는 공간이 점점 넓어져 갔다. 보이지 않으면 궁금하고, 들리지 않으면 아쉬운 존재가 되어 갔다. 학교에만 들어서면 자신도 모르게 눈으로 찾을 정도로 단주는 정완에게 중요한 사람이 되어 갔다. 그런 변화에 정완은 속수무책이었다. 그런 감정이 처음이어서, 그런 기분이 처음이어서 혼란스럽기까지 했다. 결국 일이 터지고야 말았다.

비가 많던 날이었다. 명상을 통해 접신이라고 할 수 있는 궁극의 단계에 막 접어들려던 정완이 돌연 깨어나 몸부림을 쳤다. 내쳐진 것이다. 단주의 환영이 훼방을 놓은 탓이었다. 한 번도 한눈판 적 없고, 한 번도 다른 일에 홀린 적 없었는데 한 여자가……. 정완은 그걸 '망쳐졌다' 고 판단했다. 결론을 지어야 했다.

단주를 불러낸 날, 지하 카페엔 손님이 없었다. 말이 카페지 커피보다는 초저녁부터 시작하는 술이 더 유명한 곳이었다. 정완이 그곳을 선택한 건 순전히 분위기 때문이었다. 뭐랄까, 동굴 같다고나 할까. 감추고 가리고 숨기는 데 맞춤인 동굴. 어쨌거나 술손님이 들기엔 이른 시간이었다. 종업원은 두 사람이 메뉴를 결정하고도 한참이 지나서야 어슬렁어슬렁 나타났다. 정완은 홍차를, 단주는 차가운 코코아를 주문했다.

정완이 단도직입, 거두절미, 그렇게 물었다.

"나하고 뭘 하고 싶니?"

말이 끝나기가 무섭게 대답이 나왔다.

"사랑이요."

그 비슷한 대답을 할 수도 있을 거란 예상은 했었다. 그런 기운을 가진 사람은 말을 돌리는 데 재주가 없으므로. 그렇다고 바로 '사랑'부터 말할 줄이야. 충격이 좀 셌다.

"그럴 수 있을 거라고 생각하니?"

"선배님이 나한테 져 주기만 하면요."

져 준다, 라. 단주는 지금 정완에게 꺾여 달라고 하고 있었다. 가장 중요한 걸 버리라고 하고 있었다.

"단주야."

"네. 설득해 보세요."

정완은 주춤했다. 아까웠다. 단주가 아까웠다. 남 주기 아까웠다.

"그래."

정완은 숨을 골랐다. 그리고 말하기 시작했다.

"세상에는 내 일, 남 일, 신 일, 그렇게 세 가지 일이 있어."

"선배님은 그중에서 신 일을 하려는 거구요."

"그래, 맞아."

"말씀 계속하세요."

손가락 끝이 아파 왔다. 낯선 통증이었다. 이따가 찻잔을 잡을 수 있을까. 놓쳐 버릴지도 모르겠어.

"네가 있으면 내가 신 일을 못 해."

"그건 아직 선배님 힘이 약해서예요. 강해지면……."

"단주야."

단주가 정완을 뚫어져라 쳐다보았다. 이젠 발가락 끝이 아파 오기 시작했다. 태연하게 걸을 수 있을까? 넘어져 버릴지도 모르겠어.

"강해질 수가 없잖아. 네가 옆에 있는데 어떻게 힘을 키워."

"왜 못 키워요? 내가 언제 힘 나눠 달래요? 난 그냥 곁에 있기만 할 건데?"

아, 아까워. 아까워. 다른 사람한테 주기 아까워. 하지만 정완은 스스로를 너무나도 잘 알았다. 자신은 두 가지를 다 잘할 수 있는 사람이 아니라는 걸. 하나를 택하면 다른 하나는 버려야 하는 사람이라는 걸.

"못 해. 그것까진 타고나지 않았어. 그래서 너를 택하면 나, 평범해져. 그걸 내가 어떻게 견디겠니. 그러니까 단주야."

거기서 정완은 목이 메었다. 이젠 정말 끝이구나.

"그만둬. 너를 귀인으로 여길 사람이 나타날 거야."

단주가 중얼거렸다.

"내가 언제 귀인 대접 받고 싶대?"

정완이 속으로 대꾸했다.

'받고 싶지 않아도 받게 될 거야.'

그 말 이후로 고개를 숙인 채 한참이나 침묵을 유지하던 단주가 갑자기 벌떡, 일어섰다.

'가는구나. 어떡하지. 그래도 단주야. 나, 너 못 잡아.'

이어진 꾸벅. 허리까지 숙인 아주 공손한 꾸벅.

"길 막아서 미안합니다. 갈게요."

그러곤 뒤도 돌아보지 않고 나갔다. 그 뒷모습을 보면서 주먹을 얼마나 세게 쥐었던지.

'단주야. 하아, 단주야.'

단주가 나가자마자 홍차와 차가운 코코아가 나왔다.

'코코아라도 마시고 가지.'

그렇게 단주를 보냈다. 정완은 이후로 단주를 보지 못했다. 휴학했다고 했다. 아이러니였던 건 정완의 몸이었다. 단주만 떨쳐 내면 원래대로 돌아갈 줄 알았는데 아니었던 것이다. 얼마나 아팠던지. 무에 그리 커다란 마음이었다고. 무에 그리 애틋한 사이였다고.

하지만 시간은 모든 고통을 흐려지게 했다. 지난하긴 했어도 정완은 결국 회복했으며, 오래 지나지 않아 '신 일'에서 한 획을 그었다. 그의 조언을 얻기 위해 몇 달씩 기다리는 것도 불사하는 사람들이 줄을 이었고, 그가 펴낸 점성학 전문 서적이 베스트셀러가 되기도 했고, 그가 기고하는 점성학 관련 글은 웹 속에서 공유에 공유를 거듭해 갔다. 만사형통이었다. 단주만 없을 뿐.

그 와중의 어느 날, 회복은 했으되 아직 한 획을 긋기는 전인 어느 무렵의 어느 날이었다. 어머니 옥자의 실버타운 입주가 결정된 후 집안 정리를 하는 과정에서 소설가였던 아버지의 책들이 제법 많이 나와 이리저리 처분하느라 정신없던 차, 누나 정윤이 『태양의 우울』 때문에 누구를 만나기로 했다는 소리를 했다.

순간 정완은 강한 기운을 느꼈다. 아주 익숙한 기운, 여전히 선명한 기운, 떠올릴 적마다 가슴이 시려지는 기운, 되짚을 적마다 뇌수가 졸아드는 것 같은 기운. 그러니까 단주, 진단주의 기운.

누나에게 자청해 대신 나갔다. 그리고 그 자리에서 재형을 보았다. 물론 그때는 이름까진 알지 못했다. 이름을 알게 된 건 한참 나중, 〈효당마을〉에서 해강을 만나면서였으니까.

어쨌든 보았다. 당연히 혼자는 아니었다. 책이 필요하다던 사람도 남자, 누나와 약속을 한 사람도 남자였으니까. 누나가 메모해 준 바에 의하면 심리학을 전공하는 대학교 1학년 우해강.

'아…….'

그립고 그리웠던 기운이 재형에게서 별처럼 반짝이고 있었다. 허리에서 힘이 모조리 빠져나가면서 도저히 일어설 수 없었다. 그래서 앉은 채로 맞이했다.

"책 받으러 왔죠?"

"아, 네. 한눈에 알아보시네요."

듣고 싶은 건 재형의 목소리였는데, 재형도 단주처럼 말할지 궁금했는데, 대답은 역시나 해강에게서 나왔다. 이후로도 모든 대화는 해강하고만 이루어졌다. 그러는 동안 시선이 자꾸만 재형에게로 향했다. 어쩔 수 없었다. 아니나 다를까, 해강이 긴장하는 게 보였다.

'안 뺏어. 아니, 못 뺏어. 그냥 궁금할 뿐이야.'

그래도 자신의 눈빛이 해강에게는 고문이지 싶어 애써 시선을 돌리고 화제도 돌렸다. 그리고 헤어질 때 결론처럼 한마디를 보탰다.

"궁합이니 사주니, 그런 거 보러 다니지 말아요. 안 그래도 돼요."

보러 다닐 필요가 없었다. 재형은 정완 같은 사람만 아니라면, 그 누구와 만난다 해도 그 누구에게든 '귀인'이 될 사람이니까. 그러니까 단주처럼. 다만 그걸 알아보고 죽기 살기로 매달려 있는 해강이 대단하다는 생각은 들었다. 보면 알 수 있었다. 해강이 사력을 다해 재형을 쫓고 있다는 것을.

'네가 그녀의 처음인 걸 진실로 축하해. 그녀의 모든 처음을 다 독차지하게 된 걸 진심으로 축하해. 두 번째였다면, 넌 그녀를 얻기까지 굉장히 많이 아파야 했을 거야. 세 번째였다면, 죽을 뻔해야 했을 수도 있고. 네 번째? 거기부턴 기회 없어. 원래 그 정도의 귀인은 갖기 힘든 거거든. 처음이라서 허들이 높지 않았던 거야. 그러니까…… 정말 축하해. 모든 걸 누리면서 살게 될 거야. 단, 네가 변하지 않는다는 전제하에. 뭐, 그럴 것 같아 보이지는 않지만.'

그렇게 두 사람을 놓아주고 오는 길, 목이 말랐다. 심리적인 갈증이었다.

'단주…… 뭐 하며 살까. 보고 싶네.'

아무튼 그날 재형을 보며 정완은 다시금 확실하게 깨달았다. 그 어떤 여자와의 인연도 자신은 불가능하다고. 자신을 감당할 수 있는 사람은 단주나 재형처럼 기운이 맑디맑아야 하는데, 역설적이게도 정완은 그런 기운을 만나면 자신의 영력을 잃고야 만다고. 그러니 자신이 사랑과 일, 둘 중에 하나를 택해야 한다면 그건 일일 수밖에 없다고. 그동안 자신의 에너지를 키우기 위해 그렇게나 애써 왔음에도 불구하고 그 점만큼은 여전히 변함이 없다고.

그래서 정완은 〈효당마을〉 정원에서 어머니 옥자의 전동 휠체어가 나타나기를 기다리고 있는 지금 이 순간, 은기를 향해서 은기만 쳐다보고 전속력으로 달려가는 '재필계의 재필' 재필을 보면서 조금 괴로웠다.

'나는 잘라 낼 수밖에 없던 걸 당신은 가지는구나.'

그리고 태어나 처음으로 다른 사람이 부럽다는 생각을 했다.

정윤은 은기를 보자마자 알아보았다. 자신과 완전히 다른 부류라는 것을. 그러니까 위성 같은 사람. 묵묵히 조용하게 행성의 주변을 돌아 주는, 변함없이 꾸준하게 행성을 완성해 주는, 그런 위성 같은 사람. 정윤은 독립적인 행성으로는 살아도 부수적인 위성으로는 결단코 살 수 없는 사람이었으므로.

'내가 저런 여자였다면 좀 나았을까? 아니, 황경훈이란 남자가 저런 여자를 만났다면 더 나았을까?'

정윤과 경훈의 역사는 웬만한 부부의 역사와 맞먹었다. 대학교 1학년 때 수학과 동기로 만나 바로 가까워지기 시작해 올해 서른아홉에 이르기까지, 무려 20년 가까이 계속되어 온 인연이었으니 말이다. 게다가 5년 전부터는 동거까지 하고 있었다.

그것도 웃기는 것이 '우리 동거하자.' 하고 시작한 동거가 아니라, 정윤의 집에 경훈이 머무는 날이 하루 이틀 늘어나다가 어물쩍 눌러앉게 된 케이스였다. 경훈은 수학 교재를 만드는 연구원으로 출퇴근이 자유로워서 집안 살림을 상당 부분 도맡았기에 정윤이 어영부영 눈감아 주고야 만 건데, 맺고 끊는 게 정확한 정윤으로서는 예외도 한참 예외의 범주에 드는 일이었다.

두 사람의 동거는 아무도 모르는 사실이었다. 그 이전에, 두 사람의 관계에 대해서도 현실과는 생판 다른 관점들이 존재하고 있었다. 친구와 동문들은 '친구 이상 애인 미만' 으로, 지인과 동료들은 '친구인데 남자', '친구인데 여자' 로 말이다. 어떻게 그럴 수가 있는지 감탄스러울 정도로 두 사람은 다른 사람의 시선 안에서만큼은 서로에게 담담하고 독립적이었다. 그것도 아주 자연스럽게.

심지어 가족들은 상대방의 존재 자체를 아예 모르고 있었다. 두 사람 모두 약속이나 한 것처럼 집에선 입도 뻥긋하지 않아서였다. 솔직히 동거를 하든 말든, 참견할 사람도 없었다. 정윤의 엄마인 옥자는 하반신 마비로 실버타운에 거주하고 있어서 그럴 형편이 아니었고, 경훈의 부모는 방임주의 스타일로 그럴 성격들이 아니었다.

20년 가까이 함께하는 동안 숱한 이별과 재회가 있었다. 사람과 사람 사이에 문제가 생기지 않을 수도 없는 일인 데다, 정윤이 워낙 매사에 할 말은 하고 짚고 넘어갈 건 건너뛰는 법이 없는 사람이었기에 충돌이 당연했지만, 그 어떤 일에서건 트러블이 발생하는 걸 못 견뎌 하는 경훈이 무언가 삐걱거릴 적마다 바로 도망을 가 버린 때문이었다. 정윤은 잡지 않았고, 그럼 그게 이별이었다.

그런데 아이러니는 경훈이 그 '충돌' 보다 '헤어짐' 의 상황을 더 괴로워했다는 점이었다. 그러니 오래 버티지 못하고 결국 정윤에게 다시 돌아오곤 했는데, 돌아올 때만큼은 또 어찌나 필사적인지 정윤은 끝내 내치지 못했다. 그럼 그게 재회였다. 다만 자신이 경훈에게 있어 '사랑' 혹은 '애정' 의 영역이 아니라 '습관' 혹은 '관성' 의 영역에 속한 사람인 것 같은 기분이 좀 서글플 뿐이었다.

그렇다고 경훈이 정윤을 소 닭 보듯 하는 건 아니었다. 정윤을 말 한마디 없이 뚫어져라 쳐다보는 일이 다반사였고, 밥 먹다 말고 '견정윤. 너 왜 안 늙어? 사람 신경 쓰이게? 빨리 늙어.' 하는 말을 진지하게 던지기도 했고, 특히나 섹스할 땐 정윤이 숨넘어갈 정도로 무섭게 파고들고는 했다.

가장 중요한 점은, 무난히 만나고 있을 때건 헤어져 있을 때건 경훈이 다른 여자에게 눈을 돌린 적이 없다는 사실이었다. 그건 정윤도 마찬가지였지만 거기엔 결정적인 차이가 있었다. 정윤은 또 다른 '인간관계' 에 대한 기대가 없어서였고, 경훈은 또 다른 '남녀관계' 에 대한 관심이 없어서였다.

구체적으로 정윤이 남녀노소 불문 여타의 사람들에게 흥미가 없는 반면, 경훈은 여자에게만 흥미가 없었다. 특히 경훈은 얼마나 없으면, 싸가지 없기로 유명한 동료가 술자리에서 비아냥거린 적도 있었다.

'임포예요? 아니지, 그게 안 돼도 관심까지 없을 수는 없지. 그럼 눈에 차는 여자가 없나? 하긴 그 비싼 차에 태우고 다니려면 웬만한 여자로는 안 되겠더라. 그럼 차라리 남자라도 좋아해 보지 그래요. 경훈 씨 정도 외모면 그쪽에서도 먹힐 거 같은데. 아마 한번 깔아 보겠다고 너도 나도 난리 날걸? 아, 혹시 무성애자인가? 부모님 속상하시겠네.'

물론 경훈은 듣는 시늉도 하지 않았다. 트러블을 만들지 않기 위해 단련해 온 능력이었다. 직장에선 도망갈 수 없으니 무시가 최선인 때문이었다. 하지만 그 말을 한 싸가지는 주변으로부터 아무리 술김이래도 그렇지, 사람이 할 소리가 있고 못 할 소리가 있다는 비난에 한동안 시달려야 했다.

어쨌거나 정윤이든 경훈이든, 서로에게 있어 유일한 이성임에도 불구하고 둘 사이에 '결혼' 이란 단어가 등장한 적은 없었다. 언젠가 경훈이 지나가는 말로 못을 박다시피 한 이후로는 무언의 금지어가 돼 버리기까지 했다.

'너하고 우리 어머니는 같은 극이야.'

'좋네.'

'아니. 자석을 보고도 몰라? N극과 N극은 서로 튕겨져 나간다고. 그럼 내가 S극이 돼서 가운데 끼어 있어야 한다는 건데, 난 그런 역할 자신 없어.'

그렇게 미지근한 일상이 반복되면서 정윤은 경훈의 '좋은 게 좋은 거'에 대강 맞추기 시작했다. 문제란 해결하라고 있는 것이다, 라는 가치관의 정윤으로서는 경훈의 사고방식이 비겁하게 느껴졌지만, 그렇다고 경훈을 괴롭히기는 싫어서였다.

물론 가끔 궁금하기는 했다. 자신이야 마음대로 살아도 되는 가정 환경이라 해도, 장남인 경훈이 과연 결혼을 하지 않아도 되는 상황인지에 대해서 말이다. 각자의 집에서 결혼에 대해 어떤 이야기가 오고 가는지, 전혀 주고받은 적이 없다 보니 더했다.

말 그대로 정윤은 이렇게 살든 저렇게 살든, 하등 문제 될 게 없었다. 생전의 아버지 호중이 원체 개방적인 성격이기도 했거니와, 정윤을 낳기 전에 아이를 둘이나 병으로 잃었던 엄마 옥자는 느지막이 본 정윤과 정완에게 무언가를 강요하는 법이 없는 사람이었다.

아닌 게 아니라 정완의 독신주의를 두고도 옥자는 아무런 태클을 걸지 않았다. '네가 원하는 게 그거라면.' 할 따름이었다. 하지만 최근 들어 정윤은 지치고 있었다. 주변과 상관없이, 확신 없는 관계가 주는 피로의 누적이었다.

'이러다 어느 날 갑자기 끝날 거 같아. 그럼 우리가 함께했다는 건 그냥 묻히는 거겠지. 아무도 모르니까.'

그러던 어느 토요일이었다. 〈효당마을〉에 거주하고 있는 엄마 옥자에게 다녀와 영화 한 편을 다운받아 보고 있는데, 마찬가지로 집에 다니러 갔던 경훈이 돌아왔다. 어쩐지 기분이 안 좋아 보여 학생들한테서 주워들은 시답잖은 농담을 생각나는 대로 던지기 시작했다. 그러다 "엄마가 내 사주 또 내돌리셨어.", 그 말까지 하게 되었다.

경훈이 휙, 하고 고개를 돌려 왔다.

"뭐?"

"의사가 새로 왔는데 새침해서 마음에 드신대. 그래서 맞춰 보셨대."

"근데?"

정윤이 자신도 모르게 미간을 찌푸렸다. 지금까지 옥자가 그런 게 한두 번도 아니었고, 그건 경훈도 다 알고 있는 사실이었다. 하지만 경훈은 그럴 적마다 세상 재미난 농담이라도 들은 듯 웃고 지나가기나 했지, 질투는커녕 궁금해한다거나 형식적으로나마 되물어 온다거나 하지조차 않았다. 그런데 '근데?' 하고 물어 온 것이다. 정윤은 '별일이네.' 하면서도 주름을 풀고 성의껏 대꾸했다.

"백 날 천 날 싸울 팔자로 나왔대. 내가 그렇지, 뭐. 워낙 드세서 맞는 사람이나 있겠어?"

"그럼 나는. 너하고 살기까지 하는 나는."

정윤은 '얘가 왜 이래.' 싶었다. 하지만 이번에도 있는 그대로 말해 주었다.

"너하고는 본 적 없잖아. 그러니 모르지."

그 말에 가만히 서 있던 경훈이 알아들을 수 없는 말을 중얼거리더니 서재 겸 작업실로 쓰는 작은방으로 들어가 버렸다. 정윤에게 짜증이 치밀어 올랐다. 안 그래도 고3 담임을 맡으면서 스트레스가 임계치에 달한 데다, 내년이면 마흔이네 어쩌네 운운하는 잔소리들이 동시다발적으로 폭발하고 있어서 속이 은근히 부대끼고 있었던 것이다. 그냥 있다가는 성질 한번 제대로 부릴 것 같은 위기감에 정윤은 일단 자리를 피하기로 했다.

양치를 하고 옷을 대강 걸친 다음 작은방 문을 노크했다. 똑똑. 문을 여니 경훈이 창가에 서 있었다.

“나 나갔다 올게.”

“지금? 어딜?”

“정완이한테.”

“왜?”

“내 별자리 잘 있는지 물어보려고.”

“뭐?”

“뭘 심각하게 받아들이고 그래. 농담이야.”

경훈은 점성학을 좋아하지 않았다. 운명은 주어진 게 아니라 만들어 가는 거라는 게 경훈의 가치관인 때문이었다. 점성학이 ‘운명론’을 주장하는 게 아니란 것도, 미신이 아니라 엄연한 학문이란 것도 다 알면서 싫어했다.

‘만일 동생이 황경훈은 견정윤에게 맞는 별이 아니다, 그렇게 말하면 너 나 버리고 맞는 별 찾으러 다닐 거야?’

‘무슨 그런 해괴한 소리가 다 있어? 정완이가 고대 점성술사야? 유리구슬 굴리는 영매, 뭐 그런 건 줄 알아? 애당초 정완이는 어떤 걸로든 식구는 안 봐 줘. 출생천궁도조차도 안 그려 준다니까?’

‘아무튼 동생하고 별자리니 뭐니, 그런 얘기 나누지 마. 장난으로라도 절대 하지 마.’

“그냥 얼굴 보고 얘기 좀 하다 올게.”

그러고 몸을 돌리는데 어느새 다가온 경훈이 팔을 붙들었다.

“가지 마.”

허. 뭘 하든 그러세요, 하던 사람이 갑자기 왜 이러나 싶어 정윤은 조금 당황했다.

“그냥 집에 있어.”

“왜?”

그런데 경훈이 대답 대신 엉뚱한 소리를 했다.

“견정윤, 너 요즘 왜 화 안 내?”

“뭐?”

“생각해 보니까 작년까지만 해도 너 나한테 가끔 화냈거든? 근데 요즘은 안 내. 전혀 안 낸다고.”

“화낼 일이 없으니까 안 냈겠지?”

“왜 없어? 내가 바뀐 게 없는데 예전엔 났던 화가 지금은 안 난다는 게 말이 돼?”

정윤은 순간적으로 목이 메었다. 아, 오늘이 끝인가 보다.

“왜 화 안 내는지 말해 봐.”

“너…… 내가 화내는 거 싫어하잖아. 질색하잖아. 도망가 버리잖아.”

“그럼 그거, 내가 도망갈까 봐서 나 도망가지 말라고 봐준다는 뜻으로 받아들이면 되는 거야?”

“솔직히 말해?”

“어.”

정윤은 확신했다. 정말로 오늘이 끝인가 보다.

“그렇다기보다 어쩐지 다음번엔 너 못 받아 줄 거 같아. 그게 조금 겁나. 그래서 몸 사리는 걸 거야, 아마.”

그때였다. 경훈이 정윤을 확, 잡아당겨선 강하게 끌어안았다.

“거봐. 요즘 너 이상했어.”

“뭐?”

“정윤아. 우리 결혼하자. 혼인 신고하자.”

정윤은 귀를 의심했다.

“너 뭐랬니, 지금?”

“결혼도 하고 혼인 신고도 하자고.”

정윤이 놀라 몸을 떼려 하자 경훈이 팔에 힘을 주어 꼼짝도 못 하게 만들었다. 어깻죽지가 아플 정도였다.

"이렇게 사는 게 최선이라고 생각했어. 나, 싫은 소리 듣는 것도 싫어하고 하는 것도 싫어해서, 우리 관계를 더 진행시키는 게 성가셨어. 뭐 하나라도 진행시키다 보면 분명히 그럴 일 생길 테니까."

잘 아는 바였다.

"막내가, 경찬이가 연애해."

이건 또 뭔 뜬금없는 소린가. 도대체 집에서 무슨 얘기를 듣고 온 건지.

"이제 스무 살인데…… 고작 스무 살밖에 안 된 자식이…… 내 나이 반밖에 안 산 녀석이…… 자기 여자를 지켜."

경찬은 경훈의 늦둥이 막냇동생이었다. 수능 준비할 때 정윤이 괜찮은 수학 교재를 골라 보내기도 했었다. 물론 정윤의 존재를 드러낸 건 아니었다. 경찬은 아마도 큰형이 자신을 생각해 알아봐 준 선물로 알고 있을 것이었다. 그런데, 이제 대학교 1학년인데, 벌써 그 정도로 깊은 사랑을 하고 있다는 건가.

"창피했어. 부끄러웠어. 쪽팔려서 미치는 줄 알았어."

경훈이 정윤의 목덜미에 고개를 묻었다.

"정윤아. 나, 너 없이는 못 사는 거, 그거 하난 맞거든. 너한테서 떨어져 나가 있을 적마다 내가 얼마나 엉망이 됐는지는 네가 가장 잘 알 거야."

그건 그랬다. 일이 있어서 한 달을 못 볼 때도 멀쩡했던 사람이 이별 후에는 사나흘만으로도 처참해져 나타나고는 했었다.

"너만 두고 다 잘라 낼래. 중간? 중재? 그런 거 안 해. 그냥 너만 남기고 다 끊어 낼래. 조마조마해서 못 살겠어. 심장이 오그라들어서 숨을 못 쉬겠어. 결혼하자, 정윤아. 내가 네 거라는 거, 너는 내 거라는 거, 세상에 크게 말하자."

"야. 황경훈. 느닷없이……."

"너만 남기기 위해서 싫은 일 겪어야 한다면 겪을게. 힘들어야 한다면 그것도 할게. 너 없이 사는 거보단 그게 훨씬 쉬워. 아, 정윤아. 피하기만 해서 미안해. 잘못했어. 그러니까 받아 줘. 결혼해 줘."

그 말을 끝으로 경훈이 울음을 터뜨렸다.

"아, 진짜. 쪽팔려. 내년이면 불혹인데 나 정말 거지 같아. 정윤아. 미안해. 이제야 용기 내서 미안해. 너 어디로 몰래 가 버릴까 봐 집까지 밀고 들어와 같이 산 게 무려 5년인데, 근데도 내내 불안해서 미치는 줄 알았어. 그러니까 정윤아. 나만 두고 어디 나가지 마."

아이처럼 꺽꺽거리며 우는 경훈의 품에서 정윤은 방금 전 경훈이 했던 말을 되새겼다.

'너만 두고 다 잘라 낼래. 너만 남기고 다 끊어 낼래.'

'하아…… 끝인 줄 알았어. 오늘이 마지막인 줄 알았어. 황경훈 이걸 진짜…….'

그리고 뒤이어 생각했다. 포기 직전이었는데 그럴 필요 없나 보다고. 이젠 가질 수 있나 보다고. 아무것도 부럽지 않은, 그 누구도 부럽지 않은 그런 일상을 자신도 가질 수 있나 보다고.

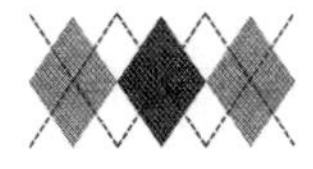

이야기 뒤의 이야기 1 — 힐링(healing)

5시 57분.

재필은 태블릿PC의 전원을 끄고 소파에서 일어섰다. 주요 뉴스는 얼추 열람했으니 자세한 건 출근해서 확인하면 될 것이었다. 그러곤 팔짱을 끼며 침실 문과 마주한 벽에 느긋하게 몸을 기대섰다. 시선은 침실 문 바로 옆에 매달아 놓은 디지털시계에 고정했다. 콩 쾅 콩 쾅, 심장 박동이 느껴졌다.

'이 시간이 정말 좋아.'

5시 58분.

전형적인 아침형 인간인 재필은 지금 하루의 시작을 완벽하게 준비한 상태였다. 5시에 일어나 짧은 조깅도 했고 간단하게 샤워도 했으며 방금 전까지는 뉴스도 대강 훑었다. 머리는 젖은 채였다. 드라이어 소리로 은기의 잠을 방해하고 싶지 않아서 언제나 그냥 알아서 마르게끔 하고 있었다.

'생각만 해도 귀여워.'

5시 59분.

반면 은기는 대체로 저녁형 인간이었다. '대체로' 가 들어간 것은 집이 아닌 다른 곳에서는 새벽부터 일어나 부지런 떠는 데 큰 어려움을 겪지 않아서였다. 예를 들자면 은기의 아버지 집이나 재필의 부모님 집, 혹은 여행 갔을 때의 펜션이나 호텔. 하지만 집에서는 아니었다.

'나한테만 그런다는 게 진짜 좋다니까.'

6시.

포롱 포로롱 삐롱 삐로롱……. 침실 안에서 새소리가 새어 나왔다. 알람이었다. 요란한 '까랑까라랑' 때문에 기절초풍했던 재필이 심사숙고해 골라 설정해 준 소리였다. 나중에야 깨달았다. 아침잠이 많은 은기가 부러 '까랑까라랑'을 택했다는 것을.

하지만 재필이 '못 일어나면 내가 깨워 주면 돼요. 그러니까 마음 놓고 자요.' 한 이후로 은기는 잔잔한 새소리에도 잘만 일어나고 있었다. 잘만, 은 아닌가? 새를 꽤 오래 울리니까? 마음 같아서야 더 자게 두고 싶었지만 어쩌랴, 일상이 차례대로 기다리고 있는 것을.

새가 한참을 지저귀고 나서야 안이 조용해졌다. 재필이 웃음을 빼물었다. 잠시 후 느릿느릿 발 끄는 소리에 이어 스르르 문이 열리더니 은기가 나타났다. 잔꽃이 깨알처럼 그려져 있는 헐렁한 분홍색 파자마 차림의 은기가.

"픕!"

매일 보는 모습인데도 웃음이 나왔다. 익숙해질 만도 한데 어떻게 번번이 웃음이 나올 수 있는지 생각할수록 신기했다. 〈효당마을〉 의료센터 물리치료실에서 일하는 장 선생이 집에 있는 강아지를 일러 하루도 안 빼고 볼 적마다 예쁘다고 자랑하더니 재필이 딱 그 짝이었다.

"푸웁!"

미간에 주름 세 개, 채 반도 떠지지 않은 눈, 비쭉 나온 입, 그리고 살짝 뻗친 앞머리. 처음 보던 날은 어디 병이라도 난 줄 알고 식겁해선 적잖이 수선을 피웠더랬다.

재필이 은기에게 다가가 허리를 굽히고 은기의 얼굴 코앞에 자신의 얼굴을 가져다 댔다.

"일어났어요?"

끄덕끄덕.

"꿈 안 꾸고 잘 잤어요?"

끄덕끄덕.

이제 재필이 가장 짜릿해하는 순서였다. 은기가 재필의 어깨 아래 움푹 한 곳에 이마를 대며 기대 오는 바로 그 순서. 재필이 한 팔로 은기의 허리를 꼬옥 감싸고 한 손으로는 은기의 뒤통수를 다정하게 쓰다듬었다.

'이때만 되면 내가 미칠 거 같아.'

끌어안고 사방에 뽀뽀해 주고 싶었지만 재필은 참았다. 괜한 자극으로 스트레스를 주고 싶지 않아서였다. 은기는 지금 가수면 상태라고 할 수 있었다. 습관처럼 움직이긴 하지만 아직 의식은 제대로 없는.

실제로도 그랬다. 은기는 자신이 아침에 눈뜨자마자 어떤 얼굴로 어떤 행동을 하는지 기억하지 못했다. 생각도 안 하는 듯했다. 하긴, 일어나서 정신 들 때까지 자신이 어쩌고 있는지 일일이 의식하고 사는 사람이 얼마나 된다고. 처음엔 걱정도 했었다. 혹시 그러다 다친 적은 없는지 염려돼서 장인 춘호에게 묻기도 했었다.

'아버님. 우리 은기, 어려서도 아침에 일어나는 거 힘들어하고 그랬나요?'

'어? 그게 무슨 소리야? 나보다 먼저 일어나서 밥 안치고 했던 아인데.'

'잠투정 같은 거는요?'

'아주 어려서야 있었지. 아주 어려서. 근데 제 엄마 나가고부터는 내가 깨워 본 역사가 없어. 외려 은기가 나를 깨웠지.'

영필도 확인해 준 내용이었다.

'할머님. 우리 은기, 아침에 어땠어요?'

'아침? 아침에 뭐?'

'아침잠이 많다든가, 아침이면 유난히 정신없어 한다든가.'

'은기가? 은기가 얼마나 부지런한 아인데. 왜, 일어나기 힘들어해? 밥

에 고만 들볶아.'

은기의 잠투정을 아는 사람이 아무도 없었다. 아침마다 입 내밀고 골내는 은기의 모습을 아는 사람이 아무도 없었다. 영필이 모른다면 노한이, 그 사람도 알 리 없었다. 자신에게만 그런다는 뜻이었다. 그 사실은 재필에게 엄청난 감동을 안겨 주었다. 이후로 재필은 아침마다 침실에서 나오는 은기를 맞이하고 토닥여 욕실로 들여보내는 일을 빠뜨리지 않고 있었다. 학회나 출장 때문에 집을 비우는 날은 그 시간만 되면 안절부절못할 정도였다. 희한한 건, 재필이 없는 날은 은기가 꼭두새벽같이 일어나 먼저 전화를 걸어 온다는 사실이었다.

"물 마실래요?"

가만히 있는 머리통. 아니라는 의미였다.

"쉬할래요?"

끄덕끄덕.

재필이 은기를 번쩍 들어선 두 손으로 엉덩이를 받쳐 안았다. 자신의 목을 끌어안으며 납작 안겨 오는 은기를 재필이 욕실로 데리고 들어가선 변기에 앉혀 주었다.

"옷 내려 줘요?"

암만 정신이 없어도 그건 아닌지, 은기가 인상을 쓰며 재필을 떠밀었다. 아쉽기 그지없는 일이었다. 아내 쉬하는 거 보는 게 뭐 어때서. 입도 대는 곳인데. 그것도 아주 열렬하고 집요하게. 밑도 닦아 주고 옷도 추켜올려 주고 세수도 시켜 주고, 다 해 주고 싶구만. 하지만 재필은 순순히 물러 나와 욕실 문을 닫아 주었다.

"벌써 끝났네."

재필이 쩝쩝거리며 주방으로 향했다. 커피머신의 전원을 올리고 토스터기에 호밀식빵을 집어넣은 다음, 가스레인지에 프라이팬을 올린 후 점화했다. 그러곤 냉장고에서 계란 두 알과 사과 한 알을 꺼내 오다 말고 욕실 쪽으로 귀를 기울였다. 물소리. 은기가 씻는 소리. 머리도 감고 세수도 하고 가글도 하고, 그러는 소리.

그 소리가 끝나면 언제 찌푸렸냐는 듯, 언제 치댔냐는 듯, 환한 표정의 말간 얼굴이 재필을 향해 웃으며 나올 것이었다. 커피 냄새 좋다, 하면서. 빵 냄새는 더 좋아, 하면서. 노른자 터뜨려 주세요, 하면서. 은기는 눈떠서 바로 뭘 먹지 않으면 맥을 못 추는 사람이었으므로. 파자마 바람으로 식탁 의자에 다리 접고 앉아선 잼 듬뿍 바른 식빵 두 쪽에 계란프라이까지 다 먹어야 눈에 샛별 같은 생기가 도는 사람이었으므로.

"그나저나 이번엔 사과 정말 잘 샀지. 꿀이야, 꿀."

그리고 그다음 말은 속으로 삼켰다.

'우리 은기 거기 맛 같아.'

이어지는 픽, 하는 웃음.

'나도 진짜 못 말리는 짐승이지. 하나에서 열까지, A부터 Z까지 결론은 오로지 은기 몸이니.'

그랬다. 의식이고 무의식이고 간에, 그 흐름의 끝은 언제나 은기의 몸이었다. 탐하고 탐하고 또 탐해도 열이 식지 않았고, 가지고 가지고 또 가져도 더 욕심이 났다.

'머리카락부터 발가락까지 다 달고 맛있어 그런 걸 나더러 어쩌라고.'

또다시 픽, 하는 웃음.

'그래 뭐. 누가 뭐랄 거야. 내 건데.'

아무튼 재필은 자신이 아침에 일찍 일어나는 사람인 것이 얼마나 다행이냐고, 은기보다 늦게 일어나는 사람이었으면 저 사랑스러운 모습을 평생 몰랐을 거 아니냐고, 역시 자신은 고은기에게 최적화된 사람 맞지 않느냐고, 서재필은 정말이지 처음부터 끝까지 칭찬받아 마땅한 남자 아니냐고, 그렇게 뿌듯해하면서 달궈진 팬에 기름을 두르고 계란을 떨어뜨렸다. 그리고 젓가락 한 짝으로 노른자 정가운데를 콕 찍어 터뜨리며 나지막이 휘파람을 불기 시작했다.

이야기 뒤의 이야기 2 — 필링(feeling)

유리창 너머 눈높이에 바다가 있다는 건 굉장한 거였다. 계절이나 날씨에 따라 매번 다른 모습을 드러내는 바다가 재필은 감탄스러웠다. 오로지 그것 때문에 여기 풀빌라 펜션을 단골로 삼아 종종 드나들고 있었다. 하지만 그럴 수 있기까지, 숱하게 겪었던 힘겨운 과정이 머릿속으로 좌르르 지나갔다.

바다에 대한 은기의 트라우마는 생각보다 깊고 진했다. 호수나 강 앞에선 그럭저럭 괜찮은 반면, 바다에만 가면 하얗게 질려 떨고는 했다. 저렇게 괴로워하는데 바다 따위 안 보고 살아도 되지 않나, 한 적도 있었다. 하지만 의외로 바다는 흔했다. 큰맘 먹고 나간 긴 여행지에서는 물론이고, 짧은 외출에서조차 예고 없이 나타나 사람을 놀라게 했다. 피하려 하면 할수록 바다는 끈질기게 따라붙어 왔다.

용기를 낸 건 은기였다. 재필은 차마 꺼내지 못한 말을 먼저 꺼낸 것도 은기였다.

'미안해요. 내가 전에 겪었던 바다가 슬펐다고 해서 지금 우리 바다까지 이러면 안 되는데, 약하게 굴어서 미안해요. 정말 미안해요.'

바다가 보이지 않는 곳에서 파도 소리를 듣는 것부터 시작해, 바다가 멀리 보이는 곳의 길을 드라이브하고, 바닷가 근처의 카페에서 따뜻하고 달달한 차를 마시고, 바다가 훤히 내려다보이는 이색 박물관을 구경하고, 그렇게 조금씩조금씩 바다로 가까이 다가가기 시작했다. 그러는 데 거의 2년이 걸렸다. 그리고 지금은 눈 바로 앞에 바다가 있는 곳에서 편하게 잠을 이룰 수 있는 정도가 되었다. 물론 아직 바닷속으로 들어가는 건 꺼려 했지만 말이다.

'우리 은기 고생했지.'

창 앞에 서서 파도가 일렁이는 모습을 물끄러미 바라보던 재필이 몸을 돌려 침대로 향했다.

"여보, 은기야. 낮잠이 너무 길면 밤에 고생하는데."

은기가 꼼지락거리며 재필의 손을 잡아당겼다.

"응. 일어나."

재필이 은기를 안아 일으켰다. 그런데 일어나 앉자마자 은기가 한 말 때문에 재필은 웃지 않을 수 없었다.

"배고파."

'여보. 난 입덧 대신 먹덧하나 봐. 남들은 못 먹어서 헛구역질한다는데, 난 너무 먹어서 구역질해.'

"하, 언니하고 극과 극이라니까."

언니란 재형을 이르는 거였다. 재형과 은기는 서로를 '언니'라고 불렀는데, 시부모인 장군과 미인이 편할 대로 하라며 굳이 호칭을 따지지 않고 그냥 둔 때문이었다.

"언니는 속 안 좋다고 먹어야 과일이 다던데, 난 맨날 배고파."

태명이 '구름'이었던 수혁 이후로 재형은 2년 터울의 일란성 아들 쌍둥이를 두 번이나 더 낳았다. 수혁이 낳을 즈음에 다인승 SUV를 구입했던 일을 두고 선견지명이라며 사방에서 칭찬이 쏟아지기도 했었다.

어쨌거나 참 재미있는 아이들이었다. 이름도 수혁, 수호, 수홍, 수한, 수형으로 이니셜이 죄다 'SH' 인 데다, 백일 사진이나 돌 사진을 놓고 보면 구분이 안 갈 정도로 다섯 명이 다 똑같은 단계를 거쳐 자라고 있기도 했고, 무엇보다도 목소리가 구분이 가지 않았다.

그래서 진중한 맏이 수혁을 제외한 네 명이 집 안을 휘젓고 돌아다니기 시작하면 정신이 하나도 없었다. 아무리 수혁의 카리스마가 대단하다 해도 그래 봐야 아직 어린아이였다. 천지분간 못 하는 동생들을 통제하는 데 한계가 있을 수밖에 없었다.

그러니까 그건 '북적북적' 차원이 아니었다. 혼돈과 혼란, 즉 '카오스' 라고나 할까. 게다가 얼굴을 구분하고 정확하게 이름과 매치시킬 수 있는 사람이 재형밖에 없어서, 해강조차도 다 무시하고 상황에 따라 필요한 번호만 부르고 보는 형편인지라, 옆에서 '2번아 어째라.', '4번아 저째라.' 하는 소리를 주야장천 듣고 있다 보면 혼이 나갈 지경이었다. 그래서 재필은 식구들이 죄다 모이는 날이면, 살짝 엉덩이 걸치는 시늉만 하고는 은기를 끌고 금세 도망 나오는 실정이었다.

반면, 은기는 아이가 생기지 않아 맘고생을 꽤 했었다. 처음에는 은기가 그렇게나 극심한 스트레스 가운데 있는 줄 아무도 알아채지 못했다. 은기가 걱정을 내비칠 적마다 장군과 미인이 결혼해 10년이 넘은 것도 아니고 둘 다 몸에 아무 이상 없다니 알콩달콩 재미나게 살다 보면 자연스럽게 생기지 않겠느냐고 다독이기도 했고, 재필도 은기 얼굴 쳐다보며 헤벌쭉할 줄이나 알았지 아이 욕심이 딱히 없어서였다. 게다가 은기도 별다른 내색을 한 적이 없었다. 재형이네 아이들만 보면 예뻐서 어쩔 줄 몰라 하긴 했어도, 그건 별개라고 여겼던 것이다.

그런데 은기가 덜컥 상상임신을 하는 바람에 집안이 발칵 뒤집어졌다. 식구들마다 더 살펴 주지 못했다는 자책과 반성이 줄을 이었고, 재필은 은기 앞에서 눈물을 보이기까지 했었다. 그 와중에 미인이 아주 의외의 행동을 했다. 아무리 혼자 속을 끓였기로서니 상상으로 임신까지 할까 싶은 마음에, 분명 뭐가 또 있을 거라 확신하고 색출 작업에 나선 것이다.

집요한 과정 끝에 명절과 가족 모임 때마다 아랫동서가 몇 마디씩 보태 왔다는 사실이 밝혀졌다. 아랫동서 입이 얼마나 모진지 아는 미인이 펄펄 뛰었다. 시집에만 가면 늘 그림자처럼 있던 사람이 미인이었는데, 시동생 부부에게 있는 대로 퍼부은 것이다. 우리 애들 그만 건드리라고, 나잇값 좀 하며 살라고, 시기 질투도 웬만해야지 그 정도면 죄라고, 옛날 재형이 일까지 몰아서 한꺼번에 몽땅.

안 그래도 은기한테 엉뚱한 소리 해서 상처 입힐까 봐 첫 결혼 이야기는 함구시키고, 혹 고졸이라고 무시할까 봐 재필보다 먼저 대놓고 은기를 칭찬하며 끼고돌던 미인이었다.

그 일은 '정미인의 난' 이라 일컬어지며 서씨 집안에 일대 파란을 일으켰다. 장군을 비롯한 삼 형제가 모여 흉금을 터놓고 지난날을 정리한 후 앞으로 어른답게 늙자고 심기일전한 데 이어, 장군을 제외한 다른 두 형제의 경우에는 각자 집안의 분위기 쇄신에 나선 것이다.

그러는 동안 사과와 화해의 제스처가 나오기도 했었다. 하지만 미인은 시집 식구들과의 연락은 물론 발길까지 완전히 끊음으로써 자신의 분노가 하루 이틀 내로 해결될 수준이 아님을 명확하게 드러냈다. 미인이 언제쯤 그들에게 예전처럼 웃어 줄 수 있을지는 하늘도 모를 일이었다.

어쨌든 그 난리 통 끝에 간신히 들어선 아이였다. 그것도 여기 이 방에서 생긴. 축복 인사가 선물과 함께 쏟아졌고, 재형이네 사내아이들이 나란히 서서 태어날 아가에게 잘해 주겠다는 맹세도 했고, 벽 한가운데 초음파 사진을 붙여 두고는 온 가족이 시끌벅적하게 파티도 했다.

문제는 은기가 끝도 없이 먹는다는 점이었다. 눈뜨자마자 먹고, 자다 말고 먹고, 길 가다가도 먹었다. 그래서 은기는 지금 굴러다니기 직전이었고, 그러다 출산 때 고생할까 겁먹은 재필의 성화로 막 운동을 시작한 참이었다.

"뭐 먹고 싶은데?"

"아무거나 다. 먹을 수 있는 거면 다."

재필이 푸하하하…… 하며 은기를 침대에서 데리고 나와선 흐트러진 머리와 옷매무새를 다듬어 주었다.

"우리 댕기, 철인 3종 뛰려나 보네."

아들인지 딸인지도 모르면서 재필은 아기를 '댕기'라고 불렀다. 아무리 옛날에야 어린 사내아이도 댕기를 달았다지만, 지금은 '댕기' 하면 여자아이만 연상하게 되는데도 말이다. 내심 딸을 바라고는 있었다. 재형이네 사내아이 다섯을 통해 축적된 데이터를 근거로 내린 판단이었다. 그러면서도 비유는 죄다 권투 아니면 철인 3종, 그런 데다 한다는 게 반전이었지만 말이다.

멍한 표정을 지은 채 재필의 손길을 가만히 받고 서 있는 은기를 힐긋한 재필이 픽, 했다. 그러곤 은기가 입고 있는 임부복의 앞섶 단추 세 개를 연달아 재빨리 풀어 젖혀선 고개를 숙여 가슴을 들여다보았다.

"하지 마."

"얼마나 커졌나 보려고."

"아침에도 봤잖아."

"지금은 점심이잖아."

재필이 은기의 말투를 그대로 따라 하자 은기가 입을 내밀었다.

"아, 진짜."

"이봐. 아침보다 커졌어."

"뭐가 그새 커졌대."

"아니야. 3밀리 정도 커졌어. 확실히 한 번 할 적마다 커지는 거 같아."

"의사 맞아? 댕기 때문이지, 뭐가 해서야. 할 때마다 커졌으면 난 지금 밖에 못 나가. 바닥에 가슴 끌려서."

임신 중이지만 재필은 은기를 꾸준히 안았다. 초기와 후기만 아니면 부부 관계가 오히려 심리가 안정되는 데 도움이 될 거라면서, 몸에 무리가 가지 않는 체위로 더 지극정성하게 은기를 품었다. 처음엔 걱정했던 은기도 점점 편히 받아들였다. 실제로 마음이 안정됐던 것이다. 몸이 변하고 있어도 여전히 사랑받는다는, 여자로 대접받는다는 느낌이 주는 안정감이었다. 그게 너무나 좋은 나머지, 어떤 날은 먼저 나서서 오로지 입으로만 재필을 보내 버리기도 했다.

"당연히 댕기 때문이기도 하지. 근데 지금 3밀리는 순전히 내 덕만이야. 아침에 내가 열심히 빨아 준 덕. 참으로 보람차네."

오늘 아침에 있었던 가벼운 정사를 말하는 거였다.

"보람…… 하, 당신은 내 몸 주무르는 게 세상에서 제일 재밌지?"

"당연하지."

바로 튀어나온 대답에 은기는 그냥 웃고야 말았다. 솔직히 듣기 좋은 소리이기는 했으니까.

"당연, 당연, 당연하지. 어쨌든 당신 잊으면 안 돼. 아기 나와도 이거 반은 내 거라는 거. 아기한테만 주면 삐질 거야."

그러면서도 나중에 젖몸살 때 젖 빨아 줄 생각만 하면 벌써부터 머릿속이 하얘진다는 말까지는 하지 않았다. 젖몸살도 몸살은 몸살인데, 꼭 아프기를 바라는 것 같아서였다. 그런 건 결코 아니니까 말이다.

'어쨌거나 당신 가슴은 내가 책임질 거니까.'

재필이 단추를 다시 채워 주는데 은기가 갑자기 한숨을 내쉬며 어깨를 늘어뜨렸다.

"왜? 반은 너무한 거 같아서 그래? 그럼 6 대 4로 할까?"

"그게 아니고."

"그럼?"

"살 빠지겠지?"

"아, 당연히 빠지지."

"안 빠지면?"

"빠져. 걱정하지 마. 운동도 하고 있잖아."

"그래도……."

"또 그래도. 그리고 이번에 느낀 건데, 당신은 동글동글해야 더 예뻐. 무엇보다 육아가 얼마나 고된데. 난 나중에 당신 너무 마를까 봐 외려 염려구만."

은기는 안심했다. 번번이 다독여 주는 재필이 고마웠다. 하지만 고개를 내려 볼록 나온 배와 두루뭉수리해진 허리께를 쳐다보니 한심한 건 한심한 거였다. "아우웅……." 하는 앓는 소리가 절로 나왔다.

"걱정하지 말라니까."

"그게 아니라, 나 진짜 짐승 같아. 먹고 자고 먹고 자고. 너무 동물적이잖아."

재필이 여지없이 푸하하하…… 했다. 속으로 귀여워, 나이 들어도 여전히 귀여워, 하면서.

"그 짐승을 사랑하는 나는?"

"당신은 더더 짐승이지. 그걸 몰라서 물어?"

으하하하…… .

"웃지 마. 한복 짓는다 그러면 사람들이 다 나더러 우아하다, 고상하다, 그런 말만 해 준단 말이야. 근데 이게 뭐야. 너무 짐승스러워."

아하하하…….

재필이 은기를 다정하게 안았다. 그러곤 볼에 입을 맞췄다. 한 번, 두 번, 세 번.

"짐승끼리 만났으니 얼마나 다행이야. 짐승이 사람 만났으면 고생했을 거잖아. 짐승인 거 숨기고 사느라고."

"말은 정말 잘해요."

"나 말 잘하는 거가 어디 하루 이틀 일인가?"

재필이 은기의 어깨에 손을 얹으며 눈을 맞췄다.

"그럼 짐승 부인. 우리 이제 먹이 먹으러 나가 볼까요? 오늘은 혼자서 몇 마리분 드실라나요?"

울상을 짓는 은기의 손을 꼭 잡고 방을 나서면서 재필이 함박웃음을 지었다. 말했듯이 얼마나 다행인가 싶어서. 낮에는 초이성적인 〈효당마을〉 부원장, 밤에는 초본능적인 고은기의 남편, 그 역설적이면서도 역동적인 주독야색의 삶이 가능하다는 게 너무 재미있어서. 해 떴을 때 열심히 일하고 달 떴을 때 부단히 공부하는 '주경야독'이 아니라, 해 떴을 때 정신적인 일에 매진하고 달 떴을 때 육체적인 행위에 몰두하는 '주독야색' 그거 말이다.

재필에게서 다시금 웃음이 터져 나왔다. 우하하하…… 은기가 팔뚝을 때리거나 말거나, 우하하하…… 참말이지 진심으로, 우하하하…… 그렇지, 서재필은 뭘 해도 튀어야지, 우하하하…… 밋밋한 건 서재필이 아니지, 우하하하…… 아, 좋다!

〈기하고등학교 4대 천왕 ☆ 번외〉
D-5

기하고등학교의 4대 천왕이라 하면, 다음과 같다.

퀸 우해강, 대장 민주한, 강신 강우연, 박사 서재필. 특히 그들은 각각의 계열을 대표하였으니 우해강은 인문계를, 민주한은 체육계를, 강우연은 예술계를, 서재필은 자연계를 그러했다. 하지만 그 유명세도 거의 끄트머리에 다다라 있었다. 졸업식이 닷새밖에 남지 않은 때문이었다. 그들이 떠나면 기하고등학교에는 또 다른 천왕이 생겨날 테니까 말이다. 물론 생겨나지 않을 수도 있고. 뭐, 그런 게 바로 인생 아니런가. (어쭈!)

"편손끝세워찌르기로 명치에 보라색 물들이고 싶지?"

'편손끝세워찌르기'는 태권도의 대표적인 찌르기 동작으로 명치를 목표로 한다. 손가락을 펴기 때문에 손가락 길이만큼의 거리를 공격할 수 있다. 재형은 태권도 유단자였던 것이다.

"아닙니다, 형님. 퍼뜩 가시죠, 형님. 어여 퍼뜩……."

현기가 연신 굽신굽신거리며 재형을 치킨집으로 안내해 갔다.

졸업식 닷새 전이었다. 다군 전형 원서 접수 마지막 날 기준으로는 사흘 전이기도 했다.

—『애인이 미남입니다』 중에서

"저게 진짜…… 지가 진짜 사내자식인 줄 아나."

하지만 결국 주한은 정금을 뒤쫓아 갔다. 5미터쯤 떨어진 뒤에서 소리 내지 않고, 아주 없는 사람처럼. 그리고 무사히 집으로 들어가는 정금을 보며 생각했다. 자신이 느끼는 가슴의 통증은 정금 때문이 아니라고. 둘째 마나님 댁에서 잘 먹고 잘 사는 게 무언지 실천하고 있는 아버지한테 불려 가 처음으로 따귀란 걸 맞았기 때문이라고. 졸업식 닷새 전이었다.

—『유턴후 직진입니다』 중에서

해철과 명목상의 선후배에서 실질적인 친구로 관계가 바뀐 건 우연의 졸업식 닷새 전이었다. 해철이 먼저 우연에게 만나자고 연락을 해 온 것이다.

'먼저요, 선배. 누나라고 불러도 되죠?'

'그래. 선배 소리보다 듣기 좋네.'

'고마워요. 저, 누나한테 할 말이 있어요.'

'해 봐.'

'제 친구 돼 줘요.'

'이렇게 보고 있는 게 이미 친구란 거야.'

'아니, 좀 더 가까운 친구요. 때려 주고 욕도 해 주는 그런 친구요.'

'좋아.'

—『당신이 증상입니다』 중에서

본관 안으로 들어서면서 닷새만 있으면 졸업이라고 생각하니 마음이 술렁여 왔다.

'드디어 여기도 끝이구나. 나름 잘 지냈지.'

특목고로 가지 않기를 잘했다는 생각이 들었을 정도로 괜찮았던 학창 시절이었다. 무엇보다 재형에게 아무 일이 없었다. 비록 자신이 한 건 없었어도 뿌듯한 것이 보람까지 느껴졌다. 재형을 곁에서 살펴야겠다던 중3 때의 결심이 새삼 대견했다.

'하긴 뭐. 나야 어딜 가든, 어디에 있든 다 잘하니까.'

—『함수의 포로입니다』 중에서

scene1

잠결에 잘못 들은 줄 알았다. 하지만 그 소리가 핸드폰이 진동할 때 나는 소리라는 것을 깨달은 주한은 소스라치게 놀라선 핸드폰을 찾아 집어 들었다. 액정에 '아버지' 세 글자가 떠 있었다. 지은 죄도 없이 가슴이 내려앉았다.

"네."

— 다녀가라. 집으로. 주소는…….

그게 다였다. 조용해진 핸드폰을 귀에서 떼고 시간을 확인했다. 5시 2분. 밖은 아직 어두웠다. 낮보다 밤이 훨씬 긴 2월이니 당연했다. 잠이 달아나 버린 주한은 트레이닝복에 패딩점퍼를 걸치고 밖으로 나섰다. 어머니 주은은 벌써 나가고 없었다. 하루도 거르지 않고 새벽 기도를 나가는 주은을 보면 어쩐지 안심이 되었다.

아파트를 벗어나니 바람 냄새가 괜찮았다. 미세먼지가 조용한 모양이었다.

'좀 뛸까.'

운동장이라도 몇 바퀴 뛰어야겠다 싶어 기하고등학교 쪽으로 향하던 주한이 멈칫, 했다. 그 시간의 동네가 궁금했다. 아니, 그 시간의 정금이 궁금했다.

'정금이네 아파트까지 갔다가 돌아오면 동네 한 바퀴 도는 셈 되니까.'

주한이 몸을 돌려 발에 속도를 냈다.

'귀여운 토끼. 우리 갑돌이. 예쁜 정금이.'

정금의 '형님' 소리를 귓속에 무한 재생하며 주한이 서월아파트 단지 안으로 들어섰다. 둘러가지 않고 통과해 갈 생각이었다. 나란히 서 있는 나무들을 지나 〈D〉라고 써진 동 앞을 지나는데, 두런두런 말소리가 들려왔다. 주한은 돌아보지 않고 내처 달렸고, 바로 뒤미처 중년의 남자와 한 소녀가 나타났다.

scene2

"무슨 배웅을 한다고 그예. 꼭두새벽에. 그냥 자라니까."

"그 말 한 번만 더 하면 열 번이거든?"

"알았다, 그래. 그럼 아빠 댕겨올게."

"응. 일주일 있다가 만나."

"알았어. 알았어. 어여 들어가. 고모 말 잘 듣고."

아빠 춘호에게 손을 흔들고 은기는 고모 춘희의 집이 있는 8층으로 올라갔다. 번호를 누르고 들어서니 현관 바닥에 커다란 검은색 운동화가 보였다. 해강이 또 자고 가는 모양이었다. 수능 이후로 해강과 현기는 유난히 더 붙어 다니고 있었다. 도대체 무슨 작당들을 하는 건지 모르겠다며 춘희가 웃었는데, 은기도 동감이었다.

'마주칠 일 없겠지?'

중문을 열고 잔뜩 나와 있는 재활용 더미를 지나 안으로 들어서자 주방 쪽에서 춘희의 목소리가 들렸다. 춘희는 군인 남편 뒷바라지에 인이 박여 아침이 일렀다. 심지어 지금은 주말부부인데도 그녀의 생활은 무척이나 규칙적이었다.

"은기 왔어?"

"네."

"아빠 배웅 잘했고?"

"네."

"들어가 더 자."

"네."

scene3

은기가 잽싸게 먼저 먹고 들어간 아침 식탁에 해강과 현기가 앉았다.

"엄마. 은기 왔어?"

"어. 은기 건드리지 마."

"내가 언제 은기 건드리는 거 봤어?"

"자꾸 말 시키지 말라고. 애 질색하니까. 근데 너 현관에 짐들, 다 버리라고 내놓은 거 맞지?"

"어."

"그럼 재활용 버리는 날, 싹 다 치울 거니까 나중에 딴말하지 마."

"딴말 안 해."

밥과 국을 놓아 주고 춘희가 방으로 들어가자 해강이 현기를 툭, 쳤다.

"잊어버리지 마."

"안 잊어버린다니까, 거 참말로. 귀에 딱지 앉겠네."

〈알타이르〉 치킨 파티 때 재형이 어느 학교에 원서를 넣을 건지 알아 오라는 명령 같은 부탁을 말하는 거였다. 해강의 잔소리는 식사 후에도 계속해서 이어졌다. 결국 현기는 해강의 등쌀에 못 이겨 재형에게 확인 전화를 해야 했다. 하지만 세 번을 걸어도 받지 않아서 대신 재필의 번호를 누를 수밖에 없었다. 재형이 반드시 와야 한다고 재필에게 신신당부한 후 핸드폰을 종료하자 해강이 신경질을 냈다.

"서재필 재수 없어. 한집에 산다고 유세야."

"재필이가 언제 무슨 유세를 떨었다고."

"짜증 나. 난 고작 텐트 귀퉁이밖에 못 보는데 서재필은…… 하아……."

"땅 꺼져."

치킨 파티 시간에 맞춰 집을 나설 때까지도 해강은 그렇게 틈틈이 신경질을 냈다.

"우해강. 너 계속 짜증 내면 나 스파이 집어치운다?"

그제야 해강이 입을 다물었고, 현기는 귀가 조용해질 수 있었다. 그렇게 사거리 식당가에 거의 닿아 갈 즈음이었다. 현기가 해강을 톡톡 건드렸다.

"오. 가수다."

해강이 현기가 보고 있는 쪽으로 시선을 돌리니 귀에 이어폰을 꽂고 느릿느릿 걸어가는 다열이 보였다.

"달팽이가 따로 없네. 어디 가는지는 모르겠지만, 저래서야 어디 오늘 내로 도착하겠어?"

다열을 신기한 듯 쳐다보던 현기가 해강을 다시 톡톡 건드렸다.

"근데 너 유튜브 봤냐?"

"어? 뭐를 봐?"

"강신이 만든 '다열의 노래' 말이야. 두 개째 올라왔던데 그거 봤냐고."

"아니."

"하긴 넌 문명 따위 개밥으로 아는 원시인이지."

거기서 현기는 입을 다물었다. 말해 봐야 듣지도 않을 걸 알아서였다. 지금 해강의 머릿속엔 재형밖에 없다는 걸 너무나도 잘 알아서였다.

scene4

"이건 다음다음 달에 올릴 거. 같이 연습해 둬."

「낮꿈」이란 제목이 달린 악보를 받아 든 다열이 흥얼거리다 말고 웃었다. 천진한 미소였다. 우연은 안심했다.

"'꽃샘추위' 하고는 분위기가 완전히 다르네요."

「꽃샘추위」는 다음 달에 선보일 세 번째 노래로 다열이 한창 연습 중이었다.

한마디 더 하고 싶어 그랬어
나는 아주 가는 게 아니라고
한마디 보태고 싶어 그랬어
너는 나를 또 보게 될 거라고
그래서 잠깐 돌아온 거야, 그 말 때문에

하나만 알아주었으면 싶었어
내가 네게 돌아올 거라는 걸
하나만 기억해 주었으면 싶었어
네가 나를 잊을 순 없다는 걸
그래서 잠시 돌아온 거야, 그 말 하려고

난 너의 봄을 샘내지 않아

내 옆에서 추운 네가 아플 뿐

난 너의 봄을 질투하지 않아

내 곁에서 추운 네가 슬플 뿐

그럼에도 내가 봄이 아니라 다행인 건

봄은 짧잖아, 순식간에 지나가잖아

"어떻게 달라?"

"'꽃샘추위'는 따끔따끔한데 '낮꿈'은 간질간질하네요."

우연이 다열의 머리를 쓰다듬었다.

"구구절절이 설명하는 일 없게 해 줘서 늘 고마워."

다열은 자신의 머리 위에 놓인 우연의 손을 잡고 싶었다. 하지만 어떻게. 마음이 싱숭생숭해지는데 우연이 손을 떼고 핸드폰을 확인했다.

"나 잠깐 나갔다 올게. 연습하고 있어."

"어딜요?"

"친구가 잠깐 보자네. 오래 안 걸려. 갔다 와서 밥 먹자."

"네."

우연이 나가자마자 다열은 바로 발성 연습에 돌입했다. 잘 불러서 우연을 기쁘게 해 주고 싶었다. 우연이 웃는 게 좋아서, 우연이 웃으면 좋아서, 흠잡을 데 없이 부르고 싶었다.

scene5

카페에 마주 앉은 우연과 해철은 적당히 화기애애했다. 우연은 해철이 자신의 인생에서 중요한 역할을 하리라는 걸 직감했기에 대화에 집중했다. 그리고 진심으로 자신의 생각을 전했다.

"해철아. 넌 태풍 같은 아이야. 무얼 하든 쓸어버리고도 남을 거야."

"정말 그렇게 생각해요?"

"그럼."

"역시 누나는 내 우상이에요."

하지만 그보다 더 중요한 것이 있었다. 그 또한 해철의 도움이 필요했다. 궁리 중이었는데 해철이 먼저 손을 내밀었으니 적극적으로 이용해야 했다. 무기는 결코 남이 쥐여 주지 않았다. 자신이 스스로 만들어 가지는 거였다.

"다른 사람이 손대는 일 없게 해 줘."

"이미 그렇게 했어요. 누나 밑천이래서 내가 그렇게 해 놨다구요. 아무도 안 건드릴 거예요."

"고마워."

"근데 솔직하게 털어놓자면요. 볼 때마다 째려보긴 했어요. 하다열 저게 도대체 뭐라고 누나 밑천씩이나 싶은 게 저도 모르게 그렇게 되더라구요."

우연은 웃었다. 그것까지 막을 수는 없었다. 아무리 해철이 자신을 좋아한다고 해도, 감정까지 잔소리할 수는 없었다. 그건 하면 안 되는 일이었다.

"누나. 혹시 저하고 밥 먹을 수 있어요?"

"미안. 다열이가 기다리고 있어서."

해철의 얼굴에 실망하는 기색이 너무도 역력했지만, 우연은 번복하지 않았다. 하지만 해철을 무시하지는 않았다.

"다음엔 미리 예약해. 오늘처럼 갑자기는 내가 성의 있게 대하기 힘들어."

해철이 웃었다.

"네."

우연이 일어섰다. 다열에게 오래 안 걸릴 거라 했으니 서둘러 가야 했다.

scene6

카페 안의 우연과 해철이 훤히 들여다보이는 맞은편 대형 편의점에서 정금은 '나 홀로 심각' 모드에 빠져 있었다. 생각보다 초콜릿 종류가 적었던 것이다. 하긴 밸런타인데이는 아직 좀 있어야 했다. 그렇다고 그날까지 기다릴 수는 없었다. 주한이 졸업식을 마치면 어딜 간다고 했으니 그 전에 주어야 했다.

'어딜 간다는 건지, 갔다가 언제 온다는 건지, 기약 없지 말입니다. 정말 미치지 말입니다.'

정금은 심란했다. 처음엔 자신의 마음이 무엇인지 전혀 몰랐다. 누굴 좋아해 본 적이 없었으니 당연했다. 하지만 지금은 명확하게 알고 있었다. 그건 '사랑' 이었다. 어설프고 서툴러도 '사랑' 이었다.

'송주 민씨 이혁공파 32대손 민정금, 아주 속 타지 말입니다. 줄리엣의 절절한 심정이 이해 가고도 남지 말입니다.'

진열대 앞에서 한참을 끙끙대던 정금은 결국 제일 큰 초콜릿을 두 개 집어 들었다. 그랬다가 한 개를 도로 내려놓고 하나만 들고 계산대로 향했다. 문득 '포장할까?' 하는 생각이 스쳐 지나갔지만, 그랬다간 주한이 안 받을 수도 있겠다는 생각에 그만두기로 했다.

'이거 주면서 마지막으로 한 번 더 물어봐야지 말입니다.'

마지막으로 한 번 더? 그랬는데 여전히 아니라 그러면 포기는 되는 거고?

'송주 민씨 문찬공파 27대손 민주한. 갑순이 주제에 아주 치사 빤쓰지 말입니다. 갑 자 돌림끼리 갑질하고 그러는 거 아니지 말입니다.'

계산을 마치고 나오는데 초콜릿 하나 더 보태졌을 뿐인 가방이 천근만근으로 느껴졌다.

'맨정신으로는 힘들지 싶은데, 오늘 집에 아무도 없으니까 고모 몰래 맥주 한 꼬바리…… 어? 박사다. 저런 도깨비, 잘난 척 대마왕.'

scene7

졸업생 대표 인사말을 마무리하고 체육관으로 향하는 내내 재필의 눈에 좀 전에 본 댕기가 아른거렸다.

'그런 걸 어떻게 만들지? 신기해.'

엄마 미인은 늘 약국 일로 바빴고, 동생 재형은 구름 관찰과 태권도가 전부인 아이였다. 그러다 보니 복잡한 바느질이나 뜨개질 같은 걸 가까이서 본 적이 없는 재필이었다.

'사람 이상하게 만드네.'

그랬다. 이상했다. 그래서 재필은 생각을 곧 그만두었다. 이상하고 싶지 않았다. 이상한 건 자신의 길이 아니었다. 오래전, 현기의 집 앞에서 한 소녀의 뒷모습을 보았을 때도 이상했었지만, 그때도 잘 털어 버렸으니 이번에도 잘될 것이었다.

'오늘은 좀 많이 뛰어야겠다. 지금이 어느 때라고. 정신 차려야지.'

전철역 안으로 들어선 재필이 승강장으로 향하는 계단을 내려서는데 오른편에 주한이 보였다. 고개를 숙이고 터덜터덜 걸어 올라오는 폼이 무슨 일이 있어도 단단히 있어 보였다. 하지만 재필로서는 알 바 아니었다. 재필은 댕기고 주한이고 다 젖혀 두고 재형을 떠올렸다.

'지금쯤이면 치킨 파티도 끝났겠지.'

이젠 그만 텐트 안에서 나왔으면 싶었다. 하늘에서 눈을 떼고 사람을 보았으면 싶었다.

'악바리 곰팅이 서재형. 다 잘될 거야. 아프지만 않으면 된 거야.'

scene8

집으로 돌아오는 내내 뺨에서 얼얼함이 가시지 않았다. 주한은 자신을 향해 팔을 휘두르던 아버지 찬기의 모습을 떠올리다가 어깨를 떨었다.

'진심입니다. 전 이제 민찬기의 아들 안 하겠습니다.'

아팠다. 민찬기의 아들이라서 정금을 놓아야 하는데, 정작 민찬기는 자신을 아들로 여기지 않는 아이러니. 전철역을 벗어나는데 승욱에게서 전화가 걸려 왔다.

— 왔냐?

"지금 전철역."

— 왜 부르신 건데?

"때리고 싶으셨나 보더라."

— 뭐?

"승욱아."

대꾸가 없었다. 그래서 주한은 한 번 더 불렀다.

"승욱아."

— 어.

"졸업식 마치자마자 가려고."

— 하루 이틀 더 있다가가 아니고 바로?

"있기 싫다."

— 알았다. 지금 볼래?

"아니. 가방 챙겨야지."

— 닷새나 남았는데 뭘 벌써 챙겨? 방 다 털어 가?

"그냥. 그거라도 하려고."

— 갑돌이 부를까?

"둬. 이제 고3인데."

— 알았다.

정금의 얘기를 들어서인지 주한의 발이 다시 정금의 아파트로 향했다. 정금의 살고 있는 동을 다섯 바퀴쯤 돈 주한이 서월아파트를 통과해 가는데 상가 안으로 들어가는 한 여학생의 뒷모습이 눈에 들어왔다. 도복 차림이었다.

scene9

유정호 관장이 그만 집에 가라고 등을 떠밀 때까지 이리 뛰고 저리 날았다. 1층 슈퍼에서 산 요구르트에 빨대를 꽂아 마시면서 재형은 어두워진 밤하늘로 시선을 옮겼다. 오래전 그날, 깡이 아빠가 건네준 요구르트 이후로 재형은 언제나 그런 식으로 요구르트를 마셔 왔다.

'깡이 아저씨. 깡이 잘 있어요? 깡이도 졸업해요?'

그때였다.

"서재형. 나도 사 줘."

재필이었다.

"네가 사 먹어."

"오라버니가 데리러 왔으면 아이고 고맙습니다, 하면서……."

"맞는다."

재필이 픽, 하고는 슈퍼에 들어가더니 똑같은 요구르트에 똑같이 빨대를 꽂아 물고 나왔다.

"오라버니 어디 다녀오시는 길입니까, 하고 안 물어봐?"

"안 궁금해."

"체육관 갔다 오는데 엄마가 너 데리고 오라고 전화하셨어."

재형이 그러거나 말거나, 하는 얼굴로 발걸음을 옮기자 재필이 뒤를 따라갔다. 별 대화 없이 신호등 앞에 서 있는데 재필이 또 픽, 했다. 재형이 재필을 쳐다보았지만 재필은 그저 픽, 을 유지할 뿐이었다.

'어쭈! YY염색체, 어디서 한잔 걸치셨네.'

횡단보도 건너편에서 정금이 조금 불안한 걸음걸이로 지나가고 있었다. 잠시 후 재필이 한 번 더 픽, 했다.

'저건 또 무슨 시추에이션이야?'

정금의 몇 미터 뒤에서 정금을 따라가는 게 분명한 주한의 모습이 보인 때문이었다. 하지만 재필은 곧 관심을 끊고 정면을 향했다.

'뭐. 내가 상관할 바 아니지.'

scene10

정금이 무사히 집으로 들어가는 걸 확인하고 돌아오면서 주한은 돌아 버릴 것 같은 심정이었다. 그 상태로는 도저히 집으로 들어갈 수 없었다. 맥주라도 한 캔 따고 싶었지만 정신이 흐려지는 것도 마땅치 않아서 주한은 무작정 걷기 시작했다. 그러다 전철역 근처에 멈춰 서서 핸드폰을 열고 유튜브에 들어갔다. 그러곤 며칠 전에 올라온 〈다열의 노래〉 두 번째 곡「점의 의미」를 재생시켰다.

끝인 줄 알고 찍었지
점 하나
끝이니까 주저앉았지
점 뒤에
그런데 바로 옆에 또 다른 점 하나
누군가 찍어 놓은 점 하나
시작한다고 찍어 놓은 점 하나
나란한 선 위에
끝나는 점 시작하는 점

'내가 그래. 나 주저앉았어. 끝인 거야. 시작도 못 해 보고. 아, 정금아.'

주한은 넋 놓고 있느라 몰랐지만, 그런 주한을 빤히 쳐다보는 눈동자가 두 개 있었다. 막 전철역에서 올라온 해강이었다.

scene11

해강은 팔이 떨어질 지경이었다. 온라인으로 주문해도 되는 걸 굳이 오프라인 서점에서 사선 바리바리 싸 들고 온 건데, 책에 눈이 돌아가면 저절로 그렇게 돼 버리는 게 해강이었다.

'저거 민주한이잖아. 나라 잃은 얼굴이네. 뭔지는 모르지만 안됐네.'

하지만 말과는 다르게 해강의 얼굴은 들뜸과 달뜸으로 빛나고 있었다. 이제 곧 세상을 다 가질 계획이라서, 이제 곧 재형과 알콩달콩 지낼 거라서 빛나지 않을 수가 없었다.

'뭐. 나도 그래 봤다 뭐.'

팔은 무거워도 다리는 무한정 가벼운 해강이 B동 쪽으로 향하다가 D동에서 나오던 춘호, 은기와 마주쳤다. 해강을 발견한 은기가 춘호 뒤로 몸을 감추는 것과 동시에 춘호가 해강을 향해 함박웃음을 지었다.

"우리 조카 친구. 이제 와?"

"네. 출장 가셨다고 들었는데요."

"갔다가 중간에 도로 왔어. 일정 어그러져서."

"아."

"우리 조카는 방금 게임 시작한 거 같던데."

"허락받았나 보네요?"

"어. 날 새고 내일 아침에 제 엄마한테 불벼락 맞는다는 데 한 표."

해강이 키득거리자 춘호가 해강의 어깨를 다정하게 두들겨 주었다.

"어여 들어가. 공부하느라 고생 많았어."

"네. 삼촌도 쉬세요."

언제 봐도 좋은 어른이라고 생각하며 집으로 들어가니, 거실 소파에서 TV를 보고 있던 아버지 한진이 한마디 건네 왔다.

"조금만 있으면 자정이다."

"자정까지 아직 한 시간이나 남았는데 무슨 조금만이라 그러세요?"

"늙어서 시간 개념이 흐릿해져서 그렇다. 그러는 너는, 날이면 날마다 아주 공사가 다망하구나."

"참, 저 학교 정했어요."

"재형이가 드디어 결정이 난 거냐?"

"네."

"잔치라도 거하게 벌여 주랴?"

해강이 배시시 웃자 한진이 한마디 더 했다.

"사양 같은 거 안 하냐?"

"네."

해강이 거실을 가로질러 방으로 들어갔다. 똥꼬발랄해 보이는 뒷모습을 보며 한진이 읊조렸다.

"하이고, 아버지……."

scene12

시간이 거의 자정을 향해 달려가고 있었지만, 그 어느 방에도 불은 꺼지지 않은 채였다.

해강은 침대에 길게 모로 누워 「태권소년을 사랑한 발레리나」 동영상에 빠져 있었고, 주한은 방바닥에 앉아 벽에 등을 기댄 채로 정금이 주고 간 초콜릿을 들여다보고 있었고, 우연은 다섯 번째 곡인 「후회」의 악보 위에 그에 어울림직한 다열의 스타일을 낙서하고 있었고, 재필은 인터넷에서 댕기의 종류를 검색하는 데 정신이 팔려 있었다.

그리고 재형은 너무 오래전에 읽어 기억도 나지 않는 『청소년을 위한 물리학』 내용과 깡이를 번갈아 떠올리고 있었고, 정금은 술기운이 날아간 머릿속에 송주 관련 설화를 그림으로 그려 보고 있었고, 다열은 〈다열의 노래〉 조회 수는 물론 댓글 내용까지 일일이 다 체크하고 있었고, 은기는 현기가 내놓은 짐 속에서 챙겨 온 가면에 시선을 붙박은 자세로 그냥 멍하니 앉아 있었다.

해강은 온전히 재형만 생각하고 있었지만 재형의 생각 속엔 아직 해강의 구체적인 실체가 자리 잡지 못한 상태였고, 주한과 정금의 생각 속엔 분명히 서로가 존재하고 있었지만 가고자 하는 방향이 어긋나 있었고, 우연과 다열은 위험 수위라는 것도 자각하지 못할 정도로 서로에 대한 생각에만 집중하고 있었고, 재필과 은기는 스스로 무얼 생각하는지도 모르는 가운데 생각에 빠져 있었다. 기하고등학교 졸업식 닷새 전의 하루가 그렇게 끝이 나고 있었다.

기하고등학교의 4대 천왕이라 하면, 다음과 같다.

퀸 우해강, 대장 민주한, 강신 강우연, 박사 서재필. 그들 모두 성인이 되어 제 짝을 맞이하였으니 모두 제 별명대로였다. 즉, 퀸에게는 리더십이 뛰어난 강력한 군주 킹이, 대장에겐 지혜와 융통성을 가진 여유로운 참모가, 여신에게는 지극히 신실하고 독실한 제사장이, 박사에게는 감성 지수를 책임지는 영감의 근원 뮤즈가 나타났으니 말이다. 그야말로 천생연분, 하늘이 점지해 준 인연이라 하지 않을 수 없었던 것이었던 거시다.

[참고]

①바이런 : George Gordon Byron(1788~1824), 영국의 낭만파 시인. 대단한 미남으로 수많은 여성과 염문을 뿌린 것으로 알려져 있다.

②이상 : 李箱(1910~1937), 본명 김해경. 시인 겸 소설가. 2014년, 소설가 최정희에게 보낸 연서(연애편지)가 공개된 바 있다.

담향

www.b-books.co.kr

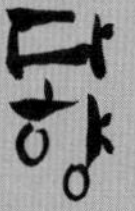

www.b-books.co.kr